文艺新实力

NEW FORCES OF LITERATURE

地气氤氲

陈于晓 著

浙江工商大学出版社·杭州

图书在版编目(CIP)数据

地气氤氲 / 陈于晓著. —杭州：浙江工商大学出版社，2023.9

ISBN 978-7-5178-5683-2

Ⅰ. ①地… Ⅱ. ①陈… Ⅲ. ①散文集—中国—当代 Ⅳ. ①I267

中国国家版本馆 CIP 数据核字(2023)第 168507 号

地气氤氲

DIQI YINYUN

陈于晓 著

出品人	郑英龙
策划编辑	沈　娴
责任编辑	孟令远
责任校对	李远东
封面设计	观止堂_未氓
责任印制	包建辉
出版发行	浙江工商大学出版社 (杭州市教工路 198 号　邮政编码 310012) (E-mail：zjgsupress@163.com) (网址：http://www.zjgsupress.com) 电话：0571-88904980，88831806(传真)
排　　版	杭州朝曦图文设计有限公司
印　　刷	浙江海虹彩色印务有限公司
开　　本	787 mm×1092 mm　1/32
印　　张	10.5
字　　数	185 千
版印次	2023 年 9 月第 1 版　2023 年 9 月第 1 次印刷
书　　号	ISBN 978-7-5178-5683-2
定　　价	78.00 元

目　录

CONTENTS

第一辑　江上人

第二辑　柴火的滋味

第三辑　田垄上听春

第四辑　地气氤氲

第一辑

江上人

每一朵云都有表情

不知从什么时候开始，我喜欢上了看云，特别喜欢在假日，坐在书房里，看着书，不时地抬头看看窗外的云。有时，我读完好几个章节，发觉挂在窗外的云，还是原来的那一朵；有时，一朵云很快就隐入云的集体之中，不见了。

蓝得无垠的天空，其实是很单调的，但有了千变万化的云，就不一样了。有时你把一朵云看作天鹅，它转身就成了仙鹤；有时你还来不及喊出雪山，云就散作了羊群；有时你伸出手去，以为能逮住某一朵云了，却发现，它遁得更远了。云朵是仙人们的坐骑，仙人们在空中来去的方式，就是腾云驾雾。但我们常常只见云，不见仙人，也许仙人是不可轻易见到的。记得小时候，我常梦到，天上有一朵云，突然就变作白胡子的老神仙，来到我家，送我一支神笔或者别的什么，然后，他又化作一朵云，朝着我所向往的远方飘去了。

我一直固执地以为，山上的云朵和水上的云朵，是不一样的;草原上的云朵和沙漠上的云朵,也是不一样的。至于不一样在哪儿,我总觉得那种感受就在嘴边,但是说不出来。这就如同在路上突然遇见一位老熟人,感觉很面熟,却一下子忘了名字。但现在我怀疑,其实哪里的云朵都一样,所谓不同,其实只是所处的环境不同,看云的心情不同吧。也许很多时候,云动,只是一种"心动"。

这些年,坐高铁或者飞机,我特别喜欢挑个靠窗的座位,那样便可以一路看云。坐高铁或者飞机,都是以一种不同于日常的角度看云。坐高铁,是贴着地面移动,有一种心贴着大地的踏实感,看云的角度是仰望。越是处于高处的云朵,飘动得越慢,有时,列车都已经穿过了长长的隧道,抬头,云朵仍然在前方。但终究,云朵是要被抛到身后的。这些被抛在身后的云朵,就如同往事一样,也许,它还在你看不见的地方存在着,但也可能早已经消散了。

在万米高空看云,须俯视,云在机翼之下,显得绵绵的,像气势磅礴的雪山。峰峦是雪做的,峡谷是雪做的,溪流是雪做的,草木也是雪做的。有时候,我会觉得,在茫茫的雪垛间,有一间间雪屋,仿佛还有人住在那儿,那是一座雪村吧?但常常,我还来不及看清,飞机就掠过了。霞有朝霞和晚霞,在"朝"和"晚"之外,天空中飘着的大多是白云,偶尔有黑云。黑云是预示着下雨的,有时我也喜欢看,看雨滴怎样把黑云洗成白云。有一次,我发现,在飞机起降穿过云层的时候，微微闭上眼睛，让光线透进眼帘，会感觉到云朵的种种色彩，红橙黄绿青蓝紫，时刻变幻着，当然，这种云的色彩，要用心去“看”。

故乡的云，在多年以后也是需要用心“看”的。天边飘来的云，你认定了哪一朵，哪一朵就来自你的故乡。在我记忆最深处的是幼年时在池塘里游泳的情景，我喜欢仰躺在池塘的水面上，望着蓝蓝的天上白云荡漾。那种一荡一漾的感觉特别美妙，仿佛蓝天也盈满了水一般。当身体与天空平行的时候，天空就低了下来，那些云朵，似乎就在眼睫毛下，拍动的浪花，也可以成为水灵灵的白云。我知道，看天空中云朵的另一种方式，就是站在岸上，看水面倒映的天空。当一池柔水被风吹皱，水中的云便动荡着，风再大一些，云朵就被隐藏了。但当风平浪静时，一整个天空就裸露了出来，云朵是那么洁净，以至于现在，我能想起的故乡的云，仿佛都浸润在故乡的池塘。多年以后，漂泊久了，我才发觉，故乡只是一枚邮票一般大的地方，票面上泛动着潮湿的云朵。

一片云，一丝云，一团云，一堆云，一簇云……“云”字加上不同的量词，便有了不同的风韵，有了不同的表情。在我看来，“云”不是名词，而是动词。“行到水穷处，坐看云起时”的云，也许要在诗句中慢慢品味，那云，是“云淡风轻”的云，蕴含着一种境界。

船在夜色中穿梭

说不清什么原因，这一阵子，我的心上会时不时地冒出“夜航船”三个字。夜深人静，我坐着看书时，常会有一阵一阵的桨声，仿佛就在耳畔，欸乃而起。所谓“夜航船”，通常指的是旧时江南一带，在夜间航行的船只，这些船只装载着客人、货物，有时也代为传递物品。记忆中这种意义上的“夜航船”，我是没有坐过的，只在文字中读到过，或者听老一辈人讲述过。我小的时候，虽然在河流之上，依然有不少的船只在穿梭往来，但那种“夜航船”，似乎没怎么见过。

江南水乡的一整片土地，都像是在水上漂着似的。早年，老家人出门，基本靠步行，但若是要出一趟远门，或者要带的东西有点多时，就要乘船了。如果顺水，乘船其实比步行要快得多，更重要的是船还可以载货。载货不多的时候，比如去做客的时候，最轻便的是划一叶乌篷船。旧时人家，几乎家家枕水，乌篷船一靠岸，客人家就到了。这些年，每当我写下有关水乡的文字时，字里行间，总仿佛有一叶乌篷船时不时地出现。我最喜欢的那一种乌篷船是脚划的，一路行着，一路轻轻地摇晃着。船夫戴一顶乌毡帽，乌毡帽下藏着一张古铜色的脸。一叶乌篷船，一顶乌毡帽，片刻之间，就让人想到萧绍一带水乡人家的风情。若是再提及摆在船上的一坛老酒，还有一坛霉干菜，那俨然就是萧绍人家有滋有味的乡愁了。

夜行的乌篷船，我没有坐过，现在想来也许是因为船小，经不起风浪，夜间视线又不好，不太安全，所以家里大人不让我坐。但我老家靠近萧绍运河，因此那时的夜间，我经常会在运河边的纤道上行走，还是见到过一些夜行的乌篷船的。如今回忆着，记忆最深的，却是纤道上那流来淌去的月光了。那时候，夜色稍深下去一些，运河两岸的人家就只剩下零星的灯火了。那时特别宁静，风声和虫鸣声，都听得非常地真切。月色，也特别皎洁，像下了一层薄薄的霜。月色里的乌篷船，却是模糊的。比起船影，橹声似乎在我的记忆中更清晰一些。多半的晚上，河面上都会泛着雾气，往往船橹刚犁开雾气，船影就被聚拢来的雾气遮住了。

不过，三两叶乌篷船，常常划不多远，就停下来了。现在想来，这些在夜色中穿梭的乌篷船，很有可能是在捕鱼。我记得那时运河边有个湾，种满了荷花。望过去荷花丛中，有漆黑的一团,悄悄动了一下,才知那是乌篷船。有时船上亮着昏黄的灯光,是叫渔火吧?有时在漆黑中,能看见有光点一闪一闪,父亲告诉我说,那是船上的人在抽烟。不知抽烟的那位,是不是一整个晚上都在船上度过。稍大一些的乌篷船,睡一个人还是宽敞的。船儿静静地泊在湾中,人躺在船上,可享受徐徐荷风;若是船儿漂在河面上,不妨任由它漂着,反正无论漂在哪里,都是漂在夜里。这种很诗意的想法,是很多年以后,我开始学写诗歌的时候,才慢慢浮上心头的。或许这样的心情,早已滤净了捕鱼人的那份艰辛。

记忆中我坐过的几次夜船,最初应该是木船,但已经记不得去的是哪儿,怎么坐船去的了。那时我还很小,只记得上船不久,便在母亲的怀抱中睡着了。天亮的时候,大人就说到了,然后,上岸,上街,买一些东西,就返程了。后来坐的几次,大多是水泥船了,但依然是摇橹的那一种,不过现在水泥船都销声匿迹了。一两户人家,拼在一起,乘船进城去卖菜,现在想着,竟有一种恍若隔世的感觉。蔬菜通常是下午开始收的,等整理好搬上船已是半夜。半夜启程,天亮时分刚好能赶上城里的早市。搬运蔬菜和摇橹,自然都没有小孩什么事儿,我的任务是在卖菜时,大人们忙着搬上搬下的时候,在一旁照看着,免得人来人往,菜被别人拿走了。

不过，于我而言，坐在船上，看船在夜色中穿梭，是一种享受。我从小就喜欢听水声，坐过一程船，那种咣当咣当的水声，能够在心头萦绕好多天。常常回到家里，躺在床上，我依然感觉像坐在船中似的。其实，水声也挺单调的，不过，比水声更单调的，是吱嘎吱嘎的橹声。在夜的无边的宁静里，这橹声又显得特别响。咣当、吱嘎、咣当、吱嘎……在这一再单调的重复中，船在前行，两岸的景物在缓缓地退去。景物是不单调的，虽然远处近处都是一片黝黑，但总会有人家的一两盏灯光亮着。这个时候，很少会有脚步声，毕竟，人们大多都沉浸在梦乡之中。天上的星，特别地亮。如果仰躺着望去，星空就低了下来，仿佛那些星星，就在头顶飞舞着。恍惚间，还会有一些星星，像是掉入水中。但当站起身来，你会发现，其实星星还很遥远，在水天一色中镶嵌着，像青石板上的铜钉。

坐在夜行的船上，或许最让人沉迷的不是景色，而是声音，是那种显得密集，却又让人感觉空旷的湿漉漉的天籁之声。和水声、橹声一样，小生灵的抒情曲，似乎也在重复，貌似杂乱无章，实则井然有序。这些鸣唱，无疑是夜色中最明亮的一部分。这些清澈的声音，仿佛就挂在草叶上，如同那露珠一般。那时的河滩边，多长有芦苇，而且一路绵延着，船摇上好久，还是走不出芦苇的绵长。行船所激起的浪花，拍打着芦苇丛，发出沙沙沙的声响，也加入了夜的合唱。等到夜的声响，渐渐安静下来的时候，东方就缓缓地露出了鱼肚白。这个时候，鸟鸣就开始取代虫鸣了，或者说，一阵更紧一阵的鸟鸣，把虫鸣慢慢地遮盖了。

还记得过去有生产队的时候，生产队在钱塘江边的垦区一带有耕地。从我老家去垦区，人们通常是晚上乘船去，天亮时分到垦区，劳作一天后，再乘船连夜返回。夜晚行船最大的好处是凉快，又不耽误田间劳动时间。因为路程较远，通常有几位男劳力轮流摇橹。摇橹的男劳力被换下来后，喜欢喝点绍兴黄酒，佐酒的菜，也就一块绍兴霉豆腐，说是这样可以补充体力。坐在船上的女人们，则是兴致勃勃地聊天，唠家常，不过夜一深，就一个一个开始打起了盹。吹牛的男劳力会说，即使他闭着眼睛，也能摇到天亮，只是他这样说着说着，手中的橹就渐渐不动了，船开始在原地打转，直到被人发觉后将他喊醒。相比之下，去的时候，船轻快，摇橹人有说有笑的。返回的时候，船舱被塞得满满的，顺风顺水还好，如果逢上个风急浪高的情况，摇橹人就一路使劲摇着，一声不吭了。如果这样还不行，就要派人拉纤了。去垦区的船我也坐过几回，直到现在，倘若听见了橹声，我还能够分清哪些橹声是沉重的，哪些橹声是轻快的。

船在夜色中穿梭，穿梭过往昔的岁月。我这阵子老想起“夜航船”，大抵还是因为心中有个“水情结”吧？或许某一天，我还是可以去坐一回“夜航船”的，但肯定不会是过去的那一种了。船在轻轻地晃，人坐在船中，听听水声和风声，看看灯火和被行船一程一程抛在身后的事物，想想，光阴还是可以慢下来的。如此，便心旷神怡。我知道，有些事物，是可以入梦的，更多的，也许就这样路过，然后被忘却了。毕竟，船载不走的，还会被流水带走。

湘湖日出

每一天的太阳都是新的。在不同的季节、不同的地点看日出，也会有不同的感受。这次，我在一家湖中的酒店住了一个晚上，为的就是能够第二天早起看看湖上日出。

不用闹钟提醒，我便早早地醒来，拉开窗帘，发现窗外还很黑。但既然已经起来了，我便推门出去，心想：还是在湖上边走边迎接日出吧。我忽然记起，早年我的奶奶说过，如果要赶行程，最好是早起，越走天越亮，精气神越足。奶奶是不主张走夜路的，因为越走天越黑，还不知道在哪儿投宿。但此刻，湖上的凌晨，也是亮堂堂的，湖中小道上的路灯都亮着，有一种水汽氤氲的韵味。记得傍晚时，我在湖中小道上行走，随处都可听见参差的虫鸣，这会儿，连虫都安静了，仿佛还在酣睡中。

空荡荡的湖中，仿佛只有我的脚步，在发出声响。我的脚步声，让湖面变得更加安静了。但安静只是暂时的，当我靠近水边，往荷花丛中走的时候，忽然惊起了几只大鸟，它们像一团黝黑之物，从荷丛中跃起，然后掉落水中，溅起一大片水声。说是水声，是因为我看不清水花，如同我看不清这些鸟儿长什么模样。我之所以把它们叫作大鸟，是因为它们溅起的水声很重。惊扰了鸟儿们的睡眠，这真的是一件很让我抱歉的事情。

潮湿的风，是从湖面吹来的，但也许是从草丛中吹来的。说是从湖面吹来的，应该更贴切一些，因为湖面平坦，风可以畅通无阻。我猛一抬头，发觉天边已经露出了鱼肚白。一切仿佛都在不知不觉之间发生了，包括鸟鸣声响起。我都不知道鸟鸣声是什么时候响起的，等我留意到时，已经此起彼伏一大片了。我想着早起的鸟儿有虫吃，也许，鸟儿们早起，是为了捉虫吃吧？但我相信也会有鸟儿和我一样，早起是为了看日出。

我不敢往草丛的深处走，怕被露珠打湿鞋子和裤脚，但其实打湿了又何妨，那点点凉意，在触及肌肤时，也挺舒服的。以为路上暂时还没人，我便伸胳膊踢腿，自由自在。哪知拐过一个弯，走到一个平台上，我才发现早已有人在晨练了。三三两两的身影，舞动着。天渐渐地亮了，这人影，也渐渐地清晰了。与晚上常见的跳广场舞的人们不同，晨练的人们要安静多了，仿佛只有风声和鸟鸣声与他们相伴。

这时，风吹动着湖面上的水雾，水雾是薄薄的，大约很快就会散去。朝远处望,水天之间,只有淡淡的几丝云。这是个好天气,我可以看到完整的日出了。说时迟,那时快,东边的湖,红了一大片,像一大片的火,在煮着湖水。我留意着天空和湖面的变化,仿佛鸟儿也屏住了呼吸在留意这一切。

等待的过程,总感觉很漫长,尽管事实上可能只有短短的时间。比如,我感觉自己已经绕着湖水走了许久,太阳还在那滚烫的湖水里。随着湖水“被煮沸”,半个太阳露出湖面,紧接着,几乎就在刹那之间,我还来不及换一个角度,一整个太阳,就从湖中跃了上来,只轻轻一晃,就在沸腾的湖水之上了。

这一刻,太阳应该还在荷花丛中,我便一路小跑赶到了荷花荡。果然,见到的景象没有让我失望,日光还被荷花遮着,只见荷花丛中,通红一片。这些红,在流淌着,在燃烧着,荷叶流水,在视野中几乎全是红的。找一个空旷处,我蹲了下来,看太阳从荷花荡中出来。仿佛也只一瞬间,太阳就被荷叶轻轻地托着了。太阳被荷叶托起的那一瞬间,美极了。除了用“美极了”,我似乎也找不出更恰当的感叹了。

静静地观看着湖上日出,我听见了自己的呼吸声与心跳声,不知道有没有人看着我,不知道此刻走在湖上的我会不会很像一个感叹号。日出之后,湖上明显热闹起来了。

游客来了，养护工人出工了，新的一天就这么开始了。每一天的太阳都是新的，草叶上的露珠是新的，这一朵一朵飘浮着的云是新的，我的感受也是新的，一切都是新的。我忽然感觉，鸟鸣声被人声盖住了一些，而湖上却显得更加空灵了。

风把梨园译成桃花源

“黄四娘家花满蹊，千朵万朵压枝低。”黄四娘家满蹊开着的是什么花，在诗中杜甫没有说。但读这首诗时，不知怎么的，我总有一个错觉，觉得这千朵万朵压枝的应是梨花。如今想来，这种错觉也非常美丽。梨花压着枝，再低下去一些，就要挨着泥土了。我若穿行在梨树林中，得弯下身子，否则，梨花就压着我的肩头了。我已经学会向土地弯腰，以表达我对这生生不息的土地的敬意。

蝶在留恋，在梨花丛中飞舞着。若是那种白蝴蝶，飞入梨花是无处寻的；若是彩蝶，在梨花簇簇中闪闪烁烁，会显眼一些，但如果隐入了春天的画卷，也是无处寻的。娇莺的“恰恰啼”，只有声音。春天的草木太繁茂，很容易就把莺的影子藏起来了。群莺乱飞，或许是个例外，莺太多了，就“藏不胜藏”了。

但不只是莺，在春光里，所有鸟儿的啼声都格外婉转动人。这是个呼朋引伴的时节，也是追逐爱情的时节，万物萌动，鸟儿们丰衣足食。倘有鸟儿落在枝头，这洁白的梨花，是可以当作婚纱的。

在浦阳镇看梨花，梨花深处有隐隐的人家。这些人家，哪家是诗中的“黄四娘家”呢？似乎哪家都是，哪家又都不是。庭院，梨花掩着门，只有风在轻叩，轻叩出三两鸡鸣、五六犬吠，这是我想象中的梨花人家。但也许，在桃北新村、桃源村、尖湖村、桃湖村、安山村、谢家村、灵山村……你走着走着，就误入了花满蹊的梨花人家。“梨花一枝春带雨”，从陌上走来的，与你擦肩而过的那一位，是黄四娘家的小女儿吗？邻家的女儿，总是在春天初长成，亭亭玉立，在春风中一晃，就婀娜了起来，再一晃，就入了唐诗的意境。

在梨园，春风是梨花做的，叫梨花风。梨花风一吹，寒气就轻了许多，暖洋洋的风带来的是懒洋洋之感，似乎有一种醉意在弥漫着。我忽然发觉，花香其实是掺杂着酒味的，只需闻一闻，就晕乎乎了。梨花风里，栖在枝头的那只鸟，也晕乎乎的，它想冒充梨花，却不知，它一动翅膀，就暴露了身份，鸟又不是蝴蝶，借不来梨花的掩护。被阳光暖暖地裹着，我可以打一会儿盹了，只是想不好我该梦见自己变作蝴蝶，还是该变作梨花呢？或者还是做一名果农吧，在遍野烂漫的梨花里，不停地穿梭着，在春天里种植下欣欣向荣的诗篇。

梨花风是东风,“春东风,雨祖宗”。春天终日挂着雨帘,一放下,就是一帘的雨。“柳絮风轻,梨花雨细”,不知道梨花雨怎么个细法。梨花时节的雨,大多时候是细的,似针似线,可以密密地缝,给大地缝出一片锦绣,将浦阳缝成一方锦绣的桃花源。只是春天的锦绣落满了孔隙,这些孔隙中,有昆虫破土而出,有流水汩汩溢出。被暮色一笼一罩,雪白的梨花,就似月光了。“水晶帘外娟娟月,梨花枝上层层雪。”在月夜,去梨园赏梨花,仅这么想想,心情都是美妙的。水晶帘,叮叮当当的,这清脆声一起,夜色就薄了、透了许多。月在枝头,在山峦上,隐隐约约着。梨花似雪,月光如水。梨花与月光,哪个更白净一些呢?云破了月,是月在弄影,还是花在弄影?被梨花漂白了半天,影子仍是黑的。但因着梨花,夜半是黑的,半是白的。

夜幕里的梨花涌动着,像晚间的潮,纷纷扬扬去向天涯。天涯有什么?此时,就连天涯深处,也是一望无垠的梨花。月色流淌着,像一支抒情小夜曲,穿过山溪野径,穿过浮动着的梨花香。在梨园,由小夜曲很容易就想到了戏曲。在水灵灵的浦阳,在江南灵秀地,是适宜唱越剧的。那柔美婉转的唱腔一旦响起,便满眼都是莺飞草长了,才子佳人便纷纷在时光深处走动着,衣冠楚楚地登场了。这时,再提及“风月”,风也无边,月也无边了。

在风月无边的梨花夜里,我无来由地想象着旧时果农的模样,戴个斗笠,披件蓑衣,在梨园中走动。只是这身打扮,似乎并不是果农,而是走江湖的侠客或者诗人。这蓑衣在梨花园中一晃,江湖就远了,近的是梨花,是带着雨滴的有着娇羞的姿态的梨花。江湖上有梨花,一簇簇怒放着,也许是无主的,但浦阳的梨花,是有主的,它们是浦阳人家的。

当月光被天边的鱼肚白收藏之后,大地便在清晨的炊烟中醒来了。春天的泥土,被春水裹着,到处都是湿漉漉的。苔藓是绿油油的,浮萍漂满了池面。那泛起的涟漪,是鱼儿在啄,或者是露珠掉落。早起人们留下的脚印里,已经积上了水,有一些小虫子在飞,仿佛这些小飞虫,是由脚印分娩出来的。稍远处,炊烟袅袅地升腾着,在清晨,梨花深处的人家,都可以唤作"烟村人家"。"烟村人家"有多少呢?看得见的人家,在梨花丛中清晰着,看不见的人家,被梨花掩住了。

在浦阳,此刻的春天是由梨花做的。玉树琼枝,堆着层层雪。"雪粉华,舞梨花",我似乎没有见过梨花是怎么舞的,只是觉得,梨花应该像一群乱蝶在飞舞,花朵应该很轻盈。在春天,花朵都是很轻盈的,一些梨花轻轻地落在我的身上,一些梨花,慢慢地落满了人家院子。花朵一天天地把自己的重量,交给了果实。

"梨花满地不开门",这是春天的门吧?一开门,春天就老了,迎面而来的,就变成热乎乎的风了。梨在风中一点点长着,似乎一眨眼,就成熟了。当被蜜汁浸润着的空气变得又香又软时,在浦阳,我们便可以学做农家人,去摘梨了。在梨园果实累累的时节,再想起梨花满园的场景,你就可以从一只蜜梨中,闻到春天梨花的芳香和梨花簇簇开放时负氧离子的清甜了。

到了明年,千树万树梨花,又会如约而至。那一刻,桃花依旧笑着春风,梨花也依旧笑着春风,旧年的人面,已换成新一年与花朵相映的人面。青山在,人未老。

风在浦阳,像一个神奇的译者,把一片一片梨园,译成了梦中的桃花源。

一蓑烟雨

烟雨迷蒙的日子里，很容易就想起了蓑衣。我记得年幼时，我家老屋的墙壁上，就经常挂着父亲的蓑衣。

不知为什么，我现在记起来，觉着这是个“迷”。记得有一阵子，晚上我总会发现蓑衣不见了自己出门去了，而父亲是在家的。蓑衣回来的时候，有时裹挟着月色，有时闪烁着星光，也有散落雨滴的时候。当我把这些说给父亲听时，父亲很诧异，他说，蓑衣每天晚上都挂着，一直是在的呀。有一次，我刚看见蓑衣出门，就跑去告诉父亲。父亲便跟我一起来找，果然，蓑衣好端端地在墙上挂着，看上去一点儿都没有动过。这很让我失望，我还指望着听到蓑衣急匆匆赶回家时的喘息声呢！

从那以后，我似乎再也看不见蓑衣在晚上出门了。只在夜深人静时，我还会不时地听见蓑衣轻微的呼吸声。有几次，我大着胆子，把手探进蓑衣触摸，发现蓑衣有时是凉的，有时是暖的，我估计蓑衣的温度，接近于我们的体温。但父亲说，这都是我的幻觉，蓑衣只是蓑衣，不会说话也不会走动，它只是一种雨具而已。说这些话的那一天早晨，天空飘着雨滴，父亲说完，就披着蓑衣出门干农活去了。

斗笠和蓑衣是一对儿，披蓑衣的人往往戴着斗笠。不过在我的老家萧绍平原一带，农人戴的多是乌毡帽，包括我的父亲。乌毡帽冬暖夏凉，可挡小雨，遮风效果更佳。农人披着蓑衣、戴着乌毡帽在田间干活，多是在那种斜风细雨的天气里。因为披着蓑衣，所以“斜风细雨不须归”了。春日雨绵绵，农事又忙，披蓑衣的人们通常是不休息的。

忽然想到“青箬笠，绿蓑衣”了，蓑衣何以是绿色的，我一直不解。我父亲的蓑衣是棕色的，而且大抵我所见过的蓑衣，都是棕色的。后来我上网查资料，资料说古时候的蓑衣，是由绿色的蓑草编织的，而我们现在所见的蓑衣，是由棕色的棕榈皮做成的，原来是材料不同了。

还有一种说法，比较文艺，也有些在理，是说绿色比起棕色来，入了诗词更有意境，因为绿色鲜亮并且充满生机。但我写的是散文，蓑衣入散文，也许就不必“指棕为绿”了。棕色多好，它接近于泥土的色泽，质朴，像农人，而且棕色的蓑衣，挂在黄泥墙上，又非常自然。还有一点，棕色会令人想到那些已经过去了的岁月，正在一点点地变旧。此外，在我看来，棕色，还带着一些沧桑的韵味。

翻阅古诗词,我发现除了田间劳作的农人外,穿着蓑衣的更多是渔人。农人脚踏实地,提供给人的想象空间不大,而渔人,驾一叶轻舟,在水天之间一浩渺,就给人无限诗和远方的想象了:“一笠一蓑衣,空江雨雪霏。”“有人来问生涯事,指点蓑衣学钓鱼。”“家在渡头冲湿去,碎声繁点逐蓑衣。”在风浪里出没,肯定是辛苦的,风餐露宿的生活,饥一顿饱一顿,又有谁解其中味?但一旦这些入了诗词,那些艰辛与困苦都被滤净了,剩下的除了诗情,也就只是画意了。如同一个人,遍尝了酸甜苦辣,很多年后回味,对甜的记忆总会更多一些,甚至有的时候,似乎只剩下甜了。是的,生活中有着太多的无奈,而人生总在一直往前走,把那些苦涩的记忆,尽量地忘掉,又有什么错呢?

在湖边,或者河边,我常常会对着苍茫或者清丽的水面出神,想着如果能看见一只渔船,看见一位戴斗笠披蓑衣的渔人,该有多好。如今,渔船还是经常可以看到的,披蓑衣的渔人,则很难遇见了。偶尔遇见一次,也是在景区。但在景区,渔人撒网,用鱼鹰捕鱼,都只是一场为游人进行的表演罢了。渔人身上的那件蓑衣,划着的那只渔船,都只是道具罢了,渔人此刻也不过是一名演员。但对这样的表演,我依然会看得入迷。恍惚间,我会觉得那些风景是从某一首古诗词中欸乃而出的。仿佛那一袭蓑衣,比那一只渔船,更先映入了我的眼帘。

流水或急或缓，夹岸是桃花和杨柳。倘若众鱼入梦蓑衣下，那在这众鱼中，最肥的该要数鳜鱼了。这船上的披蓑衣的人，你不必问年纪，只要记住在诗词中，他们都叫渔翁。隐隐地，你会看见一位渔翁，吧嗒吧嗒地抽着一管旱烟。但我怀疑，这是我幼年时祖父留在我心中的形象。其实古时很多的渔翁，喜欢的是喝酒。这酒当然是浊酒，因为浊酒更适合渔翁的身份，或者说水太清了，酒也就只能浊了。

微醺的渔翁，就在船头唱着一首渔歌，至于歌词是一直在渔家流传的，还是渔翁随口现编的，我不得而知。只是渔歌，也好比春江水吧？若是渔翁醉了，你便会看见那件蓑衣晃动着，像在跳着小小的舞蹈。待到一泓碧水，开始变得“半泓瑟瑟半泓红”时，一盏渔火亮起，渔翁就安静下来了，他或许枕着波涛睡了。渔翁终究是生活在水上的人，虽说家就在水边，但他已多日不归家了。

除了渔人和农人外，披蓑衣的，还有垂钓者。他们在岸边，把自己藏在一袭蓑衣中，岁月在他们的垂钓中安静着。也有波澜，但波澜起过，就安静成了涟漪，涟漪起过，又变得风平浪静了。这些垂钓者，钓清风，钓明月，钓风雨，也钓往事，唯独很少有钓鱼的，他们的钓意多不在鱼。钓罢，他们有的在岸边隐去了，有的消失于众人当中了。

间或有一位，在水边蹲得太久，蹲成了一尊石头。我们路过的时候，看到他以石头的模样，在指点着什么，自然，我们也会指点一下变做了石头的他。至于孤舟上的那位蓑笠翁,我说的是“独钓寒江雪”的那位,这一钓,早已钓出了古今天人合一的“境界”。

另有一些在山道上行走的披蓑衣者,他们可以叫作“道人”,是的,他们不是樵夫,在我的印象里,樵夫一般是不披蓑衣的。一件蓑衣,抖一抖,就是一片烟雨。对“一蓑烟雨任平生”的那位,这烟雨,淋湿的不是他的流年,而是他的蓑衣,烟雨能且只能把他的蓑衣淋湿了。

父亲的那件蓑衣,抖一抖,抖落的只是往事。拆旧建新以后,我家老屋已经不在了。父亲的那件蓑衣,也被弄丢了。弄丢这蓑衣的,其实并不是我们,而是往前走着的时光。这么多年,我没有跟人提起过,父亲的蓑衣,在烟雨蒙蒙的日子里,还常常回来,在我面前,打开一蓑烟雨。只是每次蓑衣回来时,我都在梦境中走动着。现在我想,如果我能够把那件蓑衣,从梦境中取出来,披在身上,我就可以回到老屋,回到幼年的光与影中了。

雨中访古寺

雨是早就在下了,并且越下越大,一点儿都没有停下来的意思。因为日期是先前定下的,我们便不管不顾,一路进山了。进山走的是一条山间小道,石阶断断续续,杂草丛生,给人一种原生态的感觉。溪水一路奔下来,流得湍急,这个时候,原本潺潺的水流,已变成哗哗的了。每一条山路,一旦被流水淹没,其实也就是一条溪流了。鞋子是不能穿了,我们只好打了赤脚,提着鞋子,蹚着水。流水略带寒意,但已经不是特别冷的那一种了。我倒是喜欢"一切随缘",风来听风,雨来看雨。比如此刻,正好找个理由,光着脚丫与泥土相亲。这些年,我住在乡下的日子很少,别提打赤脚了,就是走泥路也不多。如此与流水、与泥巴近距离接触,心中的感受是很美妙的。我每一步都走得小心翼翼,被石头一磕,有一种温柔的疼,被野草一扎,毛茸茸、痒酥酥的。同行的有一位摔了一跤,溅起了一大朵水花,引发了我们没心没肺的一阵欢笑。

山路又窄又长,我们刚走了一段,就望见古寺了,但转过一个弯,古寺又不见了。山深不深,藏不藏古寺,都是我们的主观感受。山就在那儿,古寺也不曾挪动半分,不过是受着山路曲曲弯弯、草木时深时浅的影响罢了。其实草木也无意掩藏古寺,你换个角度,古寺也许就清晰可见了。我们往上攀登一阵子,抬头见有炊烟起,想着那炊烟之下就是古寺了。雨雾蒙蒙,但炊烟与雾霭还是分得很清楚的。迎着炊烟走,其实通往古寺的,也只有一条路。我们走了约莫两个小时,才发现,法师早就在古寺门口迎接我们了。

古寺不大,只有法师一人和一位自愿在寺里帮忙的村民,寺里还养着一条小狗。对我们冒着大雨前来,法师并没有多言,只微微笑着说:"一切皆是缘,来是缘,去是缘,聚是缘,散是缘,山间花落花开和草枯草荣也是缘。"而我们能冒着大雨访古寺,也是因着缘。也许,在法师的眼里,这世间,就是一个"缘"字化生出来的。此刻,落在这寺顶上的雨,也是一滴滴的"缘"吗?

入寺,入座,我们一边听雨,一边与法师聊天。法师不是本地人,而是数年前,因着一次偶然的机缘,云游到此寺,然后就歇脚在这里了。这些年来,寺内寺外的一切事务,都是法师一人在打理。古寺很简陋,但法师说,比起早先年来,已经好多了。寺内所见之物,一些是信众上香时带来的，更多的是法师肩挑手扛带进寺的。我没问法师是从何处来的，无端地觉得，出家人是不问来处的，那么出家人问不问去处呢？反正法师打算在古寺一直住下去了。

我们起身，跟着法师在寺内走动。寺内寺外都很安静，除了时而淅淅沥沥时而噼噼啪啪的雨声，不过雨声在我看来，也是一种安静。几炷香火，袅袅着，也许是因为大雨天，所以除了我们，没有其他人入寺来。佛在殿内，安静地坐着，春去秋来，寒冬酷暑，一如既往，不喜不悲。也许在古寺，流年不过是一种反反复复的循环。天空总有着飘不完的雨，将古寺笼在一片雨雾之中。

在古寺帮忙的村民，自行劈柴做饭，烟火时浓时淡。见到我们，他憨厚地笑笑，然后又埋头于自己的活计了，半天没吭一声。问了，才知是哑巴。那条小狗，法师给它取名叫"小照"，在人前人后绕着，特别乖巧。我们走到哪儿，它就跑到哪儿，不声不响，但它的眼神清澈，似乎在说话。这是佛地，草木清新，花也开得特别纯净。好空气如果看得见，应该是那种特别水灵灵的样子。法师好客，给我们备了禅茶。大抵在佛地喝的茶，都叫禅茶，那些普通的家常水果，入了佛地，是不是也成了禅果？这是佛地的人间烟火味。在我心上，佛家，不独香火，也是带着烟火味的。

时间是在不知不觉间过去的，我们似乎也是在不知不觉间下的山。我竟然忘了送我们的法师是什么时候返身的，只知他送了我们好远一程。雨依然没有停下来，小照还一路跟着我们下山，都快到山脚了。我们站住，让小照回寺，小照才停下了脚步。我们下得山来，回望，一个被淋得湿漉漉的身影，已成一个墨点了。那是小照吧？山上香火，山下烟火。我们一转身，古寺便被草木藏了。

吉山问梅

久雨初晴，我到进化镇的吉山问梅，阳光洒在脸上，暖洋洋的。我多次到过吉山，记得往年吉山一带，每到花季，“十里梅花香雪海”，很是壮观。吉山梅园的许多梅树，是近年来新种植的，眼下已初具规模。梅花的品种有很多，如宫粉梅、红梅、绿萼梅、朱砂梅、美人梅等。这些梅花，生长在山间水边，被明媚的阳光一照耀，妩媚极了。

江南的赏梅胜地各具特色。吉山梅花的特色，我以为就在于“野趣”，山野的“野”，趣味的“趣”。山野空旷，是藏不住梅花的，梅花疏影横斜，也是藏不住人面的。山间梅花，野野地生长着，大抵是因为山地空旷，不必受“拘束”。这些梅树，生长得自由自在，根是盘着的，节是错着的，倘若能把梅枝植入某一首诗中，仔细品味，肯定会妙趣横生。这妙趣横生中，时不时地会晃出一张人面来，这张人面，在与桃花相映之前，先与梅花相映了。春风吹来又一年，记忆是旧年的，而这梅花和赏梅的人，都是新一年的。

与山间相比，也许水边的梅花更好看。到水边看梅，一枝梅花有两枝可看，岸上一枝，水中一枝。因着涟漪轻漾，水中的梅花会更迷人一些。虽然你明知在水中的，不过是幻影，但是生活的经验告诉我们，很多时候，幻影，比真实要美。我是喜欢看梅影的，云朵在梅影中穿行，小鱼在梅影中穿梭，而我的影子，也会与梅影叠在一起。岸上的直线，一旦入了水中，往往就成曲线了，曲比直，总要好看一些。风一吹，一池波光粼粼，此时，梅花就流淌成湿漉漉的霞了。

梅花盛开时节，吉山梅园就像披上了一匹五彩缤纷的霞。倘若山间有仙子，也许可以从霞中剪下一片，或者从盎然的梅意中裁取一方，织成一件彩衣。当然，这一袭彩衣既裹不住水声，也裹不住水流，既裹不住参差的虫鸣，也裹不住那些低飞的小翅膀。现在，梅花开得这么好，绽放得极情尽致。这还是“暗香浮动”吗？也许已经是“明香”了。梅园处处好空气，在梅园，你的呼吸是贪婪的。

不过，诗人说的“暗香浮动”，是要在“月黄昏”的时候。于是，我开始想象吉山梅园黄昏时的模样。月，安静地出来。月真的是安静的吗？在梅园，月出惊的不是山鸟，而是这一树一树的梅花。这一树一树的梅花，在你恍恍惚惚之间，仿佛在飞翔着。梅花飞翔了一整个晚上，第二天早晨，你醒来一看，梅花仍旧好端端地待在原处。

赏梅，其实很需要一颗安静的心。只有心安静了，你才可以听见清风里阳光中洋溢着的细细碎碎的美好。而正是这些细碎的美好，会让你心旷神怡。吉山梅园的时光，是安静的，除了你的呼吸和心跳，除了无处不在的万物的声响。

多年以后，梅树都老了，我忆梅花时，这吉山的梅花，会不会也在忆我呢？

老家就在官河边

萧绍运河，是浙东运河的西段，被当地老百姓称作“官河”，顾名思义，“官河”就是官家的河。传说，当年乾隆帝祭祀绍兴大禹陵，走的就是水路，数十里巨舟御驾过官河，两岸住户张灯结彩。“那场面的壮观……”，我记得讲述人说到这儿，有意停顿了一下。这个说法，正好说明了当时官河的繁华。

记得在我孩提之时，官河上还是船来船往，很热闹的。我老家离官河不远，走上一会儿，就到了衙前镇新林周村一带的官河边。依着官河，南岸是人家，北岸是当时螺山乡供销站的一排店铺。连接南北两岸的是新林周大桥，在我儿时，新林周大桥是我走得最多的一座桥。我后来查过相关资料，说新林周大桥在很早以前为木桥，明弘治七年(1494)，重建为石桥，1949 年后，改建成铁架桥，1997 年，又改建成钻孔灌注桩梁桥，钢筋水泥结构，长二十五米，宽六点五米，高六米。

有时候我会傻傻地想，假如对新林周大桥进行建设的时候，能够不在原桥上重建改建，而是在旁边另建一座，那么现在，木桥、石桥、铁架桥、钢筋水泥桥，跨在官河之上，依次排列着，又该是怎样的一种风景呢？当然，现在只能这么想想，有哪座老桥经得起风雨和时间的侵蚀呢？留在我记忆中的新林周大桥，是铁架桥，我记得上桥和下桥时，走的都是石阶，在小孩子的眼里，又陡又高，要费一番力气才能爬上去。石阶的中间，有青石板铺成的狭窄通道，可以推行自行车。那时候桥上行人很多，他们早出晚归的时候，用“摩肩接踵”来形容也不为过。

桥北的通道上，有个小集市。清晨，趁通道边的店铺还未开门，通道两旁摆满了菜摊，摆摊的都是附近的菜农，他们往往是自家种的菜吃不完了，拿来换几个钱。通常，他们在石板上铺上一张油纸或者一只麻袋，摆放上秤和要卖的菜，搬个小凳子一坐，就是一个摊位了。也有不带小凳子的，就蹲在那儿。到了早上8点店铺陆续开门之后，菜不管卖完卖不完，小集市都得散了，不能在门口老占着，影响人家店铺的生意。店铺是供销站的。脑子活络的菜农，会跟店铺职工套近乎，时不时送上一把菜。这样，卖不完的菜，就可以寄放在店铺里，由店铺职工帮着卖掉。

小集市分早市和晚市，早市是在店铺开门营业之前，晚市自然在店铺关门之后,那时候店铺关门都比较早。相比之下,早市要喧闹一些。我记得刚结婚的时候,我和妻子也去卖过菜。如果没记错,我们卖的是青菜。那年,父亲种了不少青菜。因为菜贱,父亲觉得还不如外出打工更来钱,眼看青菜都要烂在地里了。我们就在一个休息天,起了个早,割了菜去卖。但我们还是晚了,占不到好位置,我就蹲在上桥的石阶上,摆着叫卖。也许是因为价廉物美,不到两个小时,两箩筐青菜就卖完了。我们数也没数,回家就把一大堆纸币交给了父亲。父亲很高兴,多喝了一碗黄酒。

新林周大桥北,有一家茶馆,茶馆朝东,从南窗望出去,就是波光粼粼的官河。在我还很小的时候,几乎每天一大清早,爷爷都会带着我和妹妹去茶馆。茶馆是店铺中开门最早的。像爷爷一样,很多上了年纪的人,都有每天清早去茶馆喝茶的习惯。记得茶馆的茶叶并不好,是叶子很大的那种,好在茶客们的喝茶之意,其实也不在茶,在于聚会聊天。那时,传媒不发达,茶馆是人们交流信息的好场所,用爷爷的话说,叫作“灵市面”。我和妹妹没有耐心,过不多久就吵嚷着催爷爷回家。手头稍稍宽裕时,爷爷就会花三分钱、半两粮票,去隔壁点心店要上一碗馄饨“收买”我们。馄饨端上来后,爷爷就一边看着我们吃,一边对我们说吃不完不要紧,他会吃的。其实我们每一次都吃不够,哪有吃不完的。回家后,我们说起,奶奶笑得直不起腰:“你们爷爷嘴馋，想从小孩嘴里抢食吃。”

在什么都需要凭票供应的“票证”年代，供销站的生意并不忙。除了逢年过节，我们很少从商店买东西。现在回忆起来，只有废品收购店的印象深一些。记得读小学时，我迷上了连环画，但又没钱买。于是一天到晚捡废品，不过那时候地上很“干净”，哪有废品可捡。我花了差不多一个月，也只捡得了一些破布头和碎玻璃，而碎玻璃一般是不收的。但我拿去卖的时候，废品收购店的人还是给了我八分钱。我心中有一种说不出的高兴，因为八分钱刚好够买一本最便宜的连环画。“票证”年代，有时有钱也买不到东西。记得 20 世纪 80 年代我读初中时，听说供销站有上海牌手表供应，不用票，但每天只卖几只。母亲为了给我买一只，凌晨就去排队，但手表还是卖完了。第二天，母亲吃过晚饭就去排队，终于在商店开门时买回来一只手表。

现在想起来，官河边的新林周村并不大，却是我童年的远方。当年的螺山乡政府，在新林周村境内，也在官河边上。乡政府的北面是一方很大的荷塘，荷塘通过石拱桥连着官河。现在想起，那一塘亭亭荷花，似乎还荡漾在我的眼前。小时候的我，得过一种病，我后来想，也许那病叫“百日咳”。因为久治不愈，不知父母从哪儿听来了一个偏方，说是取日出前荷叶上的露珠，可以治疗我的咳嗽。一连半个月，父母天天凌晨去官河边，为我取来露珠。还有几次，父母干脆叫醒睡梦中的我，让我一起去，他们采了露珠就让我喝下。我现在已经记不得那些露珠有没有起到作用，但官河边那流来淌去的月光，至今还记得很清晰。

旧时的官河边，有着长长的青石板纤道。在出门依靠步行的年代，我们经常走纤道，只是我好像没有看见过纤夫。我记得有时我们会沿着官河，走去看露天电影，那时灯火很少。有月亮的晚上，月色真的很皎洁，至今我都觉得，那月光乳白得像个梦。无月的晚上，尽管星星很多很亮，但依然得打着手电。那时的夜，太黑太静，夜稍一深，就黑得不见五指了。虽然有虫鸣声一路相伴，但常常是“虫鸣河更幽”，只有脚步声特别响，走快的时候，仿佛官河水也会跟着晃荡起来。不光是我们小孩子，很多时候，大人也不敢独自在官河边走夜路。

如今想来，我记忆中的官河，是水墨画卷一幅。我不知道从什么时候开始，这幅水墨画卷溢出了彩色，两岸都是新房子了。有一年回老家，我特意到新林周村一带的官河边走了一圈。过去的供销站，循着记忆，仿佛还能找到一些“片段”，但“面目”都已经是新的了。站在新林周大桥上望，仿佛纤道还隐约可见。我想去看看纤道，在岸边密密麻麻的人家中，绕来绕去，似乎每一个弄堂的深处，都是一堵墙，我竟然找不到哪里有个出口，可以让我走到官河边，最后只得作罢。

但这又是数年前的事了。这两年，衙前镇正在整治官河，官河水变清澈了，两岸的违法建筑被拆了，一条旖旎的官河又回来了。依依官河水，日夜不停地流淌着。日子一直在往前走，我知道，我们其实是不可能回到旧时官河的。但我们可以通过整治，留住官河的许多“记忆”，比如，让依旧的水声，欸乃出画舫一只。

江上人

在坐下来,听一位老渔民缓缓讲述江上岁月的时候,我似乎才慢慢地明白,对于钱塘江,我其实是“陌生”的。也许,只有与钱塘江朝夕相处过,才会真正了解它的脾性,才能够真正成为可以驾驭江潮的人。

“弄潮儿向涛头立”,不知道这向涛头立的样子,在别人是怎样想象的。每次这样写下,浮现在我脑海中的,是抢潮头鱼的人。我记得早年,像是见过抢潮头鱼的人,但如今记忆已经很模糊了。此刻坐在我对面的老渔民,年轻时就是在钱塘江上抢潮头鱼的。如今,时过境迁,仿佛一切都已风轻云淡。在他风轻云淡的说话声中,萦绕在我心头的,是钱塘江大潮澎湃的声响。

“先得察看好地势,从哪里下水,抢完潮头鱼,又从哪里脱身,等这一切在心中都盘算好了,就静等着江潮来临了。”伴随着老渔民的叙述,一名身强力壮的男人,提着海兜,开始在钱塘江滩跑动起来,他一边跑一边回头注视着紧随身后的潮头。看准时机,他猛地跳进潮头,拿起海兜用力一舀,然后一个转身,从潮头跳出,加紧向岸边跑。没有敏捷的身手,是抢不得潮头鱼的。老渔民说,抢潮头鱼,最重要的一点,是千万不能“贪”,不管有没有鱼,只能下一兜,赶紧“逃”。一留恋,人很有可能就被潮水卷走了。老渔民在“逃”字上加重了语气,是的,在风浪中,很多时候“逃”是一种生存的“智慧”。

捕鱼这碗饭,并不好吃。老渔民说,他家世代都以捕鱼为生。他从小就和钱塘江水相亲,熟知钱塘江潮的脾气。大潮可怕。如果是明潮,因为看得见,你始终提防着,其实并不可怕;可怕的是暗潮,江面上貌似很平静,在你一点都没有防备时,突然涨上来,一些缺少经验的渔民,常常因此翻船,甚至丢掉性命。对于这些,常年生活在水上的人都是十分清楚的。他们熟悉钱塘江潮,也就知道,潮水是有规律的。白天潮水的大小,用“看”就可以了,晚潮怎么样,则必须“听”。有经验的人,能够通过涨潮声,听出潮水的危险程度。我记得曾经采访过一位围垦水利专家,他说,当年在围垦工地,晚上他们就经常在新围成的堤坝上值守听潮,久而久之,他们就能听出怎样的潮水需防,怎样的潮水是不打紧的。

老渔民说,抢潮头鱼一般都是在白天,只有极少数技术相当高超的人，才会在夜间小试几次。每次的潮头都不一样，即使是多年的老手，也会有失手的时候，比如，一旦过了事先选好的地点，还来不及从潮头脱身，这个时候，就一定要沉着，千万莫慌。这时把海兜的柄横放在潮头上，人坐稳在柄上，大潮的潮头都是泥浆，人是不会沉下去的。等瞅准了时机，再“逃”。“在浑浊的潮头上，人是往上浮的，一旦潮头清了，就危险了。”老渔民这样说着的时候，我想起了一回自己的经历，我算是感受过涨潮时大潮威力的。那是在早年，我在江边观潮，我所在的地方虽已经离潮水很远了，但我还是被泛上岸的一个浪头扑倒在地。爬起，浑身上下都湿透了，裹了一身泥浆。这大概算是我与钱塘江潮最亲密的一次接触了。于是我想，激荡在我心中的钱塘江潮和响动在老渔民心中的钱塘江潮，肯定是不一样的。很多年里，我尽管一次又一次地看过钱塘江潮，赞叹过大潮的壮观，但我与钱塘江潮，终究是隔着一些距离的。对于一年又一年在大潮中出没的老渔民来说，钱塘江潮肯定已经是一位可亲可爱的老朋友了，尽管它的脾气可能有点怪。

告别老渔民的时候，我忽然想到了“江上人”这个词，是的，这些常年行走在江上的渔民，他们是“江上人”，而我只是个“江边人”。不过，在浩浩荡荡的大江画卷中，我们都只是渺小的一粒。辽阔的江风吹动着，岁岁年年。

沙地上的芦苇

当秋风吹来阵阵凉意的时候,人很自然地就会想起芦花。芦花很美,一整个秋天,也许就是因着一枝芦花而柔软下来的。但我想芦花的美,更多的在于它的缠绵与苍茫。多年以后,我对芦花有了一种感情,那是因为一见到芦花,就会想及《诗经》里的“在水一方”,那位行走在“蒹葭苍苍”之中的佳人。

记得旧时的沙地,芦苇丛生。河流的两岸,芦苇长得密密麻麻。仿佛芦苇是跟着河流走的,芦苇绵延着,绵延着,拐个弯,河流也就拐弯了。我老家新街,在垦区有土地。在有生产队的时候,人们到垦区耕种,往返坐的是水泥船。记得晚上天擦黑时摇船出门,天亮的时候,差不多就到达围垦地头了。接着劳作一天,晚上又返回,往往不过夜。

夜里摇船,一路听着风吹芦苇的沙沙声,凉快。我那时还小,不过这样的船还是坐过几次的。从生产队里出发的时候，是空船，摇起来相对不费力，大人们兴致就高，时不时会把船摇到芦苇丛边上。站在船头的人用撑船的竹竿敲打着水面，那时鱼多，常常会有鱼儿跃出水面，跌入船舱。有经验的人，一路行船，能收获好多条鱼。不过等返回的时候，船只载满了收获的农作物，吃水很深，船速很慢，摇着又累，人们只盼着早点到家，就很少有兴趣抓鱼了。

那时的人家，灯火黯淡，夜一深，往往就漆黑一片了。回程路上，一路听着吱吱嘎嘎的橹声，小孩子禁不住打瞌睡，往往就睡着了。如果芦苇不起声，说明没风，大人们通常不会喊醒我们。但如果风吹芦苇，沙沙地响，大人们就不让我们睡着，说在风中睡着，很容易着凉。茂密的芦苇，会让人想到听过的一些鬼故事，小孩子会感觉有点阴森可怕。好在有大人在，小孩子也就不会特别在意了。

其实，那时我家的门前就是池塘，小半个池塘被芦苇占了。夏天的晚上，我们喜欢到池边乘凉，又不敢太靠近芦苇丛，怕芦苇丛中藏着水怪。不过，白天我们就不怕，如果有心，还可以在茂密的芦苇叶中，寻觅到意外的收获。比如，有人家喜欢把南瓜架搭在池畔，成熟的南瓜掉到池中，会被风吹到芦苇丛中，你就可以“捡”了。记得暴雨之后，池水浑浊，虾浮在芦苇丛的缝隙中，反应迟钝，很容易捉到。记得最有趣的应该是“捡蛋”，芦苇丛中虫子多，鸭子成天在里面觅食，有时干脆把蛋也下在了芦苇丛，而鸭子的主人未必知道这回事。我们去芦苇丛中摸找,不时地能收获几枚鸭蛋。因为说不清这是谁家的鸭子下的,于是这蛋,似乎理所当然地,就归了捡到的人。

现在,围垦的土地,已经过多年的改造,垦区的河流,也经过了多次的整治,大片的芦苇,已经不太见得到了。20世纪90年代的时候,芦苇还是常见的。一直记得有一年的秋天,我想拍些芦苇的镜头,垦区的一位承包户,让我坐在他的乌篷船上,他一路摇,我一路拍,有一种水一程,芦苇一丛的感觉。现在回忆起来,那画面还很清晰,乌篷船、波光潋滟,很有水乡的韵味,我还记得那位承包户,当天戴了顶乌毡帽。

在秋日,乌篷船和芦花,都是一种意境。时间往回溯,沙地只是潮水馈赠给我们的一方湿地,苍苍茫茫的芦苇,是湿地之上最早的居住者。而佳人,是在摇曳着的芦苇入了诗篇之后,才开始在字里行间出没。当我想起了芦花,沙地的秋天,便有了乡愁的隐喻。

有一条河流，在我心中流淌

莽莽的芦苇，一路绵延着，跟随着河流，走向了无边无际的远方。

小小少年，站在岸边，不谙世事的眼睛，望着对岸的人来车往，望着水面的船来船往，心中充满了迷茫和向往。小小少年，想跟着一条河流，不知疲倦地走下去，看看河流是怎么消失的：是走失于大海，还是干涸于大地？

或者这是一种幻觉。清晨，朝霞，远方。有婴儿，被粼粼波光托起，沐浴在圣洁的光辉中。这婴儿，或者是波光变化的，或者仍将化作波光。一些天以后，这婴儿，或许会摇曳成亭亭的莲花，在一方旖旎中，给我一个神秘的隐喻。但现在，他仍是一个婴儿，在淡淡的水雾中，披着朝霞的红翅膀，那翅膀在拍动着。朝日也在拍动，拍动滚烫的水花。晨曦是透明而清澈的，露珠也是透明而清澈的。这眼前的或者梦境中的一切，最终都将消失在透明与清澈之中。

很多年以后，我忽然发现，岸边那小小少年，是我。而幻觉中的那个婴儿，不知道是过去的我，还是站在彼岸的我。很多年后，我跟着一条河流，进了城。但是我怀疑，那不是来自我乡下的河流。我乡下的河流，早在我离开之前，已经“瘦”得不能再“瘦”了，并且已经有部分河段被填埋，成了高速公路或者现代化的厂房。我很怀念从前乡野的河流，河流可以在大地上，无拘无束地摆动身子，任性地穿越青山、田野、草木和烟火人家。因着这份野性，乡间的河流总是弯弯曲曲的。船行在河流之上，以为稍远处就到尽头了，到了近处一拐，眼前又是长长的流水，一眼望不到边。仿佛只要船不停泊，河流可以这样永远地延伸下去。

这些年在城市，我依然枕河而居。城里的河，早已被人工裁弯取直，两岸也已经被“雕琢”，遍布着缤纷的草木与华美的灯光。走在这样的被打扮过的河道边，我一开始总感觉有些不习惯，仿佛一名久居乡野的农民，突然闯入了红绿灯前汹涌的人流。我乡下的伙伴芦苇，可能一向野居惯了，也不喜欢在城里栖息，我很少发现它们的身影。但渐渐地，我就习惯了与城里的河流朝夕相处。彼时，我早已换上了城市人的着装。

某一晚，我披着暮色来到河边，脚步声惊动了小生灵，扑通一声，一个小黑影跳入水中，漾起的涟漪也是黑的。过了一会儿，大概涟漪已经散尽，我听到了一声蛙鸣，尽管我以为这是幻听。原来,这河流还在竭力为蛙声保存着一片黑。但这之后,在河岸边,我就经常可以听到蛙声了。我一直以为,这蛙声,是一条河流埋藏在内心深处的方言,它在不经意间,泄露了许多的天机。

夜深的时候,我会把枕河的房子,当作一条船。我知道,白天黑夜,不同的季节,不同的时节,河流在说着不同的话语,但在很多年里,我听到的却是同样的水声。在经历了一些沧桑之后,我渐渐地听得懂水的语言了。近来我常常觉得,水声中藏着很多人世间的秘密。细微的水声里,有鱼的呼吸,而有些水,呼吸着呼吸着,就变作了鲜活的鱼类。有水草会游动成鱼,鱼要是厌倦了游动,也会就地一泊,变做水草,被动或者主动地摇曳着。没有什么可以阻挡住水的脚步。在流动的水的诗篇中,石头和鱼,是一样赋予生机的动词。所有的生命,都应该是水所孕育的,包括那些不曾离开水的生命,比如浮萍。草木湿漉漉,不是被水声打湿的,就是被雨声打湿的;心上湿漉漉,有雨时是雨淋湿的,没有雨时是月光浸润的。

我喜欢听雨。在河边听雨,不仅是一种听觉上的享受,更是一种视觉上的,如果说涟漪有声音,那么视觉和听觉就不分了。我更喜欢雨花,这种即开即谢的花朵,有时我会怀疑是河流的心跳。在越来越空旷的河面上,往来的船只越来越少了。以前走水路的人,现在大都改走陆路了。只有鱼依旧没有上岸，船也没有上岸，船漂着漂着，就漂到了时间之外。我所钟情的乌篷船或者画舫，大多留在景区的河流之上了。很多次我依然走进乌篷船或者画舫，坐在里面听雨。我多次在古诗词中听雨，喜欢在安静的花香中，在安静的雨声中，缓缓地把自己的影子，悄悄地移入线装的古书中。

在字里行间，会有一道龙门，隐隐地升起吗？一条鲤鱼，“啪”地跃起，成为传说中的一条龙。而另一条安心在水草丛中修炼的鲤鱼，在某个月色溶溶的晚上，会禁不住人间烟火的诱惑，摇身变成人形，走入某座古庙，做一红袖，为某个将来要当状元的书生添香。村庄中所有来历不明的女子，都是由水中的鲤鱼幻化的。我很小的时候，记得祖母说过，那些鲤鱼幻化的女子，身上多多少少地会带着鳞片，在阳光下一闪一闪的。她们是水族，其实，我们也是“水族”。

常常也有来历不明的河流。在这些河流中，会有我儿时的影子，它被水一次次地漫过，漫过很多次以后，影子依然被水草珍藏着。万事万物都是水做的，都将在河流里留下踪迹。所有在时光中消失的身影，也一定会在河流的某一处重现。我会在一条河流的辽阔中，寻找到一种“泊”的感觉，我知道，人生就是一只航船，前行，泊，不断地前行，不断地泊。人生像时间，川流不息，也生生不息。

在一条河流之上，生活着三个我。这些年，我才明白，那朝霞中的婴儿，是我。后来这婴儿隐身在河流的源头，生活在一滴水的清澈中，更多时，这婴儿，是水中的一个影子。还有一个我，站在河流的尽头。在水天一色中，那个渺小的黑点，是我，我至今还想象不出那个我的模样。而现在的我，与河流若即若离，时而与河流有关，时而与河流无关。水的故事，全是流淌的故事，光阴的故事，也是流淌的故事。即便有一天河流消失了，故事仍将在大地上，独自诉说那份遥远与浩渺。

河流无止无息，无穷无尽，我相信生命中会有一条河，逆着水流上溯或者顺着水流下漂，都可以抵达天河。这些年，我一直在翻阅流水的故事，希望弄明白，地上的河流，是对天河的复制吗？但也许，天河只是地上河流的投影。天地之间，总有一种河流是虚幻的，但这种虚幻，又显得那么真实。

斗转星移，人间早已物是人非。天河边，仍然是牛郎织女，闪烁在我们的仰望里。天河要何时才能走出农耕的久远？偶尔，也会有一条河流，流经某个老村庄，安静成一面镜子，把“晴耕雨读”的字迹，照一照，擦去那风中的斑驳。一片白云从河底飘过，一片片白云从河底飘过，再往深处，就变成了纷纷扬扬的芦花。

有伊人在苍茫的秋水中亭亭玉立，河流就是缠绵的梦境了。我看到一条河流站了起来，像一棵树，深深地在泥土中扎了根。许多在时光中熟透的果子，扑向大地，腐烂成了泥土。随即，一声啼哭，破土而出。

忽然，我惊觉，这么多年，有一条河流，一直在我心中流淌着，它时而隐，时而现，我跟随着一条河流，也有一条河流跟随着我。又或者，某一条河流就是我的影子，在日落日出间，它记下了我所有的履历。

青草池塘

“池塘生春草，园柳变鸣禽。”听着童声的朗诵，我忆起旧时村里的池塘了。

旧时村里池塘多，家家门前都水汪汪、明晃晃的。村里池塘多得村民都懒得取名字，但不取名字又不行，于是这些池塘，有了一大堆没有“特色”的名字，有的按形状，被叫作圆池、长池、方池、牛粪池、镰刀池；有的按方位，被叫作门前池、门后池、中心池、村口池；也有带点“诗意”的名字，如柳塘、苇塘、荷塘……

自然，柳塘有柳，苇塘边上都是芦苇，而荷塘里则种满了荷。但乡间池塘，不论叫什么的，大多都可以见到柳、苇、荷的身影。被喊作柳塘的，是因为边上有棵老柳树，谁也说不清它长了多少年了。老柳树粗壮的躯干，曾遭过雷劈，村民传说，有妖精曾躲在柳树内，雷公降妖时，实在避不开，便殃及了无辜的柳树。

在村里，大凡老一些的事物，往往会有“神怪”的传说。比如，竹林中的老池塘，也流传着鲤鱼成精，嫁给了村中勤劳勇敢的小伙子，两人一起白头偕老的故事。村里的女人们在河埠头洗衣，男人们在池塘边闲坐的时候，常会聊些传说和故事，村上人管这叫“大头天话”。

每年，春风一吹，池水就绿油油的了。这绿油油的池水，漾满了生机，很多的小生命，都在水中孕育着。小时候，我一直固执地认为，好看的红蜻蜓、翩翩起舞的蝴蝶，还有恼人的蚊子，都是从池水中萌生的，它们在幼年期，都住在水草丛中。“池塘生春草”，生的是柔软的水草，是毛茸茸的池边草。池边草，先是鹅黄的，风一吹就青青绿绿了。然后，再过上一些日子，冷不丁地，池边就开满了花朵，像打了一串串彩色的补丁，“乱花渐欲迷人眼”了。

池边柳树，通常是成片的。柳枝，起初是嫩黄的，粗一看，像一枚一枚的小阳光，等绽开细叶，就变绿了，远望着，真有一种如烟的感觉。清晨或者黄昏时，水面有淡淡的雾气升起，这柳烟飘着，与近处远处人家的炊烟婀娜在一起了。柳树泛绿时，风就是吹面不寒的杨柳风了。在池边行走，有一种暖洋洋的感觉，于是心上也暖乎乎的。

春日多雨，常常下在晚上。“野径云俱黑”，池塘也黑，池塘中，偶尔会泊着小船，但小船也黑着。只有雨滴是亮的，在人家朦胧的灯光里，一闪一闪地亮着，一帘一帘地亮着。细细聆听，这雨声，很像是泥土大口大口的呼吸声。此时，万物是否正在使劲地长着个子呢？

第二天清晨，雨停了，池水明显涨了，还漫进了附近的田地。偶尔会有鱼搁浅在池边的草丛中，还鲜蹦活跳着。更常见的是，池中的鱼随着涨水游入了沟渠，轻而易举地就被人抓到了。因此，清晨的炊烟里，常会溢出一阵一阵的鱼香味。田野间，有早起的村民，在忙着清沟排水了。

池水涨得快，退得也很快。村中的池塘，大多是相连的，按村民的说法，池水都是活水，是流动着的。问池哪得清如许？是因为这些池，与村中村外的河流连通着，这水，有源头，也有去处。池水清，也因为每年秋冬农闲时节，村里都会组织劳力，对池塘进行清淤，将淤泥用来肥田。

“风乍起，吹皱一池春水。”肯定也有一天，吹皱了邻家女孩的心事，今年春上初长成，再过一些年，她就要嫁人了。

此刻，春风吹拂在我脸上，我老家的青草池塘边，这个时节，园柳又该变鸣禽了吧？我这样想着，心上湿漉漉的。

探访重兴寺

重兴寺位于楼塔镇百药山的山腰，从岩山村沿一条山道而上，走不多久便到了。之所以叫“探访”，那是因为，我们所见的只是重兴寺遗址，并且这个遗址，也差不多被草木覆盖了。我想着，会不会有一些石碑，埋在草木或者泥土之下呢？或许仔细翻找，还能找到一些“物证”，但无论如何，当年鼎盛时的重兴寺是什么样的，已经很难还原了。

相关文献记载：“咸通重兴之院者，许征君故宅。征君讳询，字元度，会稽太守旻之子。”（“元”通“玄”）说到楼塔的历史，许询（生卒年不详）总会在字里行间走动着。许询，字玄度，东晋文学家，有才藻，善属文，是当时清谈家的领袖之一，常隐居深山。传说重兴寺的所在之处，最初就是许询隐居在百药山的故宅，他在某一年离开时，便舍宅为寺。在楼塔坊间的传说和一些文字的记载中，许询就是在百药山修成仙的。修仙的“事迹”，当然是不可考的，却为百药山增添了灵气。“山不在高，有仙则名”，在缺少高山的萧山，百药山也可以算得上高与深了。这深山，在很多年里，藏了重兴寺这座古寺。

不过，在翻阅一些史料的时候，我觉得，重兴寺应该是藏不住的。在更早一些的岁月里，重兴寺的情况似乎已被遗忘，据说到了唐朝中期，重兴寺经战乱和天灾日趋破败。在唐咸通十四年(873)，寺院得以重建，当时由灵悟禅师重新开山，并改寺名为“重兴寺”，也就是说“重兴寺”这一名称，是这个时候才开始叫的。进入宋元时期，重兴寺的香火，又日益鼎盛起来，最多时僧人有将近百人。值得一提的是，楼塔人引以为傲的一代名医楼英(生卒年不详)，相传就是一边在百药山采药，一边在重兴寺著述的，他写成的书叫《医学纲目》。

这么着，百药山上，几朵白云便开始在我眼前飘荡起来，云深处的采药人，一会儿是许询，一会儿是楼英。许询是仙人，仙人是驾着云朵出没的。我猜测，那一年，许询也许就是有幸采到了百药山上的某一种仙药，服后升仙了。楼英虽是一代名医，在百药山间，也不过是一名普通的采药人，他只是偶尔去一下云深之处，因为总有一些草药是生长在云深处的，更多的时候，楼英走动在人间烟火里。或者，楼英就栖居在重兴寺，在袅袅香火中，把对草药的领悟和行医所得的点滴感受，写入他的著作中。

如今，这一些记忆，连同重兴寺都已经走远了。我在重兴寺遗址上，走一会儿，站一会儿，草木茂盛，翠竹摇曳，自然，翠竹也是草木的一种。看不见的负氧离子萦绕着身与心，深呼吸，鲜甜的空气中，还是可以闻到草药香的。村民说坐落在此的旧时的重兴寺是很清幽的，如今这清幽中，只剩下一口老井了。井水虽保持着清澈，但早就没人取用了。这口井应该不会太深，站在井边，我总是胡思乱想。比如，我会觉得等水退下去，钻入这口井，一直往深处走，“豁然开朗”的那一处，或许就是岩山村的人家了。

此刻，我就望着山下的岩山村，那错落有致的村居中，三三两两的村民，在往来走动着。而重兴寺遗址上的“风景”，我听到了。比如，清泉的汩汩，化作了溪流的潺潺，往低处流淌；比如，啁啾的鸟鸣，把一声空灵丢在我的身边，把另一声空灵丢到了远处。而白云无声，不一会儿，从山中飘到了山外。

山居斜爿坞

这一次，到楼塔镇大黄岭村斜爿坞，下榻的是黄岭青社，这是一个很幽静的居处。民宿周围，流水叮咚，翠竹摇曳，很容易唤起人对山居生活的向往。

在斜爿坞，比我醒得更早的，自然是鸟。清晨的鸟鸣，格外地“繁茂”。像从前一样，我依然辨不出是哪些鸟儿在唱，仿佛记忆中最亲切的，依然是那些灰不溜秋的麻雀。我推门而出的时候，这些麻雀，已经在人家门前候着我了。

村道两旁，时不时地，被安置着一些精致的小物。沿着村道而上，一路的风景，有着玲珑剔透的韵味。我一边行走着，一边仿佛在捡拾着诸如清风、白云、明月、烟雨这一类的词语，走到可以意会处，忍不住会心一笑。而小村庄的日子，在我看来，也由此盎然着诗意。

路边和人家院子里，花木葱茏着。溪水中，那些错落有致的石头，像是新铺上去的，不免留着一些人工雕琢的痕迹，却也别有风情。我坐在石凳上，静静地听了一会儿水声，滴滴答答，听得心特别空旷。

一条司空见惯的小溪流，经过整治，便有了特别清新的感觉。这条小溪流是从山上流下来的，穿村庄而过，翠竹夹道，被叫作“十里溪风”。有了这么一个诗意的名字，小溪流就顿挫成诗篇了。我开始溯着溪流而上，村上的房屋，也沿着溪流错落着。

那一栋古色古香的建筑，是俞氏宗祠，此刻，屋内无人，但门是打开着的。里面挂着许多的字画，摆放着不少书籍，墨香的味道，浓浓的。一阵风吹来的时候，让我想到了“幽”与“静”两个字。但也许这种幽静，更多来自这老屋，我闻到了旧时的木香，这栋木质建筑，正散发着岁月的味道。

宗祠门口的大樟树，我记得远远望着的时候，不过是葱绿的一蓬，到了近旁一看，不由心生敬意。光阴给予这老树的，竟是这般的沧桑。树的根部是空的，我怀疑一个小孩，是可以在里面钻进钻出的。而老树斑驳的枝干，很快就让我想到了一个词语“虬枝苍劲”，这“苍老”，或者叫“沧桑”，是多少的青绿都无法掩饰的。一棵老树，大抵就是村庄的魂之所在了。

还有一排老屋，是我在沿着溪流行走的时候，转了一个弯见到的。在周边一色的新居中,突然冒出了这么一排老屋,感觉有些突兀,我知道,这应该是刻意保留下来的。老屋的门,落着锁,像是无人居住。但可以看出,老屋是修缮过的,除了墙壁上的青苔——青苔依然保留着原样。我伸出手去,摸了摸青苔,有一种光滑的凉凉的触感。这些年,我一直觉得,一座村庄,应该要旧得恰到好处。日子总是新的,而记忆也是要的,并且记忆不能总是飘着,它是需要落脚的。

抬头之间,我发现小村的上空,已是炊烟袅袅了。我这样走着的时候,竟不知炊烟是何时起的。村道上也有人在走动了,脚步声因为安静而格外地清晰。鸡鸣声一直都是在的,啼过数声之后,鸡已在山脚的草丛中啄食。犬吠是不时响起的,我的行走,一次又一次地惊起了村犬。有时犬吠声太厉害了,我就会绕开,走上另一条路。好在村里的路,像个树杈,大路套着小路,走哪里都可以抵达要去的人家。

就这样,我一边走,一边用手机拍着乡间的景物,有时也拍拍早起就在劳作的村民,没有人在意我在拍什么。我和村民聊起的时候,村民说早些年的斜爿坞,人们是这样来形容的:“天气像凉帽,溪水像割漏,道路像裤衩。”这些年,经过整治和建设,人们似乎已记不得这里的“旧貌”了。只有那些粉墙黛瓦,仿佛还保留着旧时的光与影,它们在青山绿水中一出现，就达到水墨所洇开的意境了。

站在小山村高处的山坡上，望着这宁静的小山村，我看见从小山村出发的路，正在抵达远方。而“日出而作，日落而息”那份朴素的乡愁，依然萦绕在生生不息的炊烟中。

里都望清明

里都村是萧山区河上镇的一个小村。从前江南一带，多有望清明的习俗。据说，这一习俗，目前在里都村，还完整地保留着。这一习俗的来历，与出嫁的女儿有关。在女儿出嫁后过第一个清明节之前，娘家人要去探望女儿，备好清明粿，带上时令水果、糕点等，挑到女儿夫家去。女婿则要在家门口迎接丈母娘一家，篮子里的清明粿、水果、糕点等，要分给亲戚、邻里和朋友享用。望清明，须当日去，当日回。“不吃娘家清明粿，一世到老无结果。”在里都村，这是世世代代流传的一句话。

望清明的“主角”，自然是清明粿。里都村的清明粿特别好吃，色香味都不错。里都妇女，几乎个个是做清明粿的好手。因为这清明粿，要让大家共享，关系着娘家人和女儿的面子，要探望女儿的人家都会用心去做。有的人家，还会请村里最能干的婆姨帮着做。但娘家人挑着清明粿去探望女儿的情景，现在我只是在里都村村民的叙述中想象着。娘家人挑着一盒盒清明粿，行走在山村小路上，那背影，无论怎么望，都好温馨。

要知道里都村怎样望清明，不妨去里都村看看。这些年，“清明节里望清明”，已经被里都村打造成了一项传统民俗活动。当然，因为成了活动，望清明，也就掺和上了一些“表演”的成分。活动当天，村里的文化广场上，热热闹闹的场面摆开，村民和游客人山人海。

临时搭建的舞台上，本乡本土的文艺爱好者，在表演歌舞节目。一旁，村民们忙活着捣青、揉粉，做清明粿。暖融融的春风吹拂着，风中漾动着一阵一阵清香。清明粿上锅蒸熟之后，一掀“盖头”，香味噗噗地冒出来。游客们争先恐后，赶紧要上一个，尝了，不等眼福饱，先饱了口福。

我一直以为清明粿就是清明团子，但里都村的一位大娘说，在里都村，清明粿和清明团子是有区别的。清明粿不用馅，像是面塑，把糯米团捏出各样的形态，用竹签沾上各样色彩的天然染料，一颗颗造型别致的清明粿就做好了。这些清明粿，被捏成了花鸟虫鱼的模样，栩栩如生，花有芳香，鱼会游动，再看那青蛙，鼓着腮，令人想起“稻花香里说丰年”。每一颗清明粿，都是一件艺术品。你一件件地欣赏着，都有些不忍心吃了。清明团子，有馅，咸的馅料有咸菜猪肉、马兰头、雪菜、鲜笋，甜的馅料有豆沙和白糖。

除了清明粿和清明团子，里都村和邻近村庄的小吃、土特产也来凑热闹。粽子、年糕、麻花、酥饼、土鸡蛋、米酒……应有尽有。最好吃的大概要数竹筒饭，光是这么想想，就有竹子的香味扑鼻而来了。竹筒饭也可以自己动手制作，将米饭、腊肉、青豆等搭配一下，放在竹筒内烧。

马灯舞和踩高跷，这样的节目，也会隆重地在村里演出。值得一提的是望清明习俗的重现表演，村里几位大妈扭动着腰肢，扮成挑清明粿的样子，卖力地走动着，尽管走了半天，还在原地。

如今，望清明这一习俗，已经成为农家游的风景了。有人说，成了“表演”的习俗，很可能会失去了它的原汁原味，只是我想，正是为了“表演”，望清明的习俗才得到了更好的传承与弘扬，望清明的内容变得更丰富了，影响也更广泛了。里都村，也因着望清明，成为清明时节乡村旅游的一张“金名片”。

蓝印花布的流年

一

似水流年，这流年的“流”，也是流水的“流”。此刻，也许这些流水是属于江南的，而被一匹蓝印花布所掩映着的一角江南，或许指的就是这些至今还鲜活着的江南古镇。

这么想着，我的眼前呈现出这样的画面：一叶乌篷船，从小桥的那一边欸乃而来，摇橹或者划桨的船娘，着了一袭的蓝印花布，风吹动着她那曼妙的身姿。是的，是一“袭”，我总觉得这个“袭”字，有着一种缥缈的意境。船娘的身影，在水汽氤氲的流水之上晃动着，一会儿隐，一会儿现，尽显了蓝印花布的韵味。蓝印花布小袄和又宽又大的裤子，算不算旧年江南女子的经典打扮，这我说不上来，但至少，如此一打扮，仿佛一整个古镇，又旧了许多。

不必说，一匹蓝印花布所积淀下的时光，已经很老了。

我无来由地抑或有来由地感觉到，循着一匹蓝印花布，就可以抵达岁月深处的江南了。这一想法，是在某一年的岁末，我去桐乡乌镇时萌生的。乌镇上的一座染房依然在时空中高挑着，一匹匹长长的蓝印花布晾晒在无遮无拦的通透的阳光里。这一幕，在我的记忆中很熟悉，细细一想，应该是在影视作品中常常看到的。于是又想着，倘若可以取下一匹，裁剪成一件衣裳，让她穿上，她也许就可以在乌镇的旧时光中出没了。

当然，最好再给她递上一把油纸伞，蓝印花布和油纸伞，可能就是旧时水乡女子的标配。这样一来，即使那些已经焕然一新的街巷，也会缓缓地再次褪色成水墨画。而隐藏在那蓝白花纹中的一朵，也会化作一枝丁香，从某一首朦胧诗中走出，摇曳成丁香般的女子，在雨巷中婷婷地穿行，又或者，这一身的蓝印花布，也可轻盈成丁香般的愁怨。此刻，因着蓝印花布的缘故，这愁怨，竟是靛蓝的。

蓝底白花或者白底蓝花，端详起来，都是清晰的，但被江南的烟雨一笼一罩，就像水色一样，空蒙了起来。那白墙，那灰瓦，或许也是从蓝印花布上抖落的，至于那弯着腰，或者卧躺着的石拱桥，是否也与蓝印花布有关，我没有找到答案。但我知道，拱桥之下，那荡漾着的碧水，沾染着蓝印花布的韵味。

江南的底色，以柔软的居多，比如流水，比如丝绸，比如蓝印花布。只有青石板是个例外,青石板铺着排着,使一处一处的江南人家,有了铮铮的骨骼。虽然青石板也经常磕疼人家的日子,但青石板终究是静默的,经风历霜,走过了一年又一年。柔软如蓝印花布,总也会在某些不经意的时间里,被青石板的沧桑浸润,也因此,只要仔细品鉴,你会发现蓝印花布也是带着些许沧桑的。压在箱子底的那一匹蓝印花布,或许还有采自石板上的青苔在若隐若现,只是那青苔,已经被日子滤干了水分。

蓝印花布的蓝,或者蓝印花布本身,就是一首光阴的歌谣。

二

岁月总是充满了神奇之处,比如蓝印花布,就源自一场蓝与白的邂逅。这样的邂逅,是偶然的,还是必然的,又有谁说得清呢?

蓝印花布是传统的工艺印染品,距今已有一千三百多年的历史,最初以蓝草为染料印染而成。据光绪年间的《通州志》记载:“种蓝成畦,五月刈曰头蓝,七月刈曰二蓝,甓一池水,汲水浸入石灰,搅千下,戽去水,即成靛,用以染布,曰小缸青。”蓝印花布的蓝,来自一种蓝草。我查到的相关资料上说,染布的蓝草,一种是适宜在南方种植的板蓝,一种是适宜在北方生长的菘蓝,还有一种叫蓼蓝,也是天然植物蓝色染料的原材料之一。总之,蓝印花布的蓝,是天然的蓝。蓝草,是经历过雨雪风霜的,是汲取了日月灵气的。一旦走入蓝印花布的时空,就走进了花香鸟语的世界。

我特别喜欢蓝印花布的两个俗称——药斑布和浇花布。这蓝印的图案,也许就是被蓝浸渍过的斑斑药迹,而这蓝是一味中药,在日常生活中或许是可以疗愈身心的。而浇花布,一个“浇”字,格外生动,给人酣畅淋漓的感觉。这些花朵,仿佛是先栽在这白布上,然后浇水灌溉慢慢生出来的。实际上,对于这些花朵的培植,染工是付出了许多的。蓝印花布,终究必须是手工制作的。染的工序,烦琐而精细,需要花费许多精力与耐心,而手工的魅力,就在于手工制品里,蕴含着手艺人的体温。这样的体温,也许在你触及蓝印花布的一刹那,就可以体悟到了。

而一匹白布,之所以选择了蓝,我无端地觉得,这并不是随意的。蓝是一种平静的色彩,也是天地之间的主色调,比如天空,比如大海,比如春来时的江水,绿着绿着就蓝了。我喜欢抬头看天空,它常常一望无垠地蓝着。春日嫩蓝,夏日宝蓝,秋天深蓝,到了冬天,蓝则成了一种或深或浅的思考。想来大海的蓝,也应该是这样四季变换的,即使是旦夕之间,大海也蓝得风情万种。而湖水或者河水的蓝,常常蓝成了水天一色,很多时候,让你辨不清,所见的是天色之蓝还是水色之蓝……

当蓝与白相遇，蓝其实并没有填补白的空白，只是融入了白的空白。白是一种清纯，而蓝是一种清澈，当白与蓝相融成一色，就成了一种境界，一种清新高远又带着一些空灵的境界。

如此，蓝印花布的蓝，或者你手中的蓝印花布，就是一种境界了。

三

据《古今图书集成》记载药斑布："以布抹灰药而染青，候干，去灰药，则青白相间，有人物、花鸟、诗词各色，充衾幔之用。"药斑布就是蓝印花布的俗称，在我看来，蓝印花布，又何尝不是一个俗称呢？由蓝印花布制成的生活用品，比如蚊帐、被面、包袱、头巾、门帘等，有哪一样不是日常之物呢？每一样物品中，都裹着或浓或淡的烟火味。据说，我们现在所能见到的蓝印花布的样式，多数为明清一代的。其实时光不会停留在某一刻，如今生产出来的蓝印花布，在传统工艺的传承中，总会或多或少地有所创新，唯一不变的，大抵仍是"手工"二字。

蓝印花布，发源于秦汉，盛行于宋朝。后来南宋迁都到了今天的杭州，蓝印花布的发展与兴盛，就汇集于江南一带了。旧时的江南人家，衣服之外，也会有蓝印花布做的许多物品。比如，记忆中蓝印花布做的被面，是让卧室生了辉的，只是如今再想起，满室都是悠久的古色古香了。还记得我的祖母，特别喜欢蓝印花布做的一个包袱，每次出门，随身的行李常常用包袱一裹，带上就走了。读初中时，我离家住校，用来包被子的，就是祖母那个蓝印花布的包袱。被子也是祖母替我包的，她还在包袱中，给我放了一些我特别爱吃的零食。那一份亲情，至今回忆起来，心上还是暖暖的。晚年的祖母，常穿的也是一身的蓝印花布，那身蓝印花布里，透着的全是和蔼与慈祥。记忆中还有着这样的场景，在水墨的老街，三三两两蓝印花布的头巾，一路说笑着。我仿佛听得见那花布里的蓝喜鹊在叫，梅花正斜逸出来，还有那些蓝色的小花朵，在我的恍惚间，掉在了路上，野野地绽放着。

不过，关于蓝印花布的许多，都沉淀在记忆中了。唤醒我记忆的，还是因为岁末来到了桐乡，无意间闯入了蓝印花布的往事。据相关记载，在宋元之际，桐乡蓝印花布织染业极为繁盛，当时织机遍地，染坊连街，河上运布之船川流不息。其中，石门(旧称玉溪)的“丰同裕”“泰森”等染坊店，一时成为行业中的翘楚，所制的“瑞鹤鸣祥”“岁寒三友”“梅开五富”“榴开百子”等久负盛名。至于后来，蓝印花布是哪一年开始从我们的日子中渐渐淡出的，估计是没有人能说得清了。蓝印花布仿佛自然而然地淡出了我们的生活，时间的脚步不会停留，而生活也总在变化着。终究，蓝印花布与木窗、青砖、青瓷、青灯、黄卷、团扇等老物件,都被老江南的老时光保管着了。

依然记得我的祖母,在蓝印花布之间徘徊的情景。她抚摩着蓝印花布,有时,也会为那些简洁的图案出神。那龙和凤、鹿和鹤、蝙蝠和鲤鱼,以及梅、兰、竹、菊等,用谐音、用隐喻,这样的种种方式,寄寓着老百姓对日子的种种期盼。说起来,这些愿望,都如泥土一般地淳朴着。由此,我也会觉得蓝印花布,有着一种泥土一样憨厚的品质。还有浸润在花布骨子里的那一种从容的蓝,很像旧时光影中的呼吸,特别均匀的呼吸,让人的心灵一下子平静了下来。只是蓝印花布,还会渐渐地回到我们的生活中吗?

在人流中,尤其是在一些被叫作景区的古镇,我看到了一些蓝印花布的身影,它们穿梭着,潮湿了旧江南的光阴。也许被时光弄丢的事物,总有一些,还会被时光捡回来。很多时候,我们把这些叫作乡愁,比如蓝印花布。

云上月

登机的时候，我没想到一路可以伴月而行，几乎是在无意之间，往舷窗外一望，看见月亮的。这是我第一次在飞行途中，与月亮相伴。一枚圆月，就在机翼的上方挂着，很淡，隐隐约约的。

飞机在云层之上飞，月亮在我的视野中安静着。涌入我眼帘的这雪山模样的苍苍云海，给我的感觉，不是苍凉，而是一种绵绵的温暖，棉花一般的。千变万化的云朵，常常会让我产生某种遐想。比如此刻，我仿佛看见云层中隐约有一座房子，一个人倚在窗口，望着月亮。那姿势，像极了我在大地之上仰望月亮的姿势。

云特别安静，无边无垠地铺展着。月亮纹丝不动，几乎让我怀疑，一切都是静止的。也许只有让自己安静下来，慢慢地感受，才会觉察出飞机在动。飞机肯定在动，静止是一种错觉。但飞了许久，月亮仍在机翼的上方。可能天空的一整个月亮，都是我的一种错觉。隔着遥远的距离，我此刻所见的月亮，肯定是之前的，理智告诉我，那光亮抵达我，是需要时间的。

而我眼前的这一枚月，是如此亲切，假如允许我伸出手，大抵是可以触及的。但这仍然是一种错觉，在大地之上，我也会有这样的错觉，仿佛月亮就在我的头顶，月亮是跟着我走的，我走到哪儿，月亮就跟我到哪儿，在我抬头的一瞬间，它就出现了。飞机一直在飞，月亮就在云层之上，孤独地悬着。这时，我再一次从这个“悬”字中，读出了月亮的孤独。

之后，月亮与我，变得若即若离了，我想，这是飞机在航行的缘故。但我以为要将月亮弄丢的时候，月亮又出现在了机翼之上。这个时候，大地之上已该是一片暮色了。而云层之上的月亮，也由淡淡的隐约的，变得愈来愈清亮，愈来愈皎洁，愈来愈姣好。

飞机在降落，月亮渐渐远了，当飞机进入云层，月亮就被云遮去了。云在舷窗外涌动着，往上望只有翻滚着的云朵，往下看则是若隐若现的灯火。我知道，再次见到月亮时，我已经脚踩着大地了。

从机场出来，外面已经华灯璀璨。我抬头寻找月亮，在灯火之中，月亮变得很不显眼，要努力地寻找才会发现。感觉隐在灯火中的月亮，带着一种烟火味道，会带给人一种更踏实的感觉,或许我更喜欢把月亮当作一盏灯火,挂在夜深人静的窗口。想到云层之上与大地之上的月亮是同一枚,年年照着我们,我的心中一下子就暖和了。

第二辑

柴火的滋味

过日脚

沙地人喜欢把“过日子”叫作“过日脚”，日子像我们一样，是长脚的。日子的脚，走过以后，也许会扎下一些“根”，这些“根”，叫记忆。在早年，沙地人的日脚，是过得比较艰辛的。

“我们那时候，插秧其实不叫‘插’，叫‘种’。”一位老人向我们讲述起了往事。刚围垦的滩涂，在试种水稻时，由于盐碱地比较硬，秧是很难插下去的，只有先用刀把土挖开，然后把秧一株一株地种下去。我想我是能体会这一点的，我老家也在沙地，小时候跟着父母插秧时，印象中泥土也是比较硬的，虽然不至于用刀，但先得用手指挖开泥土，插下去，接着再把泥土匀好。这样一天插下来，手指会特别疼。

不过，老人说的是 20 世纪 70 年代的事情。当时，钱塘江边，许多的滩涂才刚刚围成，土壤没有经过改良，收成欠佳。一般一季水稻，辛辛苦苦种下来，每亩也就收个二百来斤。这还算好的，如果逢上暴雨，钱塘江发大水，土地就会颗粒无收。现在说起这些事，似乎有点云淡风轻了。但在当年，颗粒无收之后，“过日脚”的艰难，也就可想而知了。

那些年水稻常种两季，割早稻、种晚稻的时节，被称作“双抢”。那时早晚蚊虫多，中午田间滚烫，在密不透风的日子里，种地人的衣服湿了又干，干了又湿，不知道要重复多少回。那份辛苦，种地人都知道。但比起“双抢”来，剥麻更辛苦。“双抢”虽苦，通常也就半个多月时间，而剥麻，则需持续好多日子。“头麻见秧，二麻见糠，三麻见霜”，这是一位老人讲的，说是一年当中，麻须割三次，割“头麻”在夏初的插秧时节，割“二麻”是在可以吃到早稻新米时，割“三麻”则是在霜降以后。对于这些，我已经没有印象了。那时我还小，如今于麻的记忆，已经比较模糊了。

但记得每年 9 月中下旬，麻就可以拔了。每一样农活都是力气活，在生产队，一般是这样分工的，男劳力负责拔麻、夹麻，妇女主要是剥麻。那个时候，通常清晨三四点钟就要下地了。地里种的多是黄红麻，又粗又高，每拔一根麻，都得费上好大力气。有时，拔麻的人摔上一跤，会引来哄堂大笑。剥麻通常必须戴着手套，也有舍不得用手套的。但无论戴与不戴，一段时间剥下来，手指都会裂开一道道的口子，常常“旧伤”还没愈合，“新伤”又添了。我记得那时，父母的手指上都缠满了橡皮膏。

剥麻的日子里，人们要早起，还得晚归。我记得月亮出来的时候，麻地上依然是一片忙碌。月光静静地洒着，像淅淅沥沥的雨一样地洒着。劳累了一天的人们，已经不想说话了，麻地上，只剩下了一片剥麻的沙沙声。如今想起来，在滤净了那一份苦之后，竟有着些许诗意了。

剥完之后的麻，在出售之前，还得经历浸、洗、晒等工序。浸麻和洗麻，大多由男劳力负责，浸麻只要把麻浸到水中，进行沤制就可以了，洗麻又是一个力气活，而且人必须长时间地浸泡在烂麻水中。烂麻水臭，引来蚊虫飞舞，如果季节深一些了，这水又会冻得刺骨。对体力不太好的人来说，每天都是咬着牙，挺过来的。

每年从浸麻开始，沙地的水，不少就开始发臭了。这时会有鱼从水中浮上来，被人们捉了，在炊烟里化为清香。捉鱼，在剥麻的日子里，可能算是一桩乐事了。

记得那时，沙地还种大麦、小麦、棉花和各样的蔬菜，一年到头，地不得闲，人也不得闲。沙地人的勤劳和能吃苦，有口皆碑。那些年，沙地的“日脚”，就是这么过来的。我知道，现在这“日脚”的“脚”，在沙地，已经扎根成一种精神了。

好吃不过霉干菜

“大雷隆隆响，买刀猪肉敬老娘。老娘说，乌干菜，白米饭。”我幼年的时候，每当下雷雨前，听着轰隆隆的雷声，奶奶总会教我念这样一首童谣。念完了童谣，奶奶会说：“乌干菜和白米饭的味道，比猪肉饭好。”而童谣中的“乌干菜”，就是霉干菜。

那个时光，猪肉要凭票购买，但即使不凭票，我们家也是不大买得起的，不过霉干菜和白米饭还是有得吃的。霉干菜是家常菜，萧山沙地人家，每家每户都会腌制一些，常年吃，从年头吃到年尾，不稀罕。但霉干菜焖肉，是一道名菜，连过年时都很难吃到，想起来就让人口水直流，在那时绝对是一种奢侈。现在这道菜已经可以经常吃到了，虽说这道菜已成为家常菜，但仍然是一道美味佳肴，只是因为我怕胖，家人不敢常做，我上饭馆时也不敢多吃。不过吃得少了，滋味就更长了。

在萧山沙地，霉干菜真的是不稀罕的东西。早年“千军万马挑围垦”时，沙地农民在工地上吃的就是霉干菜。后来我们形容挑围垦的苦，也常说挑围垦的人吃的是“霉干菜、萝卜干”，现在用来形容沙地人的节俭，也说常吃的是“霉干菜、萝卜干”。可见霉干菜，是再家常不过的了。但好的霉干菜，比如那种九头芥腌制的，看上去油光乌黑，做菜时，越蒸越乌，越蒸越软，越蒸越香，确实算好吃。但印象中我家的霉干菜并不怎么好吃，我怀疑是用萝卜菜叶或者榨菜叶腌制的。霉干菜可以作为很多菜肴的辅料，可以清蒸、油焖，也可以煮汤，或者用来烧鱼、炖鸡等。我不会做菜，但有一次为孩子做了一个霉干菜炒蛋，孩子居然吃得津津有味。

现在，我已经记不得霉干菜是怎么腌制的了，只依稀记得每次在家门口晾晒干菜时，空气中都飘满了好闻的香味儿。有关资料上说，霉干菜是绍兴一带的名菜，清朝时，霉干菜曾作为绍兴的“八大贡品”之一。民间外出做活的手艺人，喜欢在饭盒中放一点蒸过的霉干菜，据说这样，哪怕在大热天，饭也不容易馊。萧山沙地与绍兴相邻，我想着资料上所提的“绍兴一带”中的“一带”，应该把萧山沙地也“带”进去了吧？霉干菜，咸中带点甜，确实很下饭。

也许是生活变化了的缘故，这些年，萧山沙地人家中还在腌制霉干菜的也不多了。现在去超市，可以买到各种风味的霉干菜，也不愁没得吃。出门在外，我经常会买各种烧饼来吃，霉干菜馅的。奇怪的是，常吃霉干菜的萧山人，好像没有做霉干菜烧饼的，但或许是我孤陋寡闻。

现在，我依然常吃霉干菜，也许已经习以为常了，好像并没有感觉霉干菜特别好吃，不过仔细想想，那份清香就萦绕在心头了。在远离家乡的游子心中，霉干菜，可能是一种乡愁吧？

“十碗头”记事

老底子沙地人把男婚女嫁办酒席，叫作“办十碗头”，把赴宴，叫作“吃十碗头”。所谓“十碗头”，也就是宴席上须有十道菜。这些年，有人依据老辈人的回忆，把“十碗头”归纳为九菜一汤，即土三鲜、大东坡、螯拼鸡、糖醋排骨、醋熘鱼、农家细炒、芹菜炒肉丝、炒时件、发皮小炒、蛋花汤。

在我的印象里，这“十碗头”的“十”，其实是个虚数。记得那时，家境很一般的人家，有凑不足十碗的；相反，家里条件好一些，又比较考究的人家，也有超过十碗的。所以在我看来，这“十碗头”，说的是菜肴很丰盛，并非一定是“十碗”，至于都是些什么菜，其实也不是固定的。一般人家，总是有什么食材做什么菜，“十碗头”会因季节和家庭经济条件而不同。

但也有几道菜是必须有的。土三鲜一般被列为头道菜，在宴席上是不可缺少的。土三鲜，通常是指鱼丸、肉丸和河虾。这道菜常用大白菜垫底，面上会撒一些蛋丝、小葱等。实际上，这土三鲜，也是一大碗汤。宴席一般十人一桌，所以这道菜中的鱼丸和肉丸共十颗，一人一颗，谁多吃一颗，就意味着另外有一个人没得吃了。如果有谁家孩子贪吃，多吃了一颗，会被认为“没有教养”。想多吃一颗的人，总巴不得有人不喜欢吃，但通常也没有人会不喜欢吃。那些年，人们的肚子里少油水，连土三鲜的汤汁，都会被喝得一干二净。

在肚子里缺少油水的年月，上菜的顺序，往往也是荤菜放在前面的，常常要连上几道荤菜之后，才会有素菜上桌。荤菜中，有一道“大东坡”，即东坡肉，似乎也是不可缺的。东坡肉是杭帮菜的传统名菜，也就是一块油亮发光的大肉，扣了一整碗，闻起来香喷喷，吃起来油而不腻。那时，想省点肉的人家，会在大肉底下垫上油豆腐，这样看上去还是满满的。宴席上很少有人装斯文，东坡肉一上，常常在片刻间，就被一扫而光。荤菜中还有一道菜深受人们的喜爱，那便是糖醋排骨。酸酸甜甜的排骨，被炸得酥酥脆脆，老人和小孩都爱吃。

在旧时，办“十碗头”，是以荤菜为主的。好面子的人家，几乎碗碗都是荤菜。那时，在沙地一带，平日里人们吃的多是萝卜干、霉干菜，往往只有逢年过节，来了亲朋好友，家里才能见到荤腥。因此，无论办“十碗头”，还是吃“十碗头”，都是一件非常隆重的事情。在民间，除了男婚女嫁，小孩剃头、上梁、乔迁、老人做寿等，也多有办“十碗头”的。对于普通人家来说，办“十碗头”是一笔不小的开支，因此得早早地筹备，有的人家甚至提前一两年就在攒钱了。有钱的人家，碗头足，碗碗菜都满；经济拮据的人家，只能东凑西凑，勉强凑够碗数。所以，当年各家的经济状况，通常吃一顿“十碗头”就可以看出来了。也有不好面子的人家，不管有钱没钱，酒菜都很普通，好像也没有多少人会去计较，人们通常不评价，毕竟谁家都免不了要办“十碗头”，有余钱的人家是不多的。

据说，“十碗头”是萧山特有的婚嫁宴席文化，形成于明清时期，一直延续了下来。一向节俭的沙地人家，在平日里，常常一个铜板都恨不得掰作两半来花。在沙地，几乎找不出大手大脚花钱的人家。办“十碗头”，可谓是“最浪费的事情”了。其实，这也不算“浪费”，“十碗头”宴席上的剩菜剩饭，沙地人家从来不会随意倒掉，而是会储存起来，送给亲友吃，或者自己家里一再蒸煮，直到吃完为止。

这些年，“十碗头”还时不时会被一些餐馆推出，吃着仿佛还是旧时的味道，又仿佛早已不是旧时的味道了。毕竟，“十碗头”已是萦绕在心底的浓浓乡愁了。

儿时的爆米花

这些年，偶尔在街头看见有卖爆米花的，我总会买上一袋，塞一把到嘴里，满满的都是儿时过年的回忆。记得儿时，每年到了年脚跟，也就是过了腊月初八，村里总会来一个做爆米花的老人。如果老人晚来几天，村里人就开始惦记了。我们小孩子更是村头村尾地寻找着，盼望着发现做爆米花的老人的身影。如果找见了，消息一下子就会被孩子们传遍全村。要是没找见，孩子们会闷闷不乐，挂着一脸的失望。

那时，大人们也在盼着做爆米花的老人早些来，一来家里孩子吵得慌，二来大人们其实也嘴馋。在现场看做爆米花的，除了叽叽喳喳的孩子，大人也不少。很快地，围着做爆米花的老人，人们自觉地排好了队。队伍常常会排得很长，有时，人有事走开了，会将一袋米摆在地上，托前后排队的人照看一下，也被当作在排队。那时人家，用来做爆米花的，大多是大米，也有玉米，偶尔也会有人家用年糕片。排在前面的人家在爆米花做好后，会捧出一把，让大家尝尝，但一般大家都会说“我们也快轮到了”，并不接过来吃。毕竟，爆米花在那些年，也算是“奢侈品”了。

这时候，乡村的空气中，早已充满年的味道了。搡年糕的，包粽子的，家家户户，热气腾腾。哪怕天空中飘着雪花，心里感觉也是暖暖的。哪怕天空中飘着雪花，做爆米花的老人，依然若无其事地生着炉子，不紧不慢地摇动着爆米花机。等到火候到了，要撬开阀门了，老人喊上一声“熟了”，我们小孩子便捂着耳朵，四散逃开。紧接着，“砰”一声，一大袋爆米花就到手了。拿到爆米花的，就一边吃着，一边走回家去了。而一袋爆米花，我们是要省着吃的，自己要吃一些，也要在过年时用来招待客人。有了香香脆脆的爆米花，童年的春节，也便有了甜甜的回味。

现在，我已经记不得从哪一年开始，做爆米花的老人就不再来村里了。只记得老人不来以后，每到过年时，父母会去市场上买一些米花糖回来，比起爆米花，米花糖自然要更好吃一些，加上那时，我的家境已经好了不少，米花糖已经不用特别省着吃了。

之后，我们进了城，每逢过年，我都会买一些米花糖或爆米花来吃，其实平时，我也会买。于我，这是一份年的味道，也是童年的味道。春节时，当一家人围坐在一起，尝尝爆米花，尝尝米花糖，在那一份温馨中，我仿佛又回到了儿时的年。我知道，最深的年味，叫“团圆”。

父亲的菜

买了房以后，我们就搬到城里居住了。父亲舍不得他的地，不愿进城，一直在老家种菜。人勤地也勤，一年四季，父亲都把田地侍弄得青青绿绿的。好在老家距离我们在城里居住的小区不远，骑自行车三个小时就可以打个来回。每每收了菜，父亲就会给我们送来，一送就是一大堆，也不管我们吃得完吃不完。

父亲送菜来，要么起一大早，赶到时我们还没上班；要么估摸着在我们快下班的时间出发，到来时我们已经下班在家了。但无论早晚，父亲总是匆匆往返，很少在我们这儿坐下来吃饭。早晨来，父亲说菜地上还有一大堆活等着他，他得赶回去；晚上来，父亲说天快黑了，早点回去路上安全。为方便父亲随时来家里，我们刚进城时就给父亲配了一把钥匙。因为是密码锁，父亲试了几下说不会开。于是我们设置了一个父亲容易记住的密码，一次次地教他如何开锁，直到父亲试着开了几次，感觉已经熟练了。

但接下来，发生了一件让我们哭笑不得的事情。有一天我晚上下班回到家，看见父亲在家门口，守着两大编织袋的菜打盹。我问父亲什么时候来的，父亲说上午到的，本想送完菜回家吃中饭。“钥匙忘拿了，还是掉了？为什么不给我们打个电话？”我问。父亲摸出了钥匙，说年纪大，记不得密码了，试了几次打不开，怕开坏了锁，就不再试了。接着又解释说，知道我们中午都在单位不回家，怕我们赶来赶去，影响上班，就没给我们打电话，还好他带了钱，自己买了点吃的。我赶紧说，本来妻子下班比我要早一些，不巧那天妻子下班时，带着孩子回娘家了。父亲搓着手，显得很内疚，说自己真是笨，拿了钥匙都进不了家门。

我知道，城里的生活对父亲是陌生的。偶尔在城里住上一天，父亲常常显得无所事事，又不知所措。但只要回到了老家，回到了田间地头，父亲就生龙活虎了。父亲终究是属于他的菜地的。双休日，我常常回老家去看望父亲。不用问，父亲一般都在菜地上忙碌着。我老觉得做我父亲的那块地，也挺可怜的，父亲一年到头不得闲，他的地也一年到头不得闲。不光田头地角种得满满当当，连田垄的边上，也都种上了菜。

父亲种菜，一直坚持用农家肥，他觉得农家肥可以养护地力，我知道还有一个原因是他不舍得花买化肥的钱。父亲种菜，也几乎不用农药，这样可以省钱，当然更是为了菜的绿色无公害。父亲给菜除虫，有时用的是最原始的办法，就是自己动手，一颗菜一颗菜地除。这么着，父亲种出来的菜，常常比别人的要显老，经常有黄叶夹杂其中，有时还虫迹斑斑。按父亲的话说，就是卖相不好，进了菜市场没人要。好在父亲种菜，似乎就是出于“爱好”。

这些“没人要”的菜，最后都被父亲驮着送给了住在城里的我们。妻子好多次让我告诉父亲，少种点菜，别累着，我们也吃不了那么多。父亲每次听了都笑笑说，吃不完可以送亲戚朋友的，这是绿色无公害蔬菜。我说多少次都不见效，父亲依旧照着他的计划种菜。有父亲在老家种菜，我们就几乎不用进菜场了。

柴火的滋味

一年又一年，我都会回到老家过年。这些年，都说年味在一年一年地淡下去，但只要柴火的滋味还在，我总觉得年味还是浓的。

平时居住在城里，每逢节假日，我就盼着去乡间走走，吃吃农家菜，唤回小时候的那份记忆。有一段日子，我老想着一个问题：为什么农家菜感觉那么好吃，那么让我贪恋？有一天，我走进农家厨房，看到土灶和柴火，就恍然大悟了。原来，是因为农家菜的清香中，充溢着柴火的味道。

在老家过年，最享受的，就是可以吃上柴火烧的饭菜。知道我们在老家过年，亲友们会送来自家种的青菜、自家养的鸡鸭。我们在乡间集市上买的，也多是村里人家自己种的、养的。新鲜的食材，用柴火一煮，几乎不用油，只需放上少许盐，一出锅就特别鲜，特别香，令人胃口大开。这样的鲜香中，带着食材的天然滋味。我相信这样的原汁原味，用天然气灶肯定是烧不出来的。

过年时,走在乡间,最好闻的就是乡间的炊烟味道。家家的厨房,暖暖和和,腾腾的热气,弥漫在空气中。我喜欢“弥漫”这个词,人家厨房的香味儿,像长着小翅膀的精灵,在身边萦绕着,不难闻得出,哪些是米香,哪些是鱼香,哪些是肉香。相比之下,我对青菜的香味特别敏感,只要一闻,我就知道谁家在炒青菜或者煮青菜了,因为青菜的香中,夹杂着一些草汁的味道。柴火煮的青菜汤和烧的白米饭,到了过年时节,就是我特别盼着的美味了。

柴火烧的米饭,比起用电饭煲做的来,也要香得多。炒过菜的铁锅,残留着油滴,用来煮米饭,饭熟时,再添上一小把柴,锅底就会起上一层锅巴。锅巴又香又脆,咬着咯嘣咯嘣的,真的是有滋味。但要吃上这样的锅巴,煮饭的人,也是要有经验的,水放多放少是一方面,另一方面,火候也要掌控得恰到好处,否则,要么饭煮烂了,没有锅巴,要么就把饭烧焦了,锅巴黑乎乎地成了“炭”,不能吃了。

记得小时候过年,我最喜欢的就是烧火。天冷,烧火暖和。但最重要的是,可以闻着柴火的香味。一般我家烧饭,用的是稻草。稻草不经烧,得一刻不停地往灶膛内送。若是煮粽子,因为时间长,宜用慢火炖,则一般用木柴或者竹片,当然最好是厚一些的木块。木块经烧,烧火的人也闲,不用老是添柴,只要在灶膛边守着,不让火苗蔓延出来就行了。

灶前的空气被烫得热乎乎的，稻草还带着田野的气息，而木柴竹片，则带着山林的气息，这些气息飘散之后，还剩下的，就是泥土的幽香了。是的，是幽香，一种若有若无的香，像阳春三月的阳光在草木间流淌的味道。也因此，我会觉得，吃柴火烧的饭菜，如果你细细咀嚼，慢慢地，你就仿佛走进了芬芳的大自然。

在烧火的时候，还可以听到嗞嗞的水声。这是因为，有些柴还没有被晒干，或者又返潮了，被火一烤，就嗞嗞地冒水，要是能安静地聆听，有时还挺像汩汩的泉水声。只是这水珠，很快就蒸腾成了热气，消失了。烧过之后的木块，如果未完全烧尽，还可以用来做木炭。记得早年，村里家境好一些的人家，还会提前买上一些木炭，在天特别冷的时候，烧来取暖。想来清新自然的风中，掺杂着柴火的淡香，比现在的空调应该好多了吧？

其实柴火还有着一种看得见的“味道”，这便是柴火燃烧着的样子，熊熊的，扑哧扑哧的，生机盎然，特别有朝气。真的，那一灶膛的红红火火，不也是年味的一种吗？

画月饼

记得在我幼年时，生活很拮据，每逢中秋节，吃到月饼，也不是一件容易的事。

老家有望中秋的习俗，走亲访友时，人们会拎着月饼。在我家，亲友送来的月饼，常常还要送回去。只有过了中秋节，才会收下一两筒。这收下的月饼，通常也只给我和妹妹吃一点点。那时，我的爷爷长期卧病在床，父亲孝顺，大凡家里有好吃的，多半留给了爷爷。月饼给了爷爷后，爷爷就把它放在床头。记得每天，趁着爷爷不注意，我和妹妹就会去偷吃。刚开始时，我们提心吊胆，不敢多拿，只吃一点点，怕爷爷知道了。几次之后，我们的胆子就渐渐大了起来，有时妹妹就会偷偷拿出一整个，然后分半个给我。这样几天下来，我们就把月饼偷吃完了，奇怪的是，爷爷似乎还没有发觉。记得父亲看见月饼没有了，就问爷爷："月饼好吃吗？"爷爷连声说"好吃"。等到父亲走开了，爷爷又一脸慈爱地对我和妹妹说:“月饼都在你们两只‘小老鼠’的肚子里了。”

不过,我儿时的中秋节,家里往往也会用米粉或者麦粉做月饼来吃。通常是奶奶动手做的,虽然不多,但我们总能吃上几个,我们管这叫“土月饼”。“土月饼”的馅分甜与咸两种,甜的其实也只是放了一点点白糖,如果能拌上一点芝麻,就特别香了。咸的通常用咸菜做馅,咸菜是自家腌制的,可以多放一些。虽然“土月饼”远没有商店里买来的月饼好吃,但在缺衣少食的年代里,“土月饼”已经足够成为一种美味了。

月饼没有了,我们还想吃怎么办?我记得我和妹妹发明了一种好方法,这就是找来一张纸,用铅笔在纸上画月饼。在画好一个月饼后,又把月饼匀成一块一块的,用橡皮涂掉一块,就表示这块被吃掉了。兄妹俩就这样轮流“吃”,你一口我一口,一边“吃”一边说着月饼的味道。记得说着月饼的味道时,馋嘴的我们,有时还会忍不住流下口水。后来,我们又发现这样“吃”月饼,太麻烦,于是就干脆拿个树枝在泥地上画了。在泥地上画月饼太容易了,想“吃”大月饼,就画大月饼,想“吃”多少个,就画上多少个。这样,画了擦,擦了画,我们的月饼,再也“吃”不完了。有时,我和妹妹也自己做月饼,与奶奶不一样的是,我们的月饼是由泥巴捏的,用小半天时间,就可以捏上一大堆了。然后,我和妹妹就张大嘴巴，假装吃月饼，并且比赛着谁先吃完。

很多年后的中秋节，面对着餐桌上各式各样的月饼，我回忆着儿时画月饼的场景，问妹妹："还记得吗?"妹妹先是笑得前俯后仰，笑完后又沉默了许久，在不经意间，我看到了她眼里闪着一些泪花。望着月亮，吃着月饼，总会勾起一些往昔的记忆。一年又一年的中秋节，天上的月亮，也溢满了人间的烟火味道。

霉豆腐

酒宴接近尾声，餐桌上摆了一碟霉豆腐，我夹上一块，一小碗饭，很快就落肚了。大概是许久没吃霉豆腐了，我感觉那味道特别爽。说出来也不怕别人笑话，吃完后，我还回味了好长时间。

对我来说，霉豆腐是一种记忆中的味道。小时候，霉豆腐是家常菜，那时，大多数人家的生活都很清苦，霉豆腐是家中常备的。如果我没记错，当时霉豆腐是两分钱一块，有一阵子，好像涨到过两分半一块。后来有过一种被我们叫作“醉方”的，这种霉豆腐要五分钱一块，如果块头大一些，价格还要贵。这种“醉方”，吃起来有酒的味道，很好吃，但我们只偶尔买上一块，唯一的原因，就是价格高，吃不起。

买霉豆腐通常是去供销社设在村里的代销店，我们管它叫“小店”。我记得那个时候，距小店近的，又爱喝酒的村民，在忙农活的间隙，有时是午休时间，会跑到小店去，要上一碗绍兴黄酒、一块霉豆腐,就站在小店门口吃喝。霉豆腐佐酒,一口一口,有滋有味。这样喝酒的人中,其中有一位是我的父亲。不过,相比其他人,父亲只是偶尔去一次,过过瘾。父亲爱喝酒,但又不舍得花钱。父亲也很节俭,有时,一碗酒喝完了,一块霉豆腐还能剩下大半块,他就拿回家来,晚上用来下饭。

旧时沙地人家,只要饭能管饱,菜是不讲究的,其实那时手头拮据,也没法讲究。寒冬腊月,去钱塘江边挑围垦,每到饭点,人们就掏出随身携带的冷饭,就着霉豆腐、霉干菜或者萝卜干咽下去。即使承包到户以后,我跟着父亲一起去围垦的承包地上劳作,我们带在身边的,还是霉豆腐。一块霉豆腐,父亲要吃上好几餐。很多时候,父亲只是用筷子蘸一下霉豆腐汁,就咽下一口饭。也因此,直到现在,提及沙地人的节俭时,我还常常会想起父亲吃霉豆腐的样子。每次写到围垦,写到围垦精神时,仿佛字里行间,总会有一块霉豆腐若隐若现。

记得读初中的时候,我住校,每周回一趟家,从家里带米带菜。有的时候,从家里带去的,就是一罐霉豆腐。不过那时家里经济条件已经好一些了,我带霉豆腐的时候不是很多。因为我奶奶觉得霉豆腐营养不够,人在发育时,要多吃新鲜的菜,所以家里总是尽可能给我钱,让我在学校食堂里买饭菜。但霉豆腐还是会备一点的,因为霉豆腐不容易坏,想吃就可以吃。

现在我已经记不得,霉豆腐什么时候淡出了我们的生活,大约是从改革开放以后,农家生活条件日益好转时开始的吧。这些年,我只是偶尔想起霉豆腐来,才会去超市买上一点儿,也许是为了满足一份对过去的怀念。我感觉霉豆腐还是一如既往地好吃。随着年岁渐长,生活似乎在日趋简单,就吃菜而言,我的口味也越来越偏向于清淡了。用霉豆腐下饭,似乎又成了一种不错的选择。当然,霉豆腐于我,是有一份情感在的。

年鱼

顾名思义，年鱼，应该就是用来过年的鱼。这些年，每逢过年，集市上各种鱼类都有，购销两旺。一些地方还会举办“年鱼节”，把捕鱼和卖鱼办成节庆活动。好多人和我一样，会去“年鱼节”上轧闹猛(凑热闹)，主要目的也不是为了买鱼，而是想看看那渔网拉上来时，鱼在水面上跳跃，飞溅起朵朵水花的场景。鱼一欢，虾一跃，人群一沸腾，一个生机勃勃的年，就呼之欲出了。

想起旧时有生产队的时候，虽然身在水乡，过年想多吃一些鱼，也不是一件很容易的事。那时，生产队里的池塘，通常会养一些鲢鱼、草鱼和鳙鱼，以鲢鱼为主。到了年底，池塘水位低了，生产队会把水抽干，先把鱼捕上来，然后给池塘清淤，用淤泥来肥田。这也算是“竭泽而渔”了，但即便如此，捕上来的鱼不多，个头也不大。通常每家每户只能分上一小堆，大一些的鱼，往往被剁成几块，这样搭配均匀一些。分到家的鱼，一般人家都会存起来，留在春节的时候招待客人，自己是舍不得吃的。

那时几乎家家户户，都会挑一条鱼，一般是鲢鱼或者鳙鱼，作为“元宝鱼”。这元宝鱼，在大年三十用来祭祀，祭祀过后，每次招待客人，都可以摆到餐桌上去，充作一盘菜。但是元宝鱼是不能吃的，只是摆在桌上让人看看。一直要放到元宵节之后，家里的客人都差不多来完了，主人才可以动筷子，把元宝鱼吃了。这一点，大家都心知肚明，我们小时候去做客，大人会再三关照，餐桌上如果只有一条鱼，那是元宝鱼，是不能吃的。如果有两条，其中有一条是可以吃的，但也不要急于吃，主人会先动筷子夹给你吃。倘若有特别嘴馋或者不懂事的孩子，去动了元宝鱼，主客的脸上就挂不住了。当着客人的面，主人不好多说。对于小孩，出了这样的事之后，回家少不了要挨打挨骂，第二年，也就别想再去那户人家做客了。懂事的孩子，其实也是禁不住鱼的美味的，那就“看鱼下饭”，看一眼元宝鱼，扒拉一口饭。

后来，我读到过相关的文字，说过年做元宝鱼是民间的传统。大多老底子人家没有盘子，只有碗，一只碗装不下整一条鱼，所以通常把鱼切成三段，头尾拼接，中段盖在上面，状似“元宝”，因此得名“元宝鱼”，说是寓意“年年有余”。但在我的记忆里，那时大多数人家的元宝鱼，个头并不大，稍微大一些的碗，也就装下了，至于形状像不像“元宝”，其实也很少有人在乎，有那个意思就行了。并且，在我看来，那时候人家大多手头拮据，但春节招待客人，总得有点鱼肉，那元宝鱼，虽然不能吃，但终究可以充作招待客人的鱼。

现在，连我妈都已经记不清楚，元宝鱼是什么时候“弄丢”的了。记得一年又一年，生活日渐富裕了起来，别说过年，就算平常想吃鱼，到集市上转一下就行了。也许，当餐桌上海鲜都“济济一堂”的时候，元宝鱼早就没地方摆了。这么着，元宝鱼也就淡出了过年的日子，只是还没有淡出我的回忆。

元宝鱼大概是年鱼的一种吧？还有一条鱼，挂在旧时的墙上，至今也没有淡出我的记忆。那是一幅年画，画中有一个小男孩，抱着一条大鲤鱼，鲤鱼跃成了浪花状。仿佛有一扇龙门，在远处隐约着。有了这条鲤鱼，来年总是充满着希望。

露天晚餐

盛夏的一个晚上，有位住在乡间的同学留我吃了一餐晚饭。饭桌摆在院子里，晚饭是在露天吃的，同学家的门前就是一口池塘，有习习凉风吹来，我吃得汗流浃背，却又感觉特别爽。这一餐饭，也唤醒了我儿时的记忆。

记忆中儿时的夏天，我家晚饭多是在露天吃的，露天比起屋内要凉快许多。露天吹的是天风，我老家沙地那一带，大家管自然风叫作“天风”。那时一般人家还没有电扇，更别说空调了。沙地人家，房前或者屋后，大约总会有口池塘或者有条河。一边吃饭，一边被来自水面的凉风吹拂着，在劳作了一天之后，是一种很好的享受。当然月光作灯，还可以省电。记得我的父亲，哪怕在一团漆黑的晚上，也愿意露天吃，父亲说，筷子和手，配合得最好了，怎么着，饭菜也不会夹到鼻子里去。

但这是回忆，回忆一美好，就把蚊子“过滤”掉了。其实那时候,因为在水边,所以蚊子特别多。尤其是天气闷热的晚上,蚊子一抓一大把,手中的麦草扇,说是用来扇风的,其实更多的作用,在于驱赶蚊子。有些蚊子,被热气一沾,可能就掉在了饭菜里,黑灯瞎火的,难免被人吃下去。一餐晚饭下来,我们身上全是小小的红斑,被蚊子叮得特别痒。蚊子实在太多的晚上,我们会在饭桌旁,用稻草打上一个烟堆熏蚊子,但往往我们自己被熏得更呛,蚊子却很快适应下来,不怕烟了。

那时沙地人家的地,大多没浇水泥,是泥地。泥地,透气,散热快。常常太阳一下山,泥地就凉下去了。但最凉爽的时候,要数一场哗啦啦的雷阵雨后。热得冒着烟的泥地,一下子被雨浇凉了,好像蚊子也被雨浇跑了。这个时候露天吃饭的那份清凉,现在想来,仿佛还有一阵凉爽透着心。

记忆中父亲一直喜欢喝酒,在吃晚饭时,喝上一碗酒,对父亲而言,是必须的。菜不论,茄子、南瓜、霉干菜,大多时候清蒸,如果能够用油炒一炒,大概父亲又会多喝上一碗酒。父亲每天的晚饭都要吃上两三个小时,大半时间是用来喝酒的。每次我们吃完饭,开始乘凉的时候,父亲还在吃。对于父亲,一天的劳累,常常要在一餐晚饭中,慢慢地消除掉。

只有我,真正享受的是晚饭前和晚饭后的时光。晚饭前,我会早早地洗完澡,把桌子摆到地上,然后,仰面躺在桌子上，天还没黑，蚊子不多，恰好可以欣赏蓝天白云。晚饭后，月色溶溶地洒着，乘凉，看树影柔柔地摇曳在白墙上，我记得小时候，总有一种想把树影描下来的冲动。手巧的人，能用手影扮个小兔子或者小鸡一类的东西，我手笨，便随意扮，留在墙上的手影看着像什么，就说扮了个什么。大人们则在一起，说些家长里短，有见识广的，也会谈谈村外的事情。

我们什么时候开始不再露天吃晚饭了呢？大约是在有了电扇和电视之后，电扇一动，大多时候，室内就比室外凉快了。有了电视，很多人，哪怕露天吃晚饭，也会匆匆地扒上几口，就赶紧回屋看喜欢的节目去了。

如今，在夏夜的晚上，我还常常会回忆起儿时的露天晚餐，只是我已说不清楚，我怀念着的，是饭桌上那一份浓浓的亲情，还是那一种“天地人”合一的境界。

酒是久久的年味

一

“无酒不成席。”即便是在物资匮乏的年代，春节，也总是少不了酒的。在我印象中早年的乡村，每到春节期间，乡间小路上走动着的，满是走亲访友的人们。在自行车都不太普及的年代，乡下人出行基本靠步行。

在我老家一带，人们在春节期间走访亲友时，礼包中酒是不可缺少的，是必需品。不过，那个时候能买上高档酒的人家不多，但礼“轻”情意照样重。人们招待客人，必须上酒。人们一早出门，在凛冽的寒风中，走到亲友家，常常已是午饭时间。客人进门，落座，主人端上热气腾腾的菜肴，斟上一碗酒。客人赶紧喝上一口，酒入肚，先是暖了身，接着就暖了心了。

酒一满上，话就多了。这一年来的风风雨雨，竹筒倒豆子，一下子全倒了出来。田家人说的当然多是田家事，地上的收成、村里的故事、邻里的近况，以及偶尔听闻的别处的消息。旧时乡村中流传着的许多消息，常常是从餐桌上得来的。在餐桌上，酒往往成了感情的“添加剂”。

二

我很少喝酒，但我的父亲嗜酒。父亲几乎什么酒都喝，家里有什么酒喝什么酒，去亲友家，亲友家上什么酒就喝什么酒。在我看来，父亲喝酒的不挑不拣，大多是因为没得挑也没得拣。早年，手头拮据，父亲常常没钱买酒喝，酒瘾上来了，实在挡不住，就买那种最便宜的。我记得父亲喝得最多的是黄酒和土烧酒，父亲说，黄酒香甜，而土烧酒醇香。

早些年，父亲在逢上高兴事的时候，常常会要上一瓶黄酒，独自慢慢喝，一边喝一边唠叨，与我们分享他的快乐。平日，在田头干活受了雨淋之后，父亲会来上一杯土烧酒，祛湿，暖胃。记得在我家家境渐渐好起来后，父亲喝酒的次数就多了。尤其是到了过年期间，父亲认为应该好好地放松一下了，有时早中晚三餐都喝酒，甚至到了茶可以不要，饭可以不吃，酒一定要喝的程度。

春节走亲访友，对父亲来说，是一年中难得的享受。我家有几位亲戚，是父亲的“酒友”。过年时，父亲常会抽上一天时间，提着好一点的酒，上亲戚家去。父亲他们只喝酒，不在乎是什么酒，也不在乎有什么下酒的菜。大多数时候，父亲喝到感觉差不多就停杯了。但若是有人一再劝酒,父亲也会喝醉。

父亲喝到话特别多,就说明父亲喝高了。我见过几次父亲醉酒的情形,父亲醉酒的时候,总是唠唠叨叨,一遍一遍地重复着自己说过的事情。然后,突然他不声不响,起了鼾声,睡着了。父亲睡上一觉后,酒也就醒了。

但大多数时候,父亲并不贪杯。嗜酒的父亲,只要有了酒,就会对过日子感到特别满足。

三

与父亲不同,我一点儿酒瘾也没有,平时滴酒不沾,只在逢年过节时,才会品上几口,酒最好是高档一些的。“花看半开,酒饮微醺。”我个人觉得,喝酒最好的境界是“微醺”。“微醺”是一种意境,缓缓地品味一口酒,你会觉得好像自己正置身于无边的草地,在暖洋洋的春风中徜徉着,那芬芳,仿佛是泥土和草汁带来的。恍惚之间,仿佛有蝴蝶,在花间舞动着,波光粼粼的蝶翅,扑动着花香。

在我看来,饮酒最好的氛围,是三两好友围坐在一起,边饮边聊。注意,是“饮”,不是“喝”。酒桌上,不劝酒,人人随意。好友之间,不必顾忌,可以放松身心,畅谈许多的人与事,抛开一切烦恼,直到进入“酒不醉人人自醉”的状态。

一直感觉最好的饮酒方式,是像品茶一样品酒。最好伴有丝丝清风、缕缕阳光,以及啁啾的鸟鸣或者参差的虫鸣。但不必用佳肴,总担心太好的色、香、味,会把酒味冲淡了。只要有几碟清爽的小菜就够了,但一碟花生米似乎不可少,其他的随意。酒桌上,可以摆上一本书,散文集或者诗集。散文或者诗歌的字里行间,也许就有用来酿酒的粮食作物青绿着。从酒中或者从文字中,就可以品出大地和粮食的芬芳,如此一来,酒会让你热爱上自然,热爱上生活。酒,终究是液体的粮食。

品酒时一般不读小说,我怕一打开小说,就有一壶浊酒从书页中溢出来,就有喜相逢的白发渔樵,在秋月春风里,在夕阳几度中对饮。但其实白发渔樵的对饮,也是一种境界。此刻,酒杯中晃动着的,也许不是酒,而是时光了。

四

每年春节,往往都会逢上一场大雪,把整个村庄,笼在一片白茫茫之中。窗外寒风呼呼,窗玻璃上,雪花扑打着。室内,亲友欢聚,觥筹交错,欢声笑语。仔细想想,那融融的热气,也挺让人向往的。很多时候,喝酒之意,也许并不在酒。情在酒外,意也在酒外。人生中的许多场合,都藏着不可多得的欢乐,当拥有时,要学会珍惜。

其实在大雪的夜晚,我一直有个美丽的梦想。希望在冰天雪地中,能有一间小屋,供我栖居。有一盆火,在屋子中燃着,供我取暖,还有一只红泥小火炉,可以用来煮酒。

酒温了，满上，我临窗而坐。这个时候，什么都可以想，也可以什么都不去想。窗外，有梅花隐隐约约，在白雪的映衬下，隐隐地红着。只是，如今，这样的红泥小火炉，一直只在我的文字中悄悄隐藏着，不曾来到我的身边。

在春节，若是逢上明媚阳光，那溪水便在阳光下哗哗地涌动着。碧水如酒，滴滴澄澈，仿佛你只要舀上一瓢，就是一杯好酒了。也许，在不少时候，你想象中的某个事物，也是可以替代酒的。那个时候，这酒，就不再是某一种液体，而是某一种意境了。

在我码着“酒”文字的时候，我的脑海中常常会浮现出这样的一幅古画：一个戴斗笠、披蓑衣的渔翁，坐在一叶轻舟上饮酒。四围青山，似眉峰聚，一江春水，似眼波横。这样想着的时候，我老觉得那个渔翁就是我，而我正坐在青山绿水之间，默默饮酒。但过上一会儿，等我缓过神来，我会发现自己与渔翁毕竟隔着一幅画作的距离。

五

“故人具鸡黍，邀我至田家。”在城里住的时间久了，仿佛自己就成了城里人。我有一些小学同学和初中同学，仍然住在乡间，仍然还是“田家”，只是随着土地被征用，他们中有许多已经是“务工”而不是“务农”了。

每年过年，我都是回到老家过的。旧时过年的习俗，在我家一直遵循着，做年糕、包粽子、祭祖、守岁、敬神、拜年，我家年年都依着老家的习俗过年。我说过，我在城里住久了，这些年，到老家，和亲友相聚，就有一种“至田家”的感觉了。只不过我们把酒的时候，已经很少“话桑麻”，而话的是家事、国事和天下事了。城市和乡村的面貌都日新月异，时代发展得太快了。

平日里我很少喝酒，但春节期间例外。每次握着酒杯时，我总会想起那些年，我过年回家，陪着父亲喝一杯的情景。过年，父子俩对饮，父亲喝一瓶，我大抵只饮半杯。父亲不停地说话，我就认认真真地听，不时地点头，然后顺着父亲打开的话匣子说下去。这些年，我常忆起父亲喝酒时那份心满意足的神情。这个一生都在土地上辛勤劳作的农人，一生都不曾离开酒，父亲多少的喜怒哀乐，都在酒杯中漾着。如今，父亲已经过世了。我依然每年回老家过年，酒，依然香醇在乡间的炊烟里。

酒是久久的年味，我也相信，关于“酒”的记忆，对于许多人来说，也是乡愁的一种。乡间，也有着许多与酒相仿的事物，比如，故土上的老井水，在游子的回忆里，常常是酒的一种，也是乡愁的一种。一年又一年，我回到老家过年，闻老家的酒香，寻觅关于酒的记忆。我在自己的一篇散文中说过，虽然我已在城里居住多年，但我记忆中所能够抵达的，依然是那生生不息的乡土。

可爱的乌毡帽

很早的时候，我就有一个想法，等头发白了，就剃个光头，戴顶乌毡帽出门去。不过现在想来，这大概是一种“奢望”了。在乌毡帽已经淡出生活的今天，像我这样不想招摇过市的人，已经没有勇气戴乌毡帽在路上走了。

乌毡帽是绍兴的特产吧？在我的记忆中，在萧山的东片地区，尤其是邻近绍兴一带，比如瓜沥，当年乌毡帽是比较流行的。乌毡帽通常由湖羊毛制成，颜色乌黑，圆顶，卷边，前段像个畚斗。因戴着冬暖夏凉，乌毡帽深受农家人的喜爱。早年的父亲，一年四季都戴一顶乌毡帽。冬天，在凛冽的寒风中出门，乌毡帽罩在头上，如同顶着一个“小太阳”；春天多雨水，古诗中别地的农人在斜风细雨中劳作，披蓑衣，戴斗笠，而萧绍水乡的农人，多是披蓑衣，戴乌毡帽的，因为毡帽不易浸水，可以挡雨，也可以遮阳。因此除了炎夏时节，实在太热，不宜戴乌毡帽外，天暖一些的时候，戴乌毡帽,还是比较清凉的。

乌毡帽的一大好处是不易弄脏,一般回家进门后,取下来,撢一撢,就干净了。还有个好处是牢固耐磨。记忆中父亲有顶乌毡帽,用了好多年,都好好的,直到有一年冬天,去钱塘江边围垦,与邻村人发生纠纷,乌毡帽才被扯破了。被扯破后,父亲换了一顶新的。乌毡帽的翻边处,还有一个妙用,抽烟的农人会在此夹上几支烟,想抽了就取下来。父亲不抽烟,但嗜酒,常会在帽子翻边处夹上几张纸币,干农活累了,就拿去买酒喝。旧时小村的代销店就开在田头,非常方便。记得有一次,父亲以为毡帽里没钱了,不知怎么的,还是摸出了一张皱巴巴的纸币,便觉得是意外之财,要上了一小碗黄酒、一小碟霉豆腐,吃得津津有味。我至今记得,乌毡帽下父亲的那张脸,阳光灿烂的。

记得幼年时,我也戴过乌毡帽,回忆中那份感觉,是比较美妙的。这让我想起鲁迅笔下的少年闰土,毡帽掩不住的那张脸,青春逼人。只不过我们家没有那么大片碧绿的西瓜地,我也没有少年闰土那么敏捷的身手,而且,闰土戴的那顶小毡帽是他自己的,我戴的乌毡帽则是父亲的。能拥有一顶自己的乌毡帽,是我小时候的梦想。现在想来,这梦想,是多么小,多么可爱。

霉干菜、白米饭落肚后,戴个乌毡帽,划个乌篷船出门去,大抵就是旧时水乡的光景了。如今,萧山东片地区,甚至绍兴的乡间,都很少见到乌毡帽了。偶尔还有三两顶,在田野间晃动着,荡漾起旧时水乡的风情;或者在某一条小巷中晃动着,像一道渐渐远去的风景。

也许,再过若干年后,这可爱的乌毡帽,只有到鲁迅先生的文字中去寻找了。

恋旧

朋友在农村的老屋要拆迁了，挖掘、搬运，他费时费力地把一棵桂花树和一棵香樟树，迁到新家找个地方种下了。旁人不解，对朋友说，这般折腾还不如直接买两棵种下，省力又省时。再说，新家附近也多的是树，不差这两棵。朋友回答说，那不一样，对这两棵树，他有感情。

这两棵树，桂花树和香樟树，一直生长在朋友家老屋的院子里，是他爷爷种下的，比他的年纪还大。这两棵树是看着他长大的，树下留着他的童年。因此，他无论如何都舍不得它们。现在，把这两棵树留在身边，老屋拆了，他仍可以留个念想。他说这份感情，是不能用时间或者金钱来衡量的。

日常生活中，有许多物品，其实已经很旧了，在他人眼里，或许早已不值钱了，但这些旧物的主人，总是舍不得扔。在当事人的眼里，这些已经不仅仅是物品，更是一种感情的寄托。物品之上，沉淀着许多已经逝去的美好时光。曾经付出过，就会懂得珍惜。像我们家，这些年，也已经搬过几次，每次搬家，我都会把旧时看过的书，一本不少地带到新家，尽管明知有些书不会再打开看了。只有实在没地方放了，我才会处理掉一些书，还总是特别不舍。我的母亲，每次搬家，都会把那些在我们眼中已经不值一钱的旧物，比如针针线线、瓶瓶罐罐一类的，带到新家，塞得满满的。对旧物，母亲总是当宝贝，实在破旧不堪后扔掉的，母亲还会在梦中把它们捡回来。有一阵子，母亲常常跟我们说她做了这样的梦，被她扔掉的旧物，又在房间的某个角落出现了。

还记得那一年，我们打算建新房了，因为村里要求拆旧建新、异地新建，好长时间里，我都做不通父亲的思想工作，任由我怎么说，父亲总是低头不语，或者半天来一句，好端端的老屋，为什么就不能住了呢？我说，屋漏了。他说，不能修一下吗？我说，老屋阴暗潮湿。他说，这么多年，不都过来了吗？尽管父亲知道要建的新房肯定比老屋住着舒适，但他还是放不下老屋。拆老屋的日子里，父亲常常唉声叹气，情绪很低落。住上新房以后，父亲还常常回到老屋那边去，哪怕所谓的老屋，只剩下一片废墟，不久之后，退地还耕，成为一片菜地了。

那时候，我总是不理解父亲，觉得父亲很怪，对建新房如此抗拒，而现在，我忽然理解了。老屋是父亲造的，一砖一瓦，都倾注着他的心血与汗水。父亲在老屋生活了那么多年，角角落落，都储满了他那些酸甜苦辣的回忆。我们眼里的老屋，在父亲的心上，早已是一位朝夕相处多年的老友了。

给碗刻字

给碗刻字，早就淡出人们的记忆了吧？

记得旧时，我们沙地有很多人家的碗，碗底都刻着自己的姓氏或者名字。刻上字，就表明“这是我家的碗”了。那时，大多人家都很穷，连一只碗都是一份珍贵的家产。在乡间，常有手艺人走村串户，来给人家“钉碗刻字”。逢上雨天，地里活做不成，人们只好待在家里，手艺人“钉碗刻字”的生意会好上很多。叮叮咚咚一阵敲打，几只碗便被刻好了字。当然，破碎的碗，只要不是破得很厉害，钉碗的师傅，也可以把它修复好。我记得当时大多人家都只有十来只碗，最多也不会超过二十只。碗上有了字，人们便放心了。这字，有的是姓氏，更多的则是名字。比如，在我们村，陈姓是大姓，如果只刻个“陈”字，那等于没刻。

那时村里有人家办红白喜事，都得借碗。我家有一户邻居，因为碗刚买来，还没来得及刻字便被人家借走，归还时少了两只，邻居去向人家要，人家说还了，因为没证据，只好作罢。之后邻居立即找人刻了字，但因为那件借碗的事，借与被借的两户人家，闹得好几年不曾往来。但也常有人家碗被借走后，还回来的是别家的碗了。比如，张家的碗换了莫家的，而莫家的碗，可能换了王家的。不计较的人家，只要碗的只数不少就行了，在意的人家，则会按着碗底刻的字，挨家挨户去换回自家的碗。

我家的碗当然也不例外，是刻了字的。但在借进借出，自家也办过几场酒之后，我家就有了别家的碗了。父亲只在乎碗的总数少不少，只要借走六只，还回仍是六只就行，至于碗底刻着谁家的字，父亲是无所谓的，因为那年头谁家的碗，都差不多，都好不到哪里去。但若是还回一只缺了口的碗，父亲虽然不说，看得出心里是不痛快的。那时的许多人家，缺了口的碗照样使用。在物资匮乏的年代，碗是珍贵的，我记得我的妹妹不小心摔破了一只碗，就挨了父亲的一顿揍。“连饭碗都捧不住，这样的孩子能有什么出息？”父亲边打边说。

但很快地，碗就变得不再珍贵了。一户户人家富起来了，纷纷买来了新碗。新碗比旧碗漂亮，值钱，却不再有人刻字了，很少有人在乎一只碗了，不过话说回来，即使有人想刻字，也已经找不到会刻字的师傅了。只是不少节俭的沙地人家，依然舍不得把旧碗扔掉，这么多年了，新碗和旧碗，一直并用着。我家那些刻了字的碗，虽然已经很多年没派上用场了，但到现在还在老屋里存放着。那几只碗，有刻着“高水”两字的，那是我父亲的名字，有刻着“加灿”两字的，那是我祖父的名字。

有一阵子，我想把这些刻了字的碗珍藏起来，总觉得以后会是文物，但又一想，其实也未必。也许正如乡间的农人是女娲打瞌睡时，随意撒下一大把一大把的泥点“造”的，这些做工粗糙的碗，大抵也只是工匠随意抓了一些烂泥烧成的，但它们毕竟保存了给碗刻字年月里的那一份记忆。

儿时的端午

“粽子香，香厨房，艾叶香，香满堂。桃枝插在大门上，出门一望麦儿黄……”这是两三年前，过端午节时我收到的短信，我一直留在手机里，舍不得删去。又一年端午，麦子黄了，粽子又飘香了。

这些年家里过端午，已经不再包粽子了，通常只是去商场里买上一些，吃着应个景。记得我小的时候，每年过端午，奶奶总要包上几串粽子。那时家里比较穷，包的多半是什么馅都不放的白米粽，偶尔也会有馅，这馅通常是豆板(蚕豆)或者霉干菜。虽然馅不怎么样，但煮粽子时飘出的那份清香还是满了厨房的，在我儿时，粽子是难得吃到的美味。妻子的家在杭州滨江区西兴一带，说起过端午，妻子说她小时候家里也每年都包粽子，包的粽子，除了自己吃之外，还会扔几个到河塘里，传说那是给“水鬼”吃的，大抵也是一种“贿赂”，为的是孩子玩水时能够不被“水鬼”捉去。

我们萧山沙地有没有这样的传说我不清楚，那时沙地人家大多很穷，由穷而节俭，为了那份“舍不得”，即使有这样的传说，想来也会当作不知道。总之在我们老家那一带，没有人家给“水鬼”送过粽子。

过端午的另一个习俗是插艾草和菖蒲。在我儿时，我家门口的池塘边，就长满了艾草，河埠头的水边上，遍是菖蒲。逢到端午，家家户户都会采些艾草和菖蒲，挂在大门上，用以驱邪。菖蒲需求不大，倒是艾草，许多人家都会采上许多，除了插在大门上外，还会挂在屋檐下，让风吹干，或者放在太阳下晾干。记忆中端午节采的艾草，用处是很大的。夏夜的晚上，乡间多蚊子，点燃艾草可以驱蚊。在我老家那一带，过端午比较讲究的是吃“五黄”，“五黄”指的是黄鱼、黄鳝、黄瓜、咸蛋黄、雄黄酒。只是那时大多沙地家庭都很穷，“五黄”几乎每年都是凑不齐的。黄瓜、黄鳝有，但黄鱼连影子都很难见到，咸蛋黄还是能找到的，但雄黄很少有人家有。雄黄有毒，沙地人家只喝黄酒，至少我没有见过喝雄黄酒的。凑不齐“五黄”，怎么办？有的人家会用黄豆来代替“一黄”，似乎只要带个“黄”字的，都可以用来“冒充”，实在拼凑不足，也就有一样算一样。我记忆中，我们家就从来没有完整地吃过一回“五黄”。

煮熟的粽子，看起来似乎是偏黄色的，也可算是一“黄”吧？如今过端午，在我们家，依然只是有几个“黄”吃几个“黄”，要说这些年生活好了，凑齐“五黄”不难，却少了那份心思了。只是我们依然保持着吃粽子的习惯，粽子依然香着厨房。遗憾的是，即使在老家，门口也望不到麦儿黄了。

风筝牵动着童年的天空

“儿童放学归来早，忙趁东风放纸鸢。”我幼年生活在乡间，记得春暖花开时，每每放学时间还早，我们就会偷偷地放上一会儿风筝。那时，我们把风筝塞在书包里，随时都可以取出来。原野辽阔，田埂四通八达，很适宜放风筝。但如果逢上“乱头风”，风筝随意飘荡，人跟着风筝走，很容易就踩到田地上，毁坏了庄稼。我胆小，放风筝时，总是小心翼翼的，从不敢踩踏庄稼。我的小伙伴中，有些因为踩了庄稼，风筝就被人没收了。不过，没收就没收，我们并不太在意，反正那时的风筝也不值钱。

现在想起来，我们儿时所放的风筝，真的叫“简陋”。记得我的风筝，都是我爸帮着糊的，竹片加桃花纸，四方形的，风小了，飞不高，风大了，就被风刮破了。因此，放风筝的一半时间，是用在修风筝上的。尽管如此，风筝带给我的快乐，一丝一毫都没有减少。“结伴儿童裤褶红，手提线索骂天公。人人夸你春来早,欠我风筝五丈风。”后来的日子里,我读到这首诗时,总觉得写的就是儿时的我们,字里行间,流露的是那份活脱脱的无赖与顽皮。只是一旦老天真给了我们“五丈风”,我们这些简陋的风筝估计都是吃不消的。放风筝,最担心的是风筝挂在高处的树枝上,取不下来了。

刚住到城里时,我儿子还小。每年春光明媚的日子,我最喜欢的,就是带着儿子去放风筝。说是陪儿子放风筝,其实多少还是带着一点私心——我想回味一下自己的童年。那时,风筝已经可以随处买到了。鹤、燕、蝶、蜈蚣,以及各样的人物风筝,应有尽有。这些风筝,好看又容易吃风,飞得又高又远。我依据儿时的记忆,费了九牛二虎之力做出几只风筝,但根本不入儿子的“法眼”。我自己掂量了,也没有勇气拿出去放,只得作罢。

看到形态各异、争奇斗艳的风筝,恍惚之间,我会沉浸到诗词的意境中。“纸花如雪满天飞,娇女秋千打四围。五色罗裙风摆动,好将蝴蝶斗春归。”纸花、秋千、罗裙、蝴蝶……闹着风筝的春意。此刻,浮现在我眼前的,是三三两两的风筝,荡漾在广袤的原野间,是菜花、麦苗、溪流,以及奔跑着的我的童年。

春天的天空,是风筝的舞台。放风筝是一场盛大的演出,是张扬着光与影的时尚梦幻。如果要用影像呈现放风筝的场景,我总觉得,可以用古筝来伴奏。也许是因为“风筝”与“古筝”，都带个“筝”字吧？比如《渔舟唱晚》：夕阳映照万顷碧波，打鱼归来，渔家悠闲自得，碧波之上，万千风筝汇成霞光，渔船随波渐行渐远，风筝随风缓缓淡入天际。再比如《高山流水》：峰峦聚成眉峰，流水横成眼眸，有风筝出没成山水的“知音”……

风筝，又名纸鸢、纸鹞。鸢和鹞都是一种猛禽，它们属于无垠的天空，风筝也是属于天空的。不知怎么的，我老是把“鹞”字误认作“童谣”的“谣”。我相信在风筝牵动着的“童谣”里，一直珍藏着我的童年。

站在家门口的奶奶

刚开始工作时，我在家附近的镇上上班。记得有一天早上，我忘了有事要提前走，等记起来时，离上班时间已经很近，便赶快骑上自行车走了。骑了一段，回头一看，奶奶还站在家门口，频频朝我招手，我以为还有什么事，匆匆回到家门口。谁知奶奶只是为了告诉我，不要骑得太快，路上要注意安全。这真有些让我哭笑不得，但细想想，这是奶奶对我的关心呀。

那时，我偶尔陪奶奶上街，爸妈给我的任务是照顾她。可是一路上，倒是奶奶照顾着我，她老是跟我说，走路要看路，不要走得太快，不要走得太中间，也不要走得太边上。遇到红灯和绿灯，奶奶还不断地提醒我，要看好路再走，有的车也不一定守红绿灯的。我笑说：“奶奶，我已经不是小孩儿了，我是来照顾你的。”奶奶笑了，说：“也是，我怎么老觉得你还是小孩儿呢？”记得幼年时，奶奶带我上街，总会问我喜欢吃什么，然后就尽量给我买。她自己从来不吃，说大人都是不喜欢吃零食的，只有小孩才馋嘴。

记得寒暑假时，我有时会去同学家，那个时候家里还没有安电话。只要没有说过在外过夜，无论多晚，我都必须赶回家去。有一回，我在同学家吃了晚饭，回家路上遇上雷阵雨，没带雨伞，只好找了个地方避雨。回到家时，已是凌晨两点。谁知奶奶还站在家门口，等着我。看到我，奶奶很高兴，说想让我爸给我送雨伞，却又不知道我在哪儿。说完又让我赶快洗洗睡。我问奶奶怎么不睡，奶奶说，只要家人在外面，她心里总是牵着挂着，睡不踏实。

进城工作以后，我常常会在周末回一趟家，每次回去，奶奶都会站在家门口，有时搬个小凳子坐着，在等我。盼到我时，奶奶就进屋给我做吃的去了，也不问我饿不饿。有时是煮个鸡蛋，有时是炒个年糕，有时是煮一碗面。奶奶端上热气腾腾的食物，让我趁热吃，我知道不吃是不行的。那时家里穷，这些都是奶奶特意去买来或者亲友送来给奶奶吃的。我回家时，也常常会买点吃的用的带给奶奶，开始时奶奶总是不要，也不让买，说让我攒钱在城里买房子，后来家境好转以后，奶奶也就会“消费”一些了。她特别满足，逢人便夸她的孙子很孝顺。邻居告诉我说，那些年，每个周末，奶奶都会在家门口等我，哪怕我说过有事不回家，她也会盼着。但每次见到我时，奶奶总会说，如果工作忙，就不用每星期都回家了。

一晃过去多年,奶奶已经不在了。这些年,我也很少回老家了,但每次回老家,我都会在恍惚中看见奶奶站在家门口的身影,尽管我知道,那个身影,再也不可能出现了。

黑白电视

记得幼年时，我们住在一下雨就滴答个不停的老房子里，奶奶常常对我们说，等有一天钱攒够了，家里就可以建一座新房了，将来，我们会过上“楼上楼下，电灯电话”的好日子。建新房的钱总是攒不够，但村里通电的时间还是比较早的，电灯不久就安上了。为了省电，我家用的灯泡像只萤火虫。那时，村里人怎么也想不到，日后还会有电视。

20 世纪 70 年代末，我们村里有人进了一趟城里，回来到处说，他看到了一个会变戏法的“盒子”，四四方方的，通了电后，把上面的“辫子”转一转，就会有“人影”出来。太稀奇了，这些“人影”不但会做各种动作，还会说话。至于这个“盒子”叫什么，他听城里人说过，却没记住，也许是回家的路上太兴奋了的缘故，只好下次进城时再去打听。

知道这个“盒子”叫电视，已经是一段时间之后的事了。那时，我还在村里读小学，学校里买来了一台电视机，黑白的，什么牌子我已经记不得了。于是，每天傍晚，我们匆匆扒口饭就赶去学校的操场上看电视。每天，学校都安排值日老师早早地把电视机高高地摆在桌子上，供大家观看。

电视机前围了里三层外三层，我现在想起来，那时我们每天所看的就是一堆模模糊糊的人影，所听的都是村民的交谈声，至于电视里播了些什么，大多数人都说不上来，但人们依然乐此不疲。每天，都要看到节目播完，电视机屏幕只剩一片“雪花”时，人们才意犹未尽地回家。

村上那些年长又有些迷信的人，刚开始是不大敢看电视的，他们担心会被电视吸走自己的“魂魄”。有时，他们也不让自己家的小孩子去看，说电视“阴气”重，会影响小孩子长身体。但小孩子是禁不住诱惑的，他们常常瞒着家长去看，旁人也装作不知道。反正，日子一天天地过去了，没有人因为看电视生病。我们的奶奶比较开明，她主张让我们看电视，她说看电视可以让小孩开阔眼界，知道村外的事情，只有好处，没有坏处。

这样过了一段时间，学校的电视就经常“闹罢工”了。放上一会儿，就要重新转一下“辫子”，那时大家一直管电视的天线叫“辫子”。要么，有图像没声音，要么，有声音没图像，有时，恰好看到精彩处，干脆图像声音都没有了。这特别让人着急，可除了着急，我们都无计可施。因为电视经常坏，修了一次又一次，后来，学校的电视就不对外开放了。

但看惯了电视的村民，已经不习惯没有电视的生活了，怎么办？家庭经济情况好一些的人家，就咬咬牙，自己掏钱买了电视。于是，每天晚上，有电视的人家，就成了邻里亲友的好去处，大家常常聚在一起，边看电视，边聊天。父亲通常不让我们去人家家里看电视，怕影响人家休息。那时，我们隔壁村有户人家，每天都把电视机摆在院子里，谁都可以去看。我们几个小孩子，就常到这户人家去看，虽然路远一些，但因为有伴，走夜路也不怎么害怕。这户人家很好客，经常给我们一些吃的，记得有一次，这户人家给了我一大截的鲜藕。

我家是先造房子，然后买电视的。那已经是20世纪80年代改革开放以后了。我家造的是楼房，是很普通的那一种。我家买的第一台电视，我至今还记得，是牡丹牌的黑白电视。不过，买回来之后，通常只有白天可以看。晚上，用电的人家一多，电压低，电视就放不出来了。如果晚上实在熬不住想看电视，也要等夜深人静，大多数人家都已熄灯，电压上来了，才能看一会儿。即便这样，我们也挺满足了，毕竟，足不出户就可以看电视了。那时，村外世界的"无奈"与"精彩"，都是电视带给我们的。

电视是什么时候变成彩色的，我们家的黑白电视是哪一年"退休"的，这些，我都记不得了，仿佛一切都是在悄无声息之间发生的。我只记得彩电进家门的时候，我家楼上楼下已经安上电话了；村里的人家，大多建起了楼房；村里的道路，也都变成水泥路或柏油路了。一切都变化得太快了，仿佛只在转眼之间。

那些年，吃过晚饭，我们一家人会一起坐下来，看一会儿电视。奶奶会心满意足地说，以前觉得“楼上楼下，电灯电话”，就是好日子了，没想到现在还有电视。奶奶还没有想到，若干年后，家里又有了电脑，我们又可以通过电脑了解世界的“精彩”了。

现在想着，难忘那一段黑白电视的岁月，那是一段风起云涌的岁月，我们的家园在日新月异地变化着，是电视给我们打开了世界和远方。当电视由黑白的变成彩色的，我们的村庄、我们的日子，也由黑白的变成彩色的了。风风雨雨七十多年，我们走过，走出了波澜壮阔的人生，拥有了多姿多彩的生活。

铜火囱

在旧时的沙地人家，每到冬日，家家都会用上铜火囱（火囱，按书面叫法应该是手炉或脚炉）。在连热水袋都是稀罕物的旧时，寒风凛冽的日子里，铜火囱自然是家中取暖的好物件。

我家有两个铜火囱，如果没记错，一个是祖母的嫁妆，一个是母亲的嫁妆。要是现在还留着，也算是“传家宝”了，只可惜已经弄丢了。但我母亲坚持说，这铜火囱还是在的，在老家的房子里，只是一时找不到了。铜火囱弄丢了，但铜火囱的记忆，却没有弄丢。

那些年，在冬日里，一日三餐烧完火之后，还有一件重要的事情要做，那就是用火钳，往铜火囱里填上未燃尽的炭火，然后用草木灰覆上。当然，这炭火，最好是未烧尽的竹片和木柴。只是旧时沙地人家，用来烧火的多是络麻秆和稻草，络麻秆还可以凑合，稻草不行，一放到铜火囱里，一会儿就没了火星，铜火囱就凉下来了。用炭火填充好的铜火囱，必须用衣物捂着，这样捂着，不但人身子暖和，铜火囱也会越捂越烫。那时大雪天，许多老人会用衣裳裹着铜火囱，走家串户。等铜火囱凉下来了，就掀开盖子，用铁丝拨一拨，看是否还存有火星。寒冬长夜，破棉被冷如铁，许多人就是依靠铜火囱暖身子的。

自然，我们小孩子是很少用铜火囱的。小孩子贪玩，跑来跑去，一会儿浑身就热乎乎了。只有在玩雪或者玩冰，双手被冻得通红的时候，我们才会去铜火囱上烘一会。贪玩的时候，我们连铜火囱也拿来玩。我们通常会取下火囱盖，去池塘里，"印"下一块冰来，凿个洞，滚着玩。或者，用火囱盖上遍布的小孔，给冰块烙下一个个小洞的痕迹。记得我还会去池子中取来冰块，用铜火囱烘，让冰碎裂，然后，拿个三角尺，测量碎冰的长度，想方设法计算周长和面积。年幼时，我竟这么"好学"，直到现在想起来，还"感动"不已。

记得铜火囱还有另外一些用处。比如，可以烤甘蔗，甘蔗被烤热之后，嚼着甜度似乎也增加了。铜火囱还可用来煨番薯、土豆或者芋艿。但那必须是木炭火，通常，络麻秆火往往只能煨个半生不熟。我家的铜火囱，大多数时候，用的是络麻秆火，因此只能用来煨蚕豆，但即使煨蚕豆，也要"技术熟练"。有时，你以为已经煨熟了，其实只是焦了一层皮，里面还是生的。直到"噗"一声，蚕豆裂开，溢出一阵扑鼻的清香，蚕豆才算完全熟了。

但铜火囱带给我的记忆，并不都是美好的。那些年，经常有人家用铜火囱不慎把老人或小孩子的身体烫伤。有时，从铜火囱中溅出的火星，还会点燃家里的物品。旧时，沙地人住的是草舍，火星一旦溅开引燃，把草舍烧了也是有的。尽管如此，在漫长寒冷的冬天，沙地人总还是离不开铜火囱。

现在想起来，我似乎已经多年不见铜火囱了。在不知不觉间，铜火囱被我们弄丢了。不过，仔细想想，弄丢铜火囱的，其实并不是我们，而是一直在流逝的时光。

做嬉客

出地铁站，我听见两个上了年纪的妇女在闲聊，一听就知道是沙地口音。其中一个在说："今天没事，到城里来做做嬉客。""做嬉客"一词，一下子勾起了我对早年生活的回忆。

在我早年的记忆中，做嬉客是一桩很"奢侈"的事情。乡间人，一年到头早出晚归，忙于田间劳作。只有雨天，又恰好处于农闲时节，生产队才会决定不出工。这一天，就成了农民的"假日"，可以做嬉客了。记得我的父亲是这样的，当听说生产队里不用出工了，他还会去家里的自留地转转，直到确定没有多少农活要做了，才会让自己做一天嬉客。父亲所谓的"做嬉客"，往往就只是在附近转转，去一趟集市，看看有没有什么需要买的。

有时，我们也会去亲友家坐坐，聊聊。与做客不同，多了一个"嬉"字，也就认定了这样的走访，不是正式的。不是逢年过节,不用带什么礼品,当然如果有备,也不妨带一点。你去了,人家在的话,就坐下来,倘若不在家,也无所谓,一路看看风景也不错,反正也没有什么要紧事。做嬉客时,父亲会提上一瓶他平时舍不得喝的酒,去他要好的朋友家,弄上几个菜。“酒逢知己千杯少”,父亲常常要和朋友聊到天黑,才恋恋不舍地回来。

在沙地话中,“做嬉客”的意思,更多指的是“休闲游玩”。做嬉客,也是我们小时候常常盼着的。但因为农时不得闲,农人极少有“假日”,加上经济条件不允许,所以那时候大多沙地人做嬉客,最远的,也就到杭州城里走走。这样想着,忽然记起早年沙地人的一句“吃麦粞饭游西湖”了,老家一带的人们,一旦提到做嬉客,就冷不丁地会来上这么一句。记忆中我家的麦粞饭是这样的:碾成片的大麦麦粒,加入些许米粒煮熟,舀上一大碗,很稀,味道也很“糙”,但印象中管饱还是可以的。“吃麦粞饭游西湖”,带着一些“穷开心”的意思,这也算是沙地人的一种“自嘲”吧。

确实,那时沙地大多人家家里条件都不怎么样,出趟门,交通又不方便,去远一些的地方,得下很大的决心。做一趟嬉客,途中又累又饿。记得我小时候,父亲曾带我到萧山县城做嬉客,在当年的大操场一带,我在人群中走丢了,一路哭着走到了东门头,后来被好心人领着,终于在天擦黑时,找到了还在大操场苦苦等我的父亲。小时候,唯一一次去杭州城做嬉客，是父亲骑着自行车带我去的，我们在钱塘江边坐轮渡，到了西湖。那一次，用父亲的话说是眼睛饱了，肚子饿得快贴着脊背了。

一直觉得，在旧时的沙地，做嬉客的“嬉”，其实是可以写作“稀”的，因为能出门旅游一趟太难得了。不像现在，道路四通八达，人们手头又有些闲钱，坐公交、地铁、高铁、飞机，都这么方便，即使出趟远门，也可以朝发夕至了，有一种“天涯若比邻”的感觉。只是当沙地人的日子过得越来越富裕，能够做嬉客的日子越来越多时，“做嬉客”一词，却在渐渐地淡出我们的生活。回老家时，我问一些孩子“做嬉客”是什么意思，他们大多摇摇头，答不上来。

有客来

现在的孩子，自然不会像我们小时候那样，盼着家里来客或者去做客了。我们小的时候，沙地人家大多手头拮据，平日里，有点好吃的，哪怕就几把蚕豆或者花生，也总是留着。大人常会说，如果自己吃了，一旦家里来了客人，拿什么来招待？只有家里来了客人，大人才会拿出一直珍藏着的舍不得吃的东西，用来招待客人，这个时候，小孩子多少也能沾点光。

不过，相比于有客来，我们更喜欢去做客。通常一年到头，我们也只在逢年过节时走走亲友。平日里去，大人们担心麻烦人家，怕你去了，人家也这样地来，家里又没有备着好吃的。偶尔有事去个亲友家，也尽量地避开吃饭时间，要么离吃饭时间还早，要么干脆吃过饭去。记得我外公，就常常是大热天的中午，吃完午饭后来我家的。大热天，生产队留的午休时间长，够外公到我家走一趟，隔三岔五，外公会给我们送菜来，有时也会给我和妹妹带点零食。

外公很少坐下来，顶多喝上一杯水，就回去了。我是很想外公在我家吃饭的，那样的话，母亲和奶奶总会变戏法似的，做上一些好吃的菜。这些好吃的菜，外公却很少吃，常常把菜夹到妹妹和我的碗里，笑眯眯地看着我们两个狼吞虎咽。

在我们小时候，过年时去做客，是一件很隆重的事。平日里放在箱子底的新衣裳，过年时就可以拿出来穿了。但也有一个坏处，就是走路和吃饭都得小心翼翼，免得弄脏了，挨大人的骂。饭桌上，我们总能吃上一些平时吃不到的，尽管大人在家里一再关照过，要装“斯文”，不要一副“馋相”，显得“没教养”。我记得在餐桌上，除了元宝鱼，偶尔有人家，会摆上一块东坡肉。那东坡肉，常常也是不能动筷的，但其他的一般都可以吃。那元宝鱼，常常要到元宵节后，客人差不多都招待完了，才会吃掉。我现在奇怪的是，摆了那么久，那鱼也没坏，当年又没有冰箱……大约是那时天气比较冷吧。也有穷一些的人家，会用一尾木头做的鱼，充作元宝鱼，这样的元宝鱼，自然就不会坏掉了。

“一日做客三日饱”，逢年过节，做客时人们总会吃得多些，把肚子填得饱饱的。当然更饱的是喝喜酒，吃“十碗头”，按乡里人的说法，是吃得肚脐眼都翻顶了。但平日去做客，人们也是不敢多吃的，尽管主人家很客气，客人也不会多吃多喝，因为家家都不富有，对此人们都心知肚明。

听一位长者讲，旧时人家，中午或者傍晚时，家里突然来了客人，来人怕麻烦人家要特意准备，有意到饭点时来，有什么吃什么。但来了客人，好客的主人总要招待一下，就会背着客人，到左邻右舍的饭桌上借菜，借个三两碗。下次邻家来了客人，也一样。有时，还得借米或者借饭。过日子，家家都难免有短缺的时候，因此，只要家里有，人们都会大方出借。而且，往往是借少还多，借陈米还新米。邻里村上人家团结互助，充满了浓浓的人情味。

谁家来了客人，大家都是“主人”。有时，客人来走访的人家，恰巧外出了，邻家会当作自家的客人一样来招待。在乡间，只要有一户人家的门开着，客人就会有落脚之处。那时，家里要办酒，要造房，要收割庄稼，邻里常常互相帮衬着，多一双手，就多一分力量。现在想来，这来了客人，要借菜借饭的记忆，我是找不出来的。也许我晚生了一些年，我小时候沙地人家的家庭条件，比起以前可能已经好了不少。

犹记得“双抢”

旧时，在我老家一带，每年的 7 月底到 8 月初，可以说是一年中农事最忙的时候。这个时节，早稻要抢收，晚稻要抢种，必须争分夺秒，农家人把这叫作“双抢”。按我父亲的说法，早稻收获越晚，颗粒越饱满，晚稻种得越早，收成越有“保险”，最迟也不能过了立秋，否则晚稻就要歉收了。

农时不等人，这就注定“双抢”是一场大仗苦仗。记得那些年，每当“双抢”时节临近，我的心就会一天天地揪紧，常常寝食难安。读书时，放暑假在家，平时可以少去田头，但到了“双抢”时节，就人人“责无旁贷”了。后来我工作以后，到了“双抢”时节，依然得想方设法地请上几天假，下田去帮助父母。农活的繁重，不是父母那瘦削的肩膀，可以轻轻松松扛起的。

记得天蒙蒙亮，或者天还没亮时，农人们就得起床了。

平日里父母会让我多睡一会儿，不会叫醒我。但到了“双抢”时节，我一大早就会被父母喊醒。在累得疲惫不堪时，添上一个劳力，总是好的。我们提上一大壶茶水，来到田间，通常四周还是一片漆黑，只有蚊虫起得比我们更早。我们一下田，就被它们围住了。趁天还凉快，我们赶紧动起来，动作快了，也可以让你少被蚊虫叮咬，因为虫子在你的身上停不住。不一会儿，远远近近的稻田里，处处响起了割稻的沙沙声。家家户户都在赶早呢。

等日头一出，田头就像下了火似的，滚烫滚烫。可这才是开始，到了中午，弯腰割稻时，被稻子围着，一丝风都透不进来，让人感觉呼吸都有些困难。平日里一会儿就可以绕着走完的一垄稻，这个时候，会显得特别多，割一会儿，站起来，还剩一大截，再割上一会儿，还没到头。而你，早已累得直不起腰了。我父亲说，刚开始，劳动强度大，你会觉得特别累，但坚持着，咬紧牙关坚持着，等到过了某个度，你就麻木了。这时劳作成了“机械动作”，确实是更累了，但你已经感觉不出了。父亲就是这样一天天地坚持着，像个“机械人”，早出晚归，一刻不得息地埋头在田间。等到忙完了“双抢”，有时休息上好几天，父亲还缓不过来。但那时父亲的心里是轻松的，因为今年的“双抢”终于过去了，虽然明年“双抢”依然会来，但那是明年的事了。

为了不影响“双抢”的进度，早饭，农人们通常在田头吃，吃的是前一天晚上多做的冷饭，条件好的人家也会备上一点零食。中饭，一般由妇女回家去做，做好了送到田头，菜不讲究，只要米饭管饱。从早上出门，到晚上收工，大家都在田头。只有在吃饭或者喝水的片刻，才有机会找个树荫休息一会儿。茶水不够了就喝田间的水，双手捧起大口大口地喝。衣裳一遍遍被汗水湿透，又一遍遍被晒干，谁也记不得这一天要出多少身汗。到了晚上，我们收工的时候，父亲往往还要趁着凉快，再干上一会儿。

早晚凉快些，但蚊虫飞舞，中午顶着烈日，却少了蚊虫，仿佛总是有得有失。比起割稻来，插秧要透风一些，吹过来的风，常常无遮无拦。但中午田水太烫，脚伸不下去。还有，插秧时农人们会不时地遭受蚂蟥的叮咬，当然，拔秧时，秧田中的蚂蟥会更多一些。但拔秧通常是妇女的活。

倘若“双抢”时节来了台风，虽然天会凉爽一些，“双抢”的难度却增加了，收获的稻谷难以及时晾晒，种下的秧苗也容易被大风吹弯。在繁忙的劳作之余，农人们还得忧心台风，好在遇上台风的年份不多。

时间只轻轻一晃，这“双抢”的记忆，已经淡出许多年了，但我依然会时不时地记起来。我的父亲，一生都特别爱惜粮食，见不得浪费一粒米。他吃多少，盛多少，从不剩菜剩饭，饭粒掉了，他会捡起来，洗一下，再吃掉。家境好了以后，偶尔外出就餐，父亲也很节俭，从不浪费。父亲常说，爱惜粮食，很多时候与钱无关，必须记住种田人“汗滴禾下土”的辛苦。我知道，父亲始终忘不了当年那些“双抢”的日子。珍爱粮食，是我们对大地、岁月以及劳动的一种感恩。

照坏虫

在我小的时候，也就是20世纪七八十年代，每年农历正月十四，老家流行着一个习俗，叫“照坏虫”。不过，这一习俗是沙地一带普遍有的，还是仅在我老家新街街道元沙村一带流行，我现在已经说不清楚了。记得数年前，我在写到这一习俗时，把它称作“驱害虫”。前段日子问了几位老年人，也查了一些资料，觉得还是把它叫作“照坏虫”更贴切一些。

那个时候，每年到了正月十四，提前好多天，村里的小孩子们就在忙着准备火把了。到了正月十四的晚上，天擦黑，村上的孩子们，就迫不及待地拿出火把，点燃后，举着火把，满田畈地跑动了。孩子们一边跑着，一边呼喊着驱赶坏虫的口号，玩得身上全是汗。平日里怕引发火灾，大人们是不允许孩子玩火的，但到了正月十四晚上是个例外。大人非但允许，有的还会替孩子早早地准备，也有大人带着孩子玩的。

通常,在已被废弃的扫帚上绑上一些木柴,就做成了一个火把。有条件的,还会在木柴上浇上一点汽油或者柴油。但大多人家没这个条件,又舍不得柴火,就只给孩子几把稻草或者麦草。草很不经烧,点燃后没等跑上几步,就烧完了。于是,孩子只好自己去捡柴来烧,可那时哪会有柴可捡呢?对于一些孩子来说,所谓捡也就是偷,去人家的柴火堆上偷。不敢去偷的孩子,就只好看着人家举着火把跑了。所以到了正月十四晚上,也常会有大人在旁边跟着,提防一些孩子偷柴,或者在田间地头疯跑时,踩坏了庄稼。不过,即使是被抓了现行,大人们通常也不会打骂孩子,只是及时制止。毕竟,孩子们不仅仅是贪玩,还承担着照坏虫的"使命"。

对于这一习俗的来历,老人们是这样解释的,相传危害庄稼的害虫是在正月十四的晚上,趁着夜色降临到田野上的,而害虫又特别怕光,因此见到光后害虫就逃跑了。把害虫赶跑了,这一年的田地就会有好收成。我们小孩子对于照坏虫的这些意义是不大会去关心的,我们关心的只是正月十四的晚上,可以不受束缚地放开玩:早早地吃过晚饭,早早地聚在一起,早早地举起火把,成群结队,在黑黝黝的田野上跑动,像一条条火龙在出没。现在想起来,那份快乐,还鲜活着。

流年似水，照坏虫的这一习俗，是什么时候“弄丢”的，我似乎也已经记不得了。问了村里的老人，也都说不上来。为写这篇文章，我找了一些村民，有村民说这一习俗，有可能也叫“找坏虫”，意思是晚上去田间寻找害虫，举火把的寓意，是火把可以照亮田间，火又可以把害虫烧死。但不管怎么说，都是为了把害虫赶走，让这一年的庄稼因为少了虫害而获得丰收。种地人不容易，总希望风调雨顺。

记得照完坏虫以后，家家户户还要炒年糕，一般是青菜炒年糕，偶尔也有糖煎年糕的。至于正月十四吃年糕这一习俗的来历，我也问过，但人们大多各说各的。有人说这是因为没有了害虫，庄稼会丰收，就庆祝一下；有人说孩子们玩饿了，需要有点心填填肚子；也有人干脆说，这是老辈人传下来的，老辈人怎么做，我们就跟着怎么做，目的无非就是讨个“彩头”。确实，在许多的民间习俗中，寄托着的都是老百姓对美好生活的期盼。比如照坏虫这一习俗，就包含着那时人们对好年景、好收成的期盼，但于我们，却只是回忆中的火光里，那一份童年的快乐了。

围垦工地的冷与暖

写这篇小文的时候，正在很冷的天气里。我知道，等气温一回升，对冷的记忆，也就渐渐淡去了。清晨上班路上，我看到河里结了冰，仿佛已经很多年没有见到这样的景象了。很想找个瓦片，像小时候一样，打在冰块上，看看冰层到底有多厚，只是大清早马路就被扫干净了，脚下什么也没有。房屋的背阴处，树枝的枝条上，挂着冰凌。想着零下十来摄氏度的气温，仿佛连脚步都快被冻住了。

也许对于冷的感受，每个人都是不同的。我记忆中最冷的时候，还是在当年的围垦工地。说是当年，其实距离现在也不算远，也就是在 2006 年吧。如果我没记错，萧围东线治江围涂工程工地，大年初六那天就全面复工了。我去围垦工地做采访时，萧山城区的天空已经晴朗，但围垦工地，还飘着雪花。雪花不是纷纷扬扬的那一种，而是零星的、含很多水分的那一种，打在脸上，有点疼，打在身上，很快就湿答答一片了。

萧山沙地人爱说“穷在债里，冷在风里”，天一刮风就冷了，特别是在寒冬。钱塘江边的风特别大，其他地方稍微有点风，在江边，风就刮得呼呼叫了。等沙地上的风，开始呼呼叫的时候，在围垦工地上，人就被吹得东倒西歪，站也站不住了。大约只有石头、冻雪和冰块，才会在大风吹过的时候岿然不动。

在天寒地冻的日子里，我曾在北方的原野上行走，冻得瑟瑟发抖，但印象中还是没有当年围垦工地那么冷。围垦工地的冷，是一种湿冷，不是冷在身上，而是刺在骨子里，让你不断地打战，牙齿漏风，骨头咯咯响。我在工地上走的时间并不长，手指就被冻成红萝卜了，脚趾也早已失去了知觉，手和脚收获了一堆冻疮。被雪水浸湿的鞋子，也冻成了一块儿，回到室内，暖了好长时间才能解开。而工地上，却是一派热火朝天的景象。运石的车辆排成了长队，蜿蜒着像一条龙，推土机、挖掘机轰隆隆地响着。我问工地上的几位工人，他们说，站着很冷，一旦忙开了，也就不觉得冷了。还有一些工人，在泥浆泵边忙碌，有的还不时地浸泡在齐腰深的水里。他们冷吗？肯定很冷。但干着干着，身上就热了。

在萧山千军万马围垦的岁月里，我的父亲也是这支肩挑手扛大军中的一员。我曾经问过父亲，在西北风像刀子割在脸上的日子里，围垦工地的那种冷，能忍受吗？说到冷，父亲仿佛正吸了一口冷气，但他会接着说："那时年轻，那么多人一起围垦，你追我赶，有时还开展劳动竞赛。工地上，大家都赤着脚，踩在淤泥上，踩在冰块和雪水上，似乎也没感觉怎么冷。只有歇工后，回到风雪直灌的工棚时，才会感觉到那种冻到骨子里的冷。"记得父亲在回忆这些时，说了一句让我觉得很有诗意的话："劳动是可以让人忘记冷的。"

现在想起当年围垦工地上那些忙碌的身影，也许这些身影，依然是渺小而卑微的，但他们的形象，在我的心中，却日益高大了起来。写到这儿，我忽然想到了一则"插曲"。也是雪后的一个上午，我们从工地回来，发现离工地不远处，有一辆卸完石料返回的工程车，由于路面打滑，侧翻在路边，驾驶员在侧翻的车子边上，躺着。我们匆忙下车，去察看驾驶员受伤的情况。谁知他什么事也没有，正睡得很香。我们喊他，他很不情愿地睁开眼睛，问我们能不能把他的车翻过来。我们说不能。他说他报过警了，趁这空档不如睡一会儿，说完就不理我们了。

离开那位驾驶员一段路后，我们下车了。回头望望，雪后的阳光，很好，大地蒸腾着一丝丝暖气。

汗水浸透的背影

这些年，我已经很少梦见父亲了。按照老家人的说法，当你很少梦见过世的亲人时，说明亲人在天堂生活得很好。但愿如此。每每想起父亲，在我眼前晃动着的，仿佛就是那个被汗水一再浸透的背影。

父亲是种地的，在我幼小的记忆中，父亲的身上，常年有一股汗味儿。即使在冬天，父亲的身上也是带着汗味的，当然，是很淡的那一种，更多的是泥土味儿。到了夏天，汗味儿就在父亲身上挥之不去了。父亲的衣服，被汗水浸透，湿了又干，干了又湿，这样地，一天里不知道要反复多少次。那衣服，稍稍一拧，汗水就滴答滴答了。父亲常常说，自己爱出汗。其实，站在烈日下，就是一动不动，也会汗流满面，更何况还要埋头劳作呢。

记得有生产队的时候，我还很小。炎炎夏日，在下午出工之前，有一段相对较长的午休时间。每天中午，别人都在午休，父亲会带着我，去打猪草或者捞水草，父亲割草，我负责搬到筐里。等满筐了，父亲在前边挑着，我在后面跟着，一起回家。这情形，直到现在，我还记得清清楚楚。那时，我特别喜欢钻到父亲的影子中去，因为影子中凉快。

不过，有一段时间，我们中止了中午的“打猪草”。我家老屋门前，是个池塘。年深月久，池塘边塌陷得厉害。父亲担心，这样再塌陷下去就要影响我家的房屋了。于是，在整整两个多月的时间里，只要有空，父亲就去生产队的高地上挑泥，加固屋基。因为高地离家比较远，父亲来回一趟要很久，连扁担都挑断了两根。完工后，难以闲着的父亲，还在池边新挑的泥土上，种上了青菜。等到青菜快长成时，被收归了生产队。因为池塘是生产队的，父亲也没话说。有邻里笑父亲白辛苦了。父亲也笑笑，说值得，填满了塌陷，我家的房屋就不受影响了。

一年到头，父亲几乎没有闲下来的时间。我家的田地，连边边角角，都被父亲种得青青绿绿。小时候的记忆里，好像我从不知道父亲每天早上是什么时候起床的，记得每次我醒来，父亲已经忙完一阵，从田头回家吃早饭了。父亲总是把睡眠的时间，尽可能地缩短，日复一日年复一年地交给土地。“没有懒的地，只有懒的人”，这是父亲说得最多的一句话。

记得土地承包到户以后，父亲白天在建筑工地打工，打理家里的承包地只能靠着起早摸黑和工地不上工的雨天。常常,父亲从工地下班,回到家匆匆扒个晚饭,又赶去地头了。月亮或者星星替父亲点着灯,暮色耽误不了父亲的活。父亲说,这么多年了,对田间的一切,他都已经熟悉得不能再熟悉了,就是闭着眼睛,也能把地里的活,做得井井有条。父亲忙里忙外,说起来每天都在家,我却很少看到他的身影。

那时,我在离家比较远的学校上学,除了农忙时节,平时很少回家和父亲一起干农活。不过放了寒暑假,我就必须常常跟着父亲下地了。大冬天的清晨和傍晚,田间的泥土常常冻得结结实实,田间活不好做,得先把土疙瘩一块块地敲开,有时,手指也冻得生疼。等到大夏天,田间活也不好做。白天热,早晚则蚊子飞舞。每到夕阳西下,村民们喜欢开玩笑说:“赶紧收工,晚了当心被蚊子抬走。”父亲虽然也常说,早晚在田头,不是在干活,而是在“喂蚊子”,但说归说,父亲依然天天“喂蚊子”。

回忆里最难熬的夜晚,是在水稻喊“渴”的时候。我家有一片田,地势比较高,渠道水很难灌溉到,必须用水车来车水。那时,我已经读初中,按老家人的说法,已经到了可以出力的年纪了。如果我想偷个懒,父亲是不会在意的,父亲只要我管好功课。但我总觉得过意不去,因此每当父亲晚饭后悄悄去车水,我也就不声不响地跟了过去。我现在还能清晰地回忆着父子俩一起车水的场景。为了少受蚊子侵扰,我们车水的步子越踏越快,好让蚊子叮不住。刚开始时,父亲还会和我交谈,但渐渐地我们都累了,就只剩下了呼吸声和脚步声了。夜色里,水车转动的吱嘎声,在四起的虫鸣声中显得特别清亮。“累过头了,就感觉不出累了。”这是父亲的体会,确实,当我撑过最累的那一刻,再踩水车时,动作已经“机械化”了。

这车水留给我的记忆,大抵特别深。后来,在离开老家的日子里,每当夜深人静,我似乎还会依稀听见那吱吱嘎嘎的水车声响。忘了说一句,在车水的时候,晚风中飘溢着的,除了草木的气息,还有父亲身上那一阵一阵的汗味儿。只是,直到如今,我都没有觉得父亲的汗味儿难闻。我是闻着父亲的汗味儿长大的,以至于现在一想起父亲,我的眼前浮现着的,还是父亲被汗水浸透的背影,瘦瘦的,有汗水滴答着。

溢着泥土香的越剧

那边已经兵临城下，这边还在咿咿呀呀地唱着。唱戏的坦然自若，听戏的却忍不住了："你赶紧提起刀枪上战场，都迫在眉睫了，凭什么还如此优哉游哉地唱？"听戏的入戏了。

好在越剧很少有战争题材的，越剧多是才子佳人的故事，唱戏的用不着十万火急，听戏的也无须心急火燎，尽可以慢悠悠地来。像江南青山间的绿水，你急也罢，不急也罢，它总是这么从从容容地流着，时而暗，时而亮，时而隐，时而显。

越剧产自江南清丽地。据说起源于"落地唱书"，又被称作"女子科班""绍兴女子文戏""的笃班""草台班戏""小歌班""绍兴文戏"等。越剧，多是由女子唱的，水乡女子的那份柔媚，随着剧情的发展，随着那婉转的唱腔，淋漓尽致地展现着，一会儿人面桃花相映红，一会儿又袅袅婷婷地走在雨巷中。

至于我，特别喜欢把越剧喊作“的笃班”，似乎这么一喊，就有的“笃的笃的”声音，在耳边回响着。“的笃的笃”，像荷锄晚归的农人，走在青山间的脚步声；“的笃的笃”，像背着小药箱的啄木鸟，在林子中捉虫子；“的笃的笃”，像隔壁人家送刚采摘的蔬菜来，正在敲门。隐隐传来的“的笃的笃”，其实是村上请来的草台班子，在老戏台上唱越剧……

越剧曾经叫作“草台班戏”，在乡间，至今有许多越剧，仍是草台班子唱的。我老家临近绍兴，村民酷爱越剧，逢年过节或者农闲时候，村里都会有人邀请草台班子来唱上几场。每逢要演越剧了，老戏台的周边，早早地摆满了凳子，村民们除了自己，还会邀上十里八乡的亲友一起来看。

舞台是简陋的，戏装是旧的，但没有人在乎舞台和戏装，也没有人在乎唱的人是否字正腔圆，人们在乎的是戏里的故事。戏似乎总是那么几出，比如《红楼梦》《碧玉簪》《梁祝》《何文秀》《西厢记》……唱的人不清楚唱过多少遍了，听的人依然百听不厌。台上唱，台下和，吵吵闹闹的人声和悠扬婉转的乐声、唱声，掺杂在一起。

这个时候，还在田间劳作的村民，听到越剧声，忍不住心上发痒，赶紧放下手中的农活，来看戏了。一些村民路过，也站在那儿看，手上还提着滴着露珠的青菜。来晚了的村民，就向附近人家借来高凳，站在凳子上看。小孩子在一旁，急得大声嚷嚷，他们看到的只是凳子上几双沾满了泥土的大脚。村里的越剧爱好者更是场场不落地看。在唱戏人休息的时候，有的越剧爱好者会向戏班子借一套戏装，匆匆穿了登台演唱，感觉一招一式有模有样；有的则干脆清唱，虽没有乐器伴奏，唱得也比较不错。

戏中的故事，说的是戏外的人生；戏外的人生，多年以后，也可能成为戏中的故事。小村年年沉浸在茶余饭后的越剧中。

早年，我不太喜欢听戏，包括越剧，总觉得戏曲节奏太慢，一句话要唱上个大半天，急死人。这些年，随着年岁渐长，我竟慢慢地喜欢上了越剧，觉得那轻柔明丽的演唱，简直是一种天籁。我在城里的大剧院，看过名剧团的演出，现代化的灯光和音响、艳丽的服饰、近乎完美的唱腔，把整场表演打造成了越剧的盛宴，使观者如痴如醉，但我总感觉似乎还缺了一些什么；我也在城里的露天舞台上看过越剧演出，那是各地的业余演出团队会演，其中有不少来自乡镇，但那些演员的唱和动作，总有着入了城后的拘谨。后来我终于明白了，城里的越剧虽然很美，却少了那份泥土味，少了那份田间地头的亲切，也许越剧的根，还是在乡村吧？

越剧的根在乡村，在青山绿水间，在日出日落的炊烟里。入戏了，你会觉得，越剧中，有十里茶园丝丝的凉风和隐隐约约的采茶人，有百里水田青青的秧苗和起起伏伏的蛙鸣。当越剧用来听时，可以听到村口的犬吠和大树下的鸡鸣，若是在老屋檐下，还可以听到时光滴答滴答流淌的声音。

乡土的越剧在乡土中生长，扎根在乡人的心里。我的母亲是个越剧迷，这些年母亲和我们一起住在城里，但只要老家的邻居来电话告诉她，村里要演越剧了，她会立即赶回去看。没有戏班子来演出的时候，也有喜欢越剧的村民自己组织表演，村民们会演奏的演奏，会唱的唱，自娱自乐。母亲虽不会唱，但会在边上看，她是个最好的观众，直到曲终人散，她才会恋恋不舍地离开。我们所住的小区，前一阵子新来了一名保安，母亲很快就打听到，这名保安就是我们老家那个村的，喜欢越剧。过了些天，母亲每天吃完晚饭就出门，直到夜很深了才回家，她告诉我们，她在保安室看越剧，老家来的保安有不少越剧的碟片，每晚都播放。

我又想起幼年时的事情了。记得那时，我看过一部越剧电影《追鱼》，故事的具体情节已经淡忘了，难忘的是影片中的“鲤鱼精”，那模样，那唱腔，我似乎现在还能够清晰地回忆出来。我家老屋门前有条小河，在幼年的我的眼里，就是一条大河了。有一阵子，每逢月光很好的晚上，我都会到河边去，期望那波光粼粼的水面上，会像影片中那样，忽然跃出善良美丽的“鲤鱼精”，来和我说话，想着要是她能做我未来的妻子就更好了。有的时候，我还觉得应该拿上一本书，装作书生的模样，因为在影片中，“鲤鱼精”是喜欢书生的。只是当晚风吹来，小河边阴森森的芦苇丛轻轻一晃动，我就赶紧逃回家了。大约也因此，我终于没有逢着那善良美丽的“鲤鱼精”。

在村里，我童年心上的她，也特别喜欢越剧。我们一起读初中时，她悄悄地告诉我，她热爱越剧，理想是做一名越剧演员。她那时在学越剧，一个人在家的时候，她会把家里的床单裹在身上当作戏装，练唱腔，练动作。将来，她还要去拜师学习，去城里的越剧团工作。多年以后，我们已经失去了联系，我也不知道她后来有没有继续唱越剧。但我知道，城里的越剧团里，肯定没有她的身影，因为我们老家村庄里没有出过越剧演员。但在田间地头，有不少女子，只要上了戏台，也总能煞有介事地来上一两段。

这段时间，老家人又在张罗演越剧了，不知道是自导自演，还是去别处请个班子来唱。这些年，我偶尔陪母亲看看越剧，说是陪，其实我也慢慢地“入戏”了。

这越剧，其实是最适于在乡间看或者听的，乡间的越剧，溢着泥土的芳香，这也是因着越剧生来就带着泥土的缘故吧？在小桥流水的江南，越剧大抵是美丽乡愁的一种吧？

燕子不认得“拆”字

我读到过一首诗，虽已经记不得诗题和作者了，但诗中有一个的情节给我印象特别深，说是有一只回家的燕子，仍然在旧时的老屋檐下，垒了一个窝。燕子不认得，老屋的墙面上，已经圈着一个大大的醒目的“拆”字。

近年来，农村一直在被城市“蚕食”，“棚户区”的改造也在年年推进，一幢幢高楼大厦拔地而起。有一天，也不知怎么的，我忽然记起，这些年似乎已经很少见到燕子了。一开始我以为是我住在城里的缘故，于是，便利用一些节假日，到郊外农村去找燕子。其实，我所在的城市，农村变得跟城里差不多了，农村里建了高楼，也有很多农家造起了小别墅。楼房一栋接连一栋，都很漂亮，唯独都没有给燕子留下可以安家的空间。我问乡间人家：“这几年，燕子还多吗？”被问的人往往会犹豫一会儿，接着才“恍然大悟”地说：“好像是不太看得到了。”接着又补充说：“有应该还是有的。”

记得旧时，在乡间，几乎家家都住着燕子。燕子被认作家鸟，如果谁家没有燕子进门，常常会被人瞧不起。一些人家，为了能够留住燕子，还会在房梁上安上几枚钉子，以方便燕子筑窝。有的燕子，会把巢安在人家堂屋内，为了燕子能够进出，人们外出时也经常不关门。我记得那些年，我家的老屋，每年都会住上燕子。清明前后几天，燕子就回来了，然后一直在春光中奔波着，先是不分昼夜地加固旧巢或垒新巢，接着就是含辛茹苦地养儿育女。燕子因勤劳顾家，在乡村社会，常常被奉为人们学习的好榜样。

清晨或者傍晚，乡村的电线上，往往落满了成群结队的燕子，远远望去，那燕子像一大片一大片的黑色标点。但这已经是我记忆中的画面了。现在，新农村住宅区的电线，大多已经跟城里一样"入地"了，天空很干净，干净得不见了燕子的影子。不过，仔细想想，其实何止燕子，乡间的许多小生灵，这些年，都在慢慢地失去生存的空间。记得早年的渠道沟，经常杂草丛生，小鱼儿会在水草中扎堆游动，也有水蛇出没；如今的渠道沟，多是水泥浇筑的，草都没法生长了。早年的河流，弯曲狭窄，芦苇夹岸，鱼虾欢跃；如今的河道有砌石护岸后，水清流畅了，却连青蛙都难以爬上岸了。早年的乡间道路，要么是泥路，要么是石板路，处处散着小孔，地下的小生灵是可以透过这些小孔畅快呼吸的；如今道路都被硬化了，踏上去咯噔咯噔的，连雨水都不能渗入了。

每每看到一大片一大片的“拆”字，我就开始担心，人们会不会把燕子、青蛙及许多其他小生灵的家也拆了？把野花野草的家也拆了？每每在钢筋水泥的丛林中行走，我就开始寻找，哪里还留着风声、水声、虫鸣声交织而成的天籁？我总觉得，每拆一次，我们离大自然就又远了一些。

一天傍晚，在河边，我看到有几只燕子栖息在岸上，望着对岸的炊烟。我总感觉，燕子们的神情是怅然若失的。日暮时分，我想不出这些燕子今晚将回到何处歇息，只是莫名地担忧，有一天，当孩子唱完“小燕子，穿花衣，年年春天来这里……”，会抬头问妈妈：“小燕子都在哪儿呢？”妈妈只能一脸无奈地从书中找出燕子的照片。我真的很不希望，将来的孩子，在他们童年的天空里，见不到燕子的身影。

燕子不认得“拆”字，但我们终究是认得的。

锁

“从前的锁也好看，钥匙精美有样子，你锁了，人家就懂了。”从前的锁是什么样子的，毕竟能看到的机会已经不多。在我眼里，最好看的，竟是那种锈迹斑斑的锁。比如，锈迹斑斑的一把铜锁，挂在一所古宅的门上。钥匙是否精美，在谁那儿，已经不得而知。或者，锁也已经老得锁不上了。

冷不丁地，一阵风吹来，吱嘎一声，门开了。有婷婷的人儿摇曳而出吗？屋内一片空荡荡。这把铜锁，晃动了几下，掉下一层斑驳的老光阴来。然后，铜锁又安静了。院子里的花草，都是新长出来的，色泽都很艳丽，相比之下，老树就旧了许多，尤其是被岁月蛀空了的根部，显得如此沧桑。一树的枝繁叶茂，这“繁”与“茂”，却是新一年的。褪成了黑白的古宅，像一卷水墨画，乍看与一院子的葱郁有点格格不入，细品却又那么和谐，仿佛时光原本就应该是这样的。

一把铜锁，被挂在门上，这是有意的，还是无意的，没有人间。也许，铜锁只是坚守着自己的岗位。或者，少一把锁，一扇门或者一所古宅就不完整了，尽管此时的铜锁，也仅仅是一种“装饰”了。说穿了，一把锁，又能锁住什么呢？一屋里的光与影子，锁住了吗？院子里的花落花开和草枯草荣，锁住了吗？院子外的潺潺溪水，锁住了吗？再说，又有哪一把锁，能锁住匆匆的时光呢？

找个高处望去，古村落很像是落在山水间的一把锁，也许，走动在村中的一些光与影，被锁住了，渐渐地沉淀为岁月的一部分、记忆的一部分、故事的一部分。而每一条街与巷，都会在烟火中，慢慢地长成一把把钥匙的模样。它们会时不时地，把村落这把锁打开。婷婷的人儿在雨巷中行走的脚步声，以及雨粒的滴答声，像极了钥匙在锁孔中转动的声响。穿村而过的溪流，不时地把这一把把钥匙一遍遍地擦亮。流水也是一把钥匙，一把万能的钥匙，村落里的所有流年，都是流水打开的。

在古村落，我之所以喜欢上了一把老锁，一把锈迹斑斑的铜锁，是因为我明白那斑斑的锈迹，其实是光阴的一种。那带锈迹的光阴中，蕴含着一些烟火，以及一些被烟火温暖过的体温。我们在正青春的年华里，喜欢给自己的抽屉挂上一把小锁，一个人总会有一些希望能锁在时光里的秘密。古宅上的一把铜锁，风是吹不动的，风只有在吹动大门的时候，才可以将铜锁晃动几下。拿着钥匙的人儿，一天天地进进出出，直到有一天，走丢在了时间里。

所有的锁，最终都将被时间打开。那时，打开的锁与打不开的锁，都已经成为一种隐喻，甚至连开锁的动作，也是一种隐喻。你懂了，光阴就慢了下来，你不懂，光阴也慢了下来。

第三辑

田埂上听春

卧听夜雨

“兰溪三日桃花雨，半夜鲤鱼来上滩。”夜色朦胧，当春雨开始敲窗的时候，不知怎么的，我一下子就想到了这句诗。我喜欢把春雨叫作桃花雨，雨珠乱蹦乱跳的样子，像极了桃花的乱绽乱放。当然，这需要在春雨下得很大的时候。其实大多时候，春雨是“随风潜入夜”的那种，这个时候，这桃花雨，就是温柔而明净的。有时细想想，桃花雨，有一种又酥又嫩的感觉。

又酥又嫩的春雨，在夜里，是“润物细无声”的。春日，在乡村的雨夜，“野径云俱黑”，只是偶尔会有几盏人家的灯还亮着，但也像是打瞌睡者的眼睛。雨帘一重又一重，是撩不开的。但雨的声音很清晰，庄稼吮吸雨水的声音很真切，雨水流淌的声音也很真切。我最爱听的，是溪流的潺潺歌唱。不想睡的时候，可以让这潺潺之声，伴着读书；想入睡了，不如就把这水声当作催眠曲。庄稼是在这雨水中悄悄长着个子的，你第二天清晨去看的时候，会发觉庄稼的身子水嫩水嫩的。

春雨总是喜欢下在夜里，并且下在夜里的春雨，往往会起响声。我现在住在城里的高层，没有安装防盗窗。如果是细雨，通常要第二天早起，发现地面湿了，才知道下过雨了。有时，夜来风雨声，我感觉风声往往比雨声要大。但雨再大一些时，我就能够听到滴答声了。在城里听雨，虽然听不出那份空旷，但落上一夜之后，也会看到河流明显地涨水了。至于花落多少，行色匆匆的人们是无暇去数的，只道是落一地。必须是在小楼里听雨的人，才会在晨起时，听到有叫卖杏花的。只是，古诗中说过的那条深巷，又在哪儿呢？那个时候，小楼的院子里，满院凋谢的，应该是旧叶吧？

不知道现在还能不能找到那种旧时的画舫，以便在某个下着春雨的晚上，卧听雨眠。水涨船高，或者任由画舫在水上漂泊着，听这无边的雨，寂寞地落或者喧闹地落。卧着听，似睡非睡地听，想想流年，思绪可以无边无际，也可以有边有际。如果愿意，可以在梦中变成一条鱼，或者做一位渔人也可。倘若在兰溪江，三日桃花雨过后，就不妨去看看，有没有鲤鱼涌上浅滩。无端地，我总是钟情于鲤鱼，而我最先想到的鲤鱼，就在一幅旧时的年画里，卷着一朵大浪花，跃了起来，只是辨不清，这鲤鱼要跳的龙门在哪儿？

春日，那种绵绵雨，一下就绵绵个不停。夜雨潇潇，通常只噼噼啪啪地下上一整夜，下得清爽，下得干脆，有时还会给人一种酣畅淋漓的感觉。我独爱这豆粒般的夜雨，有时还夹杂着闪电和雷声。我知道，此刻春水在涨着，在浩浩荡荡地涨着，春天总是展现出一种浩浩荡荡的感觉。春风浩浩荡荡，春潮浩浩荡荡，水天一色中，全是浩浩荡荡。

春夜听雨，最宜在乡间，最宜在窗口养一株芭蕉。雨打芭蕉，这滴答之声，会把夜色滴答得很空灵，会在听雨人的心间生出一种曼妙的意境。想起那巴山的夜雨，忽然觉得这夜雨，既然能涨秋池，自然也是能涨春池的。夜深人静时，西窗还会有烛火在摇曳吗？只是，古人只能隔山隔水地相思，如今打开手机，发一条微信就可以取得联络了。唯有春雨，一如既往，落在一年又一年的春夜里。

一树樱花禅

走进古寺，忽然发现，一树树樱花开得正好。一直觉得，樱花的那一种美，简直是不可描述的。每年春天，到了樱花绽放的时节，我就会莫名地有一种想去踏青的冲动。有时觉得，这樱花必须是在梦中开放的，如果再添上一些想象，这梦境，简直就是云蒸霞蔚的。

樱花是一种视觉呈现，一种盎然的视觉呈现，在带着一些暖意的阳光里，一树一树的樱花，绽开得多彩多姿。樱花的盛开，真实得仿佛如同虚幻。而我最喜欢的是在流水边看樱花，看樱花倒映在流水中，荡漾成幻影。我会时不时地，用相机把樱花的瞬间定格。借相机的镜头，把关于樱花的画面，从一汪清澈中打捞上来，然后又放归到湿漉漉的意象里。

在春日，我们的身边到处都是湿漉漉的，流水是一种滴答，樱花也是一种滴答。

樱花是一种听觉吗？也许是。我在古寺中走动着的时候，一串串的诵经声，扑腾着毛茸茸的翅膀，在樱花丛中穿梭着，但这是诵经声，不是樱花之声。或者，樱花也是一种呢喃，一种你可以听见的呢喃，受着古寺香火的浸润，在樱花的呢喃之上，自然也会有诵经声落着。此时，樱花的颜色，也成了诵经声的颜色。我忘了钟声是什么时候响起的，古寺的钟声响起的时候，一树一树的樱花，就安静了下来，仿佛早就在静等着钟声穿过空间，也穿过时间，悠悠地飘来。这时候，樱花的安静，已成为一种春天的回声。

一直说不出樱花有没有香味，在樱花树下，我所闻到的是若有若无的香。这香气极淡极淡，我怀疑这香气来自寺内的香火，但记得在寺内，香火的香，也是很淡的那一种。我想当然地认为，佛家是讲究"淡"的，淡泊的"淡"，也许只有淡泊了，心才能走得更远一些。这樱花丛中，飘散着的隐隐约约的香，也有可能是来自泥土的，我闻着确有泥土的新鲜味道。但这香味肯定也有一些是来自草木的，风带着草木的体温，草木的体温中夹杂着草木的气息，而草木的气息，也许就有一种淡淡的香。

与淡淡的香味相比，樱花就是一簇一簇的氤氲了。我觉得用"氤氲"这个词语来形容樱花的缤纷，是最恰当不过了。这个时候，古寺的春意是闹的，因着樱花而闹着，而"闹"，也许就是春天的本来面目。入古寺，就是在"闹"中取

"幽"了。"闹"和"幽",有时是需要对比的,没有樱花的"闹",也就体会不出古寺的"幽"。这就如同没有樱花的绚烂,人们也就不怎么会在意古寺的光与影是如此朴素与简洁了。

简朴的事物,一直是我所喜欢的,但此刻的樱花是个例外。樱花满树的时候,樱花树下,或者是一些樱花的枝条下,挂满了红绸带,那是往来寺院的人们在祈福。每一个愿望都是那么美好,就像一朵朵盛开着的樱花。往来穿梭着的人们,我说不出他们是香客还是游客,抑或,很多人既是香客,又是游客。在春天,仿佛人们都洋溢着蓬勃向上的气息。我也想借着一树樱花,祝福人们,在春天开出"华",抵达秋天时都能收获"实"。

一阵风来,一朵樱花飘落了。在一朵樱花落下的那一瞬,有一种心疼感油然而生,也许其中还带着一种怜惜。但樱花总是要落的,所有的花朵,都是要落的,从开的那一刻,花朵就注定了要落。只不过相比之下,樱花的花期,更短暂了一些。但这是大自然所安排的,作为对花期短暂的补偿,大自然给了樱花如此绚烂的模样。也许,大自然总是这样,不厚此,也不薄彼。

从盛开到凋零,不过是隔了一场,或者数场风雨而已。在一场风雨之后,樱花就由"缤纷"变成了"落英"。从开到谢,作为一场花事,其实是完整的。在我看来,樱花的花事,也应该是圆满的。热热烈烈地开，又热热烈烈地谢，开也绚烂，谢也绚烂。这于樱花，应是无憾的。

风雨之后，古寺的台阶上，落满了樱花，会有一些樱花，落在佛身之上吗？樱花沾着雨水和泥土，耷拉着，但依然清丽。不扫落叶的僧人，也不扫樱花。怕踩疼了樱花的人们，就绕开了落花，小心翼翼地行走着。樱花终究落了，但我们记得，樱花曾经无比绚烂地开过。一些天后，樱花就将化作春泥，如同我们不知道樱花的来处一样，我们也不清楚樱花去了何处。来若无踪，去便无影。或者影踪还是在的，只是我们不曾或者无法捕捉到罢了。

记得第一次来到古寺时，我并没有察觉到这些樱花树的存在，樱花不开的时候，樱花树其实也是不起眼的，尽管这些樱花树，已经在古寺生长了许多年。也许是我粗心大意，在生活中错过了与许多美好的事物。只是这一次，我终于赴了樱花之约。佛家的禅意，在风和阳光中轻轻地荡漾着。恍惚间，在樱花落尽的枝头，我发现樱花仍是在的，只不过"影像"在交替着在变换着，有时是一树真切的樱花，有时则是一树虚幻的禅。

小春天

一滴雨落到一枚绿叶上，如同一粒滚烫的欣喜，其实雨滴是凉的，因为带着水雾，也便有了滚烫之感。这雨滴，要么汪在绿叶上，像一只小眼睛，要么吧嗒一下掉落，转眼就不见了。

这小处的春天，小模样的春天，总是那么让人惊奇。比如，偌大的荡漾，不过是一片涟漪。春天的事物，往往是属于荡漾的，而所有的荡漾，无非一片涟漪，或者是涟漪般的形态。读取一片涟漪，不需要江河湖泊，有时，仅仅一个小池子，甚至一汪水就够了。这片涟漪，可能是被乍起的风吹起的，也可能是水在不经意之间被什么晃动了一下。那涟漪，轻轻漾开，又缓缓消散。总之，平静只是暂时的，流水终究是个"动词"。

柳枝也是个"动词"。拂着水的柳枝，要么被风吹动，要么被流水带动。柳枝总是这么婀娜，舞姿如此曼妙。鸟儿点春水的时候，往往只是轻轻掠过，而柳枝点春水，却是一点再点。春水挺好看，嫩得可以掐出水来。这话其实不对，春水原本就是水，掐不掐，都是一弯柔水。春水活泼、青绿，时常咣当着，人说春水如酒，也许春水原本就是酒，倘若酒能酿成春水这般的质地，也许不用尝，看着就醉了。

春光就是这般惹人醉，我是说这些小春光。比如，此刻柳枝像温软的小手，把一层层涟漪，采撷成了一枚枚嫩芽。我喜欢把这些芽叫作“萌”，芽欲绽未绽，或者绽开的样子，都像极了涟漪。在芽绽放之时，你若细听，是有声的。比如，噗地，芽就开成了一朵烟雨。春风若是看得见，也该是涟漪的样子。但在早春，春风是料峭的，在我的感觉上，“料峭”更像一朵浪花，而不是涟漪。我记得樱花开时，像极了涟漪在层层叠叠地漾着。那樱花的涟漪是缤纷的，开也缤纷，落也缤纷，或者说开是一种“愁”，落是一种“疼”，当然这种“愁”与“疼”，都是那么微小，像小春天的小心情。

也许只有带着暖洋洋的气息了，春风吹拂在脸上，才会像涟漪般地轻漾着。此时的春风，也许已经吹拂在桃花上了，桃花笑着春风，春风或者也笑着桃花。涟漪漾在她的脸上，变成微笑，这微笑很倾城。也许春天的日子，就是由一枚枚小快乐组成的。孩子们手里牵着的风筝，在春天叫小荡漾。一只风筝只能扯动一小片的春天，如同一朵白云只能打湿一小片的天空。放风筝的孩子们是快乐的，孩子们沉浸在自己的快乐中。每个孩子，此刻都经营着自己内心中那片小小的春天。

在小春天中，游动着的都叫小轻盈。这些小轻盈，也许是小草制造的，一朵一朵的绿浪，以及不经意之间，夹杂着的一两朵小野花，都是那么轻盈。在春天的百花园里，小野花是很容易被忽略的。其实不光是小野花，在春天的花的集体中，每一朵花，都是很轻盈、很容易被忽略的，但正是这一朵又一朵的轻盈，似乎让春天变得沉甸甸起来。但在春天，沉甸甸或许是另一种形式的轻盈。

春天的日子，仿佛因着轻盈而变得很薄，一不小心就会被戳破，掉出许多的雨滴来。在雨夜，我喜欢在小处看雨，比如，守着一盏灯，一边读书，一边看雨。此刻，我所看见的只是一帘的雨，细细密密的，偶尔也会淅淅沥沥地落上一阵。夜深人静时，有时也能从雨声中，听见一些晚归的脚步声。夜已经睡了，灯还醒着，雨还醒着，我还在字里行间恍惚着。

不落雨的晚上，草丛中或者花朵上，溢满了虫鸣声，即便落雨的晚上，也是有虫鸣声在的，只不过被雨声覆盖了。“虫声新透绿窗纱”，虫鸣声是新的，窗纱也许是旧的。记得早年住在乡间，这样的感觉更亲切一些。这些夜色中的吟唱，让乡间变得愈加空灵起来，充满了缥缈的韵味。其实，风声、雨声、虫鸣声、脚步声，包括春夜里那些轻轻的鼾声，都是可以叫作天籁的。

鸟鸣声是一种天籁，春天的鸟儿，起得特别早。几乎每天，我都是被鸟鸣声唤醒的。鸟在我的窗外，说着一小片的春天。我要是能够听懂鸟语，也许就可以探得春天的许多小秘密了。平日里常常隐在叶底的黄鹂，在春天，也喜欢在浅处一声一声地啼叫，黄鹂的嗓子好，很快就让人心旷神怡。在春天，万物都喜欢来到季节的封面上，亮出各自的风采。只有那些古镇古村落，喜欢在某一本线装书的封底安静着。

抵达这些早已变成水墨的画卷，常常需要穿过青石板。一把油纸伞，仿佛是旧时的，还常常在小巷的深处，悠悠晃动着，在巷子中，小春天保持着窄窄的模样。只是雨落或者不落，深巷早已没人叫卖杏花了。出小巷，旧模样的石拱桥，仿佛岁月不曾走过，古色古香的美人靠，以及老屋檐下的红灯笼，时不时地，还会带给我关于春天的另一种想象。一叶乌篷船，载着一小片水墨的小春天，在欸乃声中，慢慢远去，现出的是一小片青绿的春天。

在春日的叙事之中，我总是喜欢行走或者安静在一些小春天里。这些小春天，像一些小画卷，有的清新，有的氤氲，但都会让我的内心沉静下来，在这些小春天里，我听到了大地最真真切切的呼吸。

田垄上听春

我特别喜欢开春的“开”字，仿佛一扇春天的门，哗啦一下被打开了。成片成片的绿色，像流水一样倾泻着，原野一下被淌绿了。而在春天的原野上，无论你走到哪儿，都会被或近或远的流水之声，轻轻地萦绕着。

在田垄上行走，就像在粼粼的波光中行走。不起涟漪时的流水，像一面面安静的镜子，映照着天光与云影。而一只你叫不上名字的水鸟，在水边静静地伫立着，一副若有所思的样子。你靠近它的时候，仿佛也没有能够惊动它，毕竟，春天的鸟儿在想着春天的心事。风乍起的时候，也没有惊动我，甚至也没有惊动不知什么时候绽开的小花朵。春风总是那么温柔，像母亲的手一般，轻抚着小花朵浅浅的梦境。

风所带来的是潮湿和暖意，暖意其实是风所吹送着的阳光赐予的。春天的阳光，带着植株蒸发的特有香味，在暖洋洋中微醺着。我喜欢在春天的原野上穿梭,主要是因为可以贪婪地享受泥土的清香。新翻的泥土裸露在空气中,溢着那种特别好闻的气息。在田垄上行走的时候,我又常常怀疑着这泥土的清香,其实是看得见的。比如,这些刚钻出泥巴的草芽,就是泥土的芬芳所化的。

在无人处,我会悄悄地脱下鞋袜,打着赤脚,踩一踩泥土,感受一下小草从脚趾缝中挤出来的那一种“痒酥酥”。在春天的田垄上,我一直认为,该留下的是脚印,而不是鞋印。春天的地气,是如此之暖,而脚沾上了地气,仿佛走起来也轻松了许多。每次,我都会傻傻地想,我们所谓的“接地气”,也许就是这样接的吧?春天的泥土如此湿润,在田垄上,踏得重一些,便有水渗出来了。

泥巴里到处都是缝隙,这些缝隙其实就是看得见的呼吸。这呼吸是大地在呼吸,也是万物在呼吸。细听,有一种嗞嗞的声音在响着,到处在响着。如果把这种呼吸之声放大几倍,或者几十倍,就是春天蓬勃的交响了。而这种交响,是蒸蒸日上的。

由这蒸蒸日上,我忽又想到开春的“开”字了。站在原野上,手搭凉棚,发现远处若隐若现的青山,像一壶壶正在被煮开的春水,云遮雾绕着,恍如童话里的仙境。如果这时,有阳光从云雾中散落到这原野上,便是争奇斗艳的花朵了。春天是斑斓的,原野上打满了彩色的补丁。这样想着,你竟有了一种想扯一扯泥土的冲动。或者,就在某一处田垄的宽阔处,轻轻躺下,一把扯过这毛茸茸的五彩地毯,裹在身上,闭上眼睛,聆听这简直要把大地淹没的多彩多姿的声音。

是的,春天的声音,是多种多样的。微小的声音,来自一些小生灵,尖细的,像草尖,柔软的,像雨丝。更微小的,是花粉掉落的声音,扑簌簌的,几乎听不见。稍大一些的声音,或者说轻盈一些,充溢在空气中的,是鸟鸣。这鸟鸣中带着水的柔嫩,有时还带着翅膀的抖动,翅膀抖动几下,仿佛一条田垄,也开始起伏和婉转起来。

田垄其实大多是笔直的,它们纵横交错着,把原野隔成"田字格"。此刻,麦苗和油菜在大地上扮演着主角。风吹动着麦苗,有时翻荡起一波绿浪,更多时候,只是漾动着阵阵涟漪。我一直觉得,油菜是最乡土的植物,像带有泥巴气息的农家女子。她们在风中所洋溢出的笑声,天真、质朴、爽朗,不过在爽朗中,还是带着一些羞涩的。暖阳中油菜花的香味,是沁人心脾的那一种。

春天的原野清亮,最清亮的,要数流水之声。在田垄上听春,只有流水之声是遮不住的,或者也是因为流水无处不在吧?潺潺与淙淙,总是那么地清晰和悦耳,哪怕是在穿过原野远去的那一刻,流水之声依然清亮着。

原野上的流水,昼夜不停地流淌着,穿过原野渺然而去。流水渺然之处，有桃花，有翠竹，有着姹紫嫣红的景象。忽然间，我发现有一条田垄，也想跟着流水远去，却止步在人家的门前了。这时候，一缕炊烟恰到好处地升了起来，而我在宁静中，也把此刻的春天，听成了一缕淡蓝色的炊烟。

河埠头的春天

在河埠头的春天，能做的无非这样的几桩事情：淘米、洗菜、洗衣，或者钓鱼。当然，应该还可以做其他的事，容我再想想。

流水清澈，可以清晰地看见游鱼，但不可数。如同你不会去数淘箩中有多少米粒，你也不会去数河中有多少尾鱼，更何况鱼是在游动的，一数，马上就“眼花缭乱”了。淘米洗菜需趁早，赶早河水还清着，等到洗衣的场面一铺开，河水就浑浊起来了。不过，在乡间，有不成文的约定，淘米洗菜和洗衣的时间，是错开的。洗衣通常要到傍晚，要等田头收工以后，因为农人们白天都在田头忙碌着。

每天洗衣时，是河埠头最热闹的时间。如今一想起傍晚的河埠头，我的脑海中似乎还会咣当咣当着。洗衣的女人，会在河埠头说笑着，平日里要好的还会相约一起去洗。于村上的女人们，洗衣是一桩愉快的事情，是难得的放松时间，常常聊着聊着，衣服就洗完了。倘若聊得兴致正浓，她们会将一脸盆洗净的衣服，端上放下数次，才依依不舍地回家去。

春天的日脚还比较短，洗衣的女人们，往往一在河埠头坐下，水面上已是“半河瑟瑟半河红”了。女人们手巧，若是能裁上几朵晚霞，缝一件衣裳，该有多好。这样想着，似乎仅一晃，天就擦黑了。天黑下来，灯光就亮起了，就着一闪一闪的灯光，凭着经验，女人们也可以把衣裳洗得干干净净的。这个时候，如果月亮出来了。“长安一片月，万户捣衣声”，不过那是在从前的长安，现在摆在我眼前的只是“小河一片月，三两捣衣声”。

远处，碧波粼粼；近处，洗衣的小旋涡一个接着一个，春水和月色，被夹在衣物中揉搓着。被揉搓着的，仿佛还有那小虫子的鸣声。所以，我总觉得，农家人的衣物中，是浸润着流水、月光、野虫、花草等气息的，这些气息，大抵是洗不掉的。在月光里洗衣，简直就是一首诗，或者就是诗的意境。但这是你在想的，洗衣的当事人或许并不觉得这是诗，她们只道是“寻常”。

白天在河埠头垂钓的那个人，也道河埠头的春色是“寻常”。河埠头都有哪些春色呢？首先是春水，蓝与绿相融，潺潺在了一起。当然，这春水，一旦离开了水面，比如你掬上一把，它就立刻变成了无色的。我有时见到那一团一团的蝌蚪腾挪着，就像一团一团的墨汁洇开来，其实洇开来的不过是一群一群的“逗号”。水草是另一种春色，在河埠头的流水中荡漾着，舞姿曼妙，倘若多看上一会儿，仿佛心就会化了。

垂钓者钓不上来的螺蛳，藏在河埠头石板的缝隙中，或者水草丛中，常常一摸一大把。螺蛳是春日里的美味，而且我总感觉，螺蛳摸也摸不完，今天摸了许多，明天去，河埠头又有了许多的螺蛳。在河埠头浣洗的人们，肌肤常被游鱼轻啄着，痒酥酥的，特别舒服。比如，没事的我，也常常喜欢把手伸入水中，以便享受游鱼的轻啄。浮在水面的，大多是成群结队的小鱼，即便看上去比较大的鱼，一旦捞上来，还是小小的，也许是水放大了鱼的“影”。游鱼是抓不住的，但如果用竹篮去舀，也总是可以舀到几尾的。

我很少看到有人从河埠头钓上鱼来，大约钓鱼者，也只在钓一份乐趣吧。写诗的人，也许会说，钓鱼者在钓一尾春天，或者说他在钓比一寸黄金还贵的一寸春天的光阴。流水就是光阴，春日多雨，这流水或者光阴就一天天地涨着，若是河埠头恰好开了一枝桃花，这雨就叫桃花雨了。三日以后，应有鲤鱼上河埠头了。我去看时，河埠头却没见鲤鱼的影子，也许鲤鱼去跳龙门了。而我忽然发现，河埠头长长的柳丝，把日脚也抽长了。终究，河埠头的春天，是属于水的，每天都在流淌。

河埠头这边的春天，是我家的，你家的春天在对岸，只不过，当那春水在浩荡的春风中一荡漾，就分不清是你家还是我家的春色了。

春夜

在春日，乡间的暮色，是在某一种声响中缓缓拉开的。比如，小生灵的鸣叫，或者就是新透了绿窗纱的那一种。不过这种鸣叫，也可能只是浸润了绿窗纱，因为这样的鸣叫，本身也是绿的，一旦渗入绿中，便不见了。但有时也会悄悄地漏出来，洒在昏黄的灯光里。

乡间人家的灯光，都有着昏黄的韵味，只是这昏黄，其实就是一种温馨。春夜很薄，又湿润，风一吹就破了，因此也常常会漏下一阵雨来。如果只是落上一阵，这雨通常是清亮的。一点一点的雨，一点一点地亮着，照亮一小片庄稼的面容。若是这雨点，开始柔软成了雨丝，就变得绵绵起来了。雨丝极细，比针线还细，因此在给大地缝补的时候，大地就一点都不疼了。在夜的淡淡雾气的笼罩下，我们看不清雨都在做些什么。或许，雨在给春姑娘的裙子，绣好看的花朵吧？第二天清晨，雨停的时候，大地肯定会变得浓墨重彩。

这雨，自然是喜雨，凡是春天的雨，都可以叫“喜雨”，尤其是“随风潜入夜”的那一种。说是“润物细无声”吧，也可能是你没有仔细听，我曾经撑着一把小伞，踏着夜色去听过。雨是有声的，哪怕再细小的雨，也是有声的。只是有时这种声音是那么轻，至少比我的脚步声要轻得多。有时候我也会怀疑，这声音，很可能不是雨声，而是草木在吮吸雨水的声音，或者是庄稼拔节的声音。溪水汇聚着雨水，在淙淙地流淌着，彻夜不息。但溪水是温柔的，所以它浸润的也是万物或者人家最温馨的梦境。

春夜可看雨，最好看的，是打在旧时瓦片上的雨，被远处昏黄的灯火映照着，一朵朵的小雨花，绽放着一朵朵的暖。而檐下的雨，则被灯光放大成了豆粒，轻轻地滴答着，时间仿佛也是这么滴答着的。如果透过人家的窗口，恰好看到雨丝和柳丝交织在一起，则雨可能成为彩色的。我忽然喜欢上这彩色的雨了，因为我觉得彩色最符合春天的审美。但黑白也挺好，黑白是宁静的色泽，并且夹杂着一种古典的意境。在春夜，蕴含在黑白意境里的悠远与绵长最宜听。听得近一些，雨声就在窗口，是要弄湿睡眠的那一种；听得远一些，雨声在三五里地外的小河边，静静地，又仿佛有个声音在问：“这半夜的，鲤鱼上滩了没？”

在空灵的雨声中，是否还有一盏渔火，在一闪一闪地游动呢？我希望还有一位披蓑衣的渔翁，坐在夜的深处，守着夜的空旷。也许春夜是空旷的，四五竿翠竹、三两枝桃花，悄悄地挪了挪身子，尽可能地把空旷填补一下。只是她在说，春夜怎么可能空旷呢？这绵绵密密的雨，可是无孔不入的，这密密匝匝的呼吸之声，可是无处不在的。是的，如果这样说，春夜确实不可能是空旷的，哪怕是在没有雨，月色或者星光很好的晚上。

在春夜，星光特别纯净，像世上最清澈的眸子，从星光中，简直可以看见夜色里那些最清澈的影子。天空总是很慷慨，很随意地把星光的灿烂，处处散播着。星光洒在原野上，丢了影踪，洒在水面上，则成了灯火。当星光落成灯火，水波就一漾一漾地，漾出了春夜的柔软与辽阔。这个时候，踩着星光晚归的人，如果是他，脚步声有可能是在她的窗口消失的。而如果是她，脚步声也许就拐进了某一条旧时的小巷——她可能要去采一束丁香了。再如果落雨，小巷成了雨巷，明天，听春雨的人或许还没醒来，杏花的叫卖声就一声一声从巷子深处传了过来。

而今夜无雨，有很好的月色铺开来，像乳白色的雨水在流淌。半夜里，我推门而出，恍惚之间，有桨声在响动，哗啦一下，一轮明月从一支桨划开的涟漪里升出，片刻之后，隐约挂在了树梢上。但也许，这些只是我的幻觉。春夜朦胧，无论落不落雨，都溢满了水雾。地气是暖的，我的心头是暖的，我的梦境也是暖的。春夜，总是让人浮想联翩。

读竹

欲写竹，落笔一个“株”字，我赶紧把它换作了“竿”。那么多的“竿”字，一竖起来，仿佛在我的视野中，一下子就呈现出了一片接着一片苍劲挺拔的竹林的样子。

万竿翠竹，聚成竹海。竹影摇曳着，秀美的竹影，仿佛让心情也变得澄澈了。一入竹中小径，阳光从枝叶间落下来，仿佛一层一层的涟漪，在轻轻荡漾着。这荡漾着的光和影子，哪怕不淋湿我的衣裳，也会淋湿我的心情。蜿蜒着去往更深处的，是一个“幽”字，而在你的身边萦绕着的，是一个“静”字。

清脆，婉转，鸟鸣一声接着一声，只是鸟鸣越响，竹林越幽了。假如鸟鸣也有色彩，在这竹林中，鸟鸣自然是翠绿的。竹径无论是曲是直，都是安静的，安静得只剩下风声和脚步声了。是的，沙沙沙的风声，是安静的，因为竹林安静；吧嗒吧嗒的脚步声，也是安静的，因为竹径安静。

“竹径条条通幽处，游人处处画中行。”此刻，滴答滴答的时间，也是安静的吗？如果把竹林的时间，拨回到春日，竹林也许是不安静的，特别是在一场新雨之后。彼时在这竹林的深处和浅处，到处都有着萌动的声响。泥土松软也好，坚硬也罢，都会有毛茸茸的笋芽，争先恐后地探出尖尖的脑袋，紧接着，就一个劲地长个子了。“清明一尺，谷雨一丈”，从竹林的这一头，走到那一头，当你转过身来，恍惚间，你会发觉，刚刚路过的竹笋，只一会儿，就已经长成一竿翠竹了。

在姹紫嫣红的春天，在挺拔的翠竹之上，晴日，轻盈的云霞如一匹匹美丽的丝绸，在竹海之中飘动着。落霞如雨，霞是多彩的雨滴。但我似乎更喜欢在雨天的竹林中行走，听满地的淅淅沥沥，也看雨与竹叶相触的那一瞬间绽开的一朵又一朵小小的晶亮的雨花。

在近处，在远处，春天的流水声，也总是哗哗地响动着。这流水声，仿佛要等到夏天，才会缓缓地幽静下来。记得夏日里，竹林中一片静谧。风是令人舒畅的，扑面而来的，是一阵阵清新；影是予人清凉的，掉在地上，仿佛一尘不染的雨滴。一尘不染的露珠，挂在低处的草叶上，像一粒一粒可以看得见的清凉。竹林是清凉的世界，即使是那些烦躁的蝉鸣，一旦入了竹林，也很快清凉下来了。

画竹的人，喜欢画竹的婀娜多姿，偶尔也画竹林中的烟雨朦胧。但无论怎么画，每一竿竹子，都一节一节地清秀着，一节一节地挺拔着。“未出土时便有节，及凌云处尚虚心。”这参天的竹，是很谦卑的，每一节都是虚心的，蓬勃着天天向上。清风徐徐，吹动着心无杂念的竹子。

到了秋日，竹林中的光阴，又会幽深下去一些，但竹林依然郁郁葱葱，生机盎然。“历冰霜，不变好风姿，温如玉。”当你将身心浸润在竹林中时，你很容易就想到了竹子的品格，对于一竿竹，你渐渐地学会了仰望。

“千磨万击还坚劲，任尔东西南北风。”竹是温柔的，竹是妩媚的，竹是曼妙的，但正是这些看似柔弱的修竹，坚守着内心最顽强的信念。“千花百草凋零尽，留向纷纷雪里看。”竹子，傲雪不凋，刚毅不屈。

读竹，就需读到岁月深处。在雪压翠竹的日子里，你可以听到一节一节的铁骨，在铮铮作响。

梅子黄时雨

那时节的梅雨，一天到晚滴答个不停，以至于我现在想起来，眼前还是一汪一汪的。老家本来就多水，池塘、水田、小河，一晃一晃的。每天在原野上行走，仿佛随时都能把那些水面当作镜子，照照清澈的日子。或许是由于那时候的记忆比较单纯吧，我现在的回忆中，故乡的事物似乎都很清澈。

我大抵是从小爱听雨的，又或许是记忆已经被时间滤过了，现在想来，我竟是喜欢上梅雨时节了。理智告诉我，梅雨那一段日子，又潮湿又闷热，其实并不好过，但也乐趣颇多。我记得为了完成老师布置的写雨作文，我会一整天坐在屋檐下，静静地听雨。那时，老家多的是瓦屋，那些老屋檐头一直滴着雨，一帘一帘的。雨急的时候，像线，雨断断续续的时候，则像一串珠子。一年又一年，雨落在青石板上，尽管“水滴石穿”的不多，但水滴的痕迹是很明显的——

石头的表面凹了进去。我觉得从那水滴中,是可以读出雨的力量的,一些年后,我终于明白了,这是一种叫作“温柔”的力量。

我喜欢看的是瓦屋顶上的雨。一阵噼里啪啦下来时,像极了谁家在炒豆子。不过梅雨大多很“文气”,是缠缠绵绵的那一种,如烟在人家的瓦顶上腾挪着。只是当真的有炊烟冒出来时,你会发现,炊烟和蒙蒙细雨还是很容易区别的。雨,终究只是如烟而已。我想到一个词,叫“氤氲”。炊烟和雨雾氤氲着,于是,这氤氲,就不仅仅是一种视觉,也是一种嗅觉了。因为炊烟,常常是带着清香的。除了柴火的清香,还有炒菜的清香。只要你细细地闻一闻,谁家做了什么菜,就清楚了。在乡间,其实是没有什么秘密的,连炊烟,也会在不经意之间,透露着谁家今天在吃什么。

在农家,如果不是有着非得要赶时令的农活,在梅雨天,通常是不用下地的。于是,田野就完完整整地交给梅雨作了舞台。记得小时候,我是喜欢打赤脚,撑一把伞,在田垄上行走的,小孩子在家闲不住。其实,好多时候,我也并不打伞,淋湿了就淋湿了,小孩子仿佛天然地与水亲,与雨亲。数天雨下来,田间早已一片汪洋。我记得我们上学时,就常常是手提着鞋子,蹚着水走的。蹚着水行走,现在想来,都还是一种享受。梅雨时节,流水会给人一种凉爽的感觉。有时,我们也会恶作剧似的,故意踩起几朵小水花,溅湿小伙伴的衣裳，看看别人的狼狈样。

因为有些水是从池塘或者小河中漫上来的，所以水中会有着一些游鱼。这些游鱼，大多个头很小，当你把脚步放慢一些，小鱼们往往会轻啄着你的肌肤，那种痒酥酥的感觉格外舒服。上学的路上，我们走着还是格外小心的，怕一不小心，摔上一跤，成了“落汤鸡”，就上不成学了。倘若是在放学回家的路上，我们常常就少了顾忌。如果时间还早，我们会去田间找鱼，沟渠都是连着河池的，因此也常有鱼会游到田间。由于田间的水比较浑浊，所以得东瞧瞧西看看，仔细找，才能发现鱼。眼尖的小伙伴能先看见鱼，但那时候的“规矩”是先看见鱼的并不算数，谁抓上来了就归谁，为抓鱼，每个人都溅得一身泥水。也常常有小伙伴为了争一条鱼吵起来，调停的结果一般是对半分。

别说田间可以摸鱼，我记得有几年的梅雨时节，雨下个不停，家门口也会积水，有时，在家门口就可以摸到鱼。有一天，早起的父亲在推开我家大门的时候，发现池塘的水，已经漫到了门槛边，一条鲢鱼正在门槛边上跳着。这让父亲喜出望外，父亲一把抓住了鱼，一大早就捡了一个“惊喜”。这条鲢鱼，很快就飘香在我家的烟火中，成就了一顿美美的早餐。房屋临着水边，在梅雨时节，经常会有小动物爬到床上来，见多了，也就不奇怪了。记得小时候的我们，并没有把它们当一回事儿，常常也懒得点灯，醒来发现了，把它们赶走就完事了，事后往往也不知道是什么小动物。直到有一次，我感觉有点怪异，像是摸着了一条黄鳝，点灯后才看清楚，那是一条水蛇，一下子，我的瞌睡劲儿就全没了，不光我，全家人都吓着了。父亲说，多亏是一条没有毒的水蛇，倘若是别的蛇，被蛇咬了怎么办？于是从发现水蛇到天亮，父亲一直在满屋子地寻找水蛇是从哪儿进屋的。最后终于在堆满杂物的一角，找到老墙角有一个漏洞，估摸着很有可能水蛇就是从这洞中爬进来的。后来，父亲找来一些石灰和水泥，把洞堵住了。这以后，虽然每当梅雨时节，偶尔还会有一些小动物进屋来，但蛇再也没有出现过。

虽然现在回忆起来，乡间大多是宁静的。但在梅雨时节，仿佛一整天都是吵吵闹闹的蛙声。这些年在城里，河流被治理之后，也可以听到一些蛙声。常听人说，蛙声吵吵闹闹的，让人睡不着觉。我想他们肯定没有像我这样，在乡间生活过。我是特别喜欢听蛙声的，并且觉得那蛙声，是一种美妙的天籁，如果临睡前能听上几声，一晚上都能够睡得沉沉的，做个美梦。记得早年生活在乡间，我常常是枕着蛙声入睡的。蛙声就像一场接着一场的雨，往往连个喘息的顿号都不加。这个时候，梅雨声就被蛙声淹没了，必须很认真地听，才可以在蛙声的缝隙中，听出弱弱的沙沙雨声。当我读到“黄梅时节家家雨，青草池塘处处蛙”的诗句时，那一刻，你不知道我的心里感觉有多亲切。

偶尔，梅雨也会停歇个半天或者一天，这个时候，得把晾了多日不曾晾干的衣服，赶紧挂到太阳底下去。人们会说，这雨要是再下，就没有衣服可以替换了。其实，在说这些话的时候，早已经没有替换衣服了。那时，绝大多数的人家，都没有烘干设备，衣服没干，又必须换了，很多人就只好穿上未干的衣服，用自己的体温慢慢去烘干。梅雨下久之后，不光衣服，家里的许多东西，都会发霉，长出霉斑。

趁着晴好的间隙，我最羡慕的，是有书的人家在太阳底下晒书。那时，我常常没事找事地凑上前去，说些好话，一边看，一边翻翻书，闻闻那些墨香味儿。也许是因为在阳光下轻轻翻动书本更容易让书本干燥，通常没有人会让我走开。如此，我可以偷偷看上一些文章，心里感觉挺满足的。记得那时候，我有一个小小的愿望：希望有一天，我家也有好多的书，可以在梅雨天短暂的放晴中，搬出来晾晒，赢来别人羡慕的目光。

当你说起下个没完没了的梅雨时，乡间人多半会皱起眉头，似乎在梅雨季连心情都快要发霉了。但生活归生活，回忆归回忆，想象归想象。比如在此刻，想着在梅雨织就的雨帘中，那一枝枝熟透的梅子，在若隐若现，我的心中竟然充满了诗意。“梅子黄时雨”，这梅雨，其实是落在时光里的，而这雨声，在回忆中是清亮的。

童年的桑葚熟了

“不必说碧绿的菜畦，光滑的石井栏，高大的皂荚树，紫红的桑葚……”记得早年读鲁迅先生的《从百草园到三味书屋》时，这段话我是摘抄在笔记本上的。在江南碧绿的时节，走在原野山坡，路边渠边，农家的房前屋后，“紫红的桑葚”，似乎是随处可见的。

“稻秧正青白鹭下，桑椹烂紫黄鹂鸣。”我喜欢“烂紫”这个词，似乎有着一种沉甸甸的韵味。桑葚烂紫时，在乡间，处处翻动着郁郁葱葱的画卷。稻秧轻漾着柔柔的波浪，青翠得咄咄逼人。时不时地，有白鹭翩翩飞着，一会儿拍动着粼粼波光，一会儿又犁开了天空无垠的蓝。乡间的“幽”，往往是三三两两的鸟儿啼出来的。这些鸟儿，常常是只闻其声，不见其影。而黄鹂，也常常栖息在茂密的枝头，或者深涧中，一声清亮的啼叫，有时会让一串桑葚也跟着晃动一下。

几株桑树，就散布在郁郁的林间，熟透的桑葚，一闪一闪。那一闪一闪，于幼年的我，就是点点的诱惑。十里桑园，或许是留在我心底最柔软的梦了。走进桑园，在一垄一垄的桑葚中，缓缓穿梭，心里总会忍不住地想：倘若日啖桑葚三百颗，我是不是也该不辞长作乡间桑农呢？

记得早年，每当桑葚熟了，我们就会换一件旧衣裳，拎上个竹篮子，钻入桑林去采摘。换上旧衣裳，这样摘起来，可以少了许多顾忌，因为桑葚汁沾染在衣裳上，是很难洗掉的。彼时的风是那种微醺的风，空气中溢满了有些甜腻的气息。而我们开始还说笑着，慢慢地便分散开，隐入了桑园的各处，很快便在桑园中，林深不知彼此处了。

我们边摘边吃，自然，一开始，放入篮子的，还不如丢进嘴中的多，每个人都吃得满嘴紫紫的。桑葚好吃，肉厚汁多，酸甜可口，可鲜食，也可晒干后食用，还可以做酒等。桑葚能补肝益肾，生津润燥，乌发明目。可事实上，在桑园采摘，我们的采摘之意，也未必在桑葚，也许更在意的，是享受那一份“野趣”。“桑葚熟时鸠唤雨，麦花黄后燕翻风。”这个时节，家燕翻的是热乎乎的小南风吧，而麦花正在热烈的阳光中，渐渐地泛出金黄的色泽来。

“卢橘梅子黄，樱桃桑葚紫。”这小南风，吹拂着大地上许多成熟的风景。在“红了樱桃，绿了芭蕉”之时，我该怎样才能不被流光所抛呢？“桑舍幽幽掩碧丛，清风小径露芳容。"似乎这样的桑舍,早已只在我的记忆中了。但清风吹动着的小径,依旧是露着芳容的。桑葚熟时,如果穿过这样的小径,我相信依然是可以抵达我的童年的。而那时,这紫紫的桑葚,想来也是在我的童年里熟透的。

涟漪

“风乍起，吹皱一池春水。”这“皱”，大抵就是涟漪的形态吧？一池春水，静静地荡漾着。说“荡”，可能力度稍稍大了一点，用“漾”字，应该刚刚好。在水边，看着那些细小的波和纹，一圈一圈地漾开，然后渐渐地散去。忽然觉得，我的心境之中，添上了一份小小的美妙。

倘若“感觉”看得见，许多时候，这“感觉”，就是涟漪的模样吧？乍起，渐散，宁静，美好，但不会持续得太久。其实这样的“感觉”，像极了心情的小小波动，如一阵微风吹过，抑或，也像极了她那怯怯的心跳，小声地，还带着几分羞涩。

落雨的时候，我特别喜欢看雨。雨天的世界，简直就是由涟漪组成的。雨点打在水面上，一个雨点，一层涟漪，悄悄地。等到雨点密集起来，涟漪就成片成片地绽开了。这个时候，涟漪简直就是一曲雨的交响了。涟漪与涟漪相叠着、拥挤着、推搡着，但仍然按照各自的频率运转着，仿佛彼此相融,又很难相融。水面上显得很热闹,但热闹的是雨声,涟漪终究是安静的。

除了在水中,雨天的涟漪,还漫得到处都是。比如,打在瓦片上的雨,也会溅起涟漪,只是这样的涟漪,成了雾气的形状。其实,人家的炊烟,也是涟漪的一种。在屋顶上冒出,接着层层飘散,然后就不见了,似乎水中的涟漪,也是这样地散着散着就不见了。

涟漪是无处不在的。晴天里,天空蓝得就跟海面似的,此刻天空的海很平静,轻漾的白云淡淡地飘逸着,俨然具备了涟漪的风韵。我在林子里走动的时候,发现阳光从枝叶间漏下来,洒在地面上那一层一层的斑驳,粼粼的,很像涟漪。草丛中小虫子的鸣声,也像是涟漪,只不过虫鸣的涟漪可能是参差的。

确实,有些涟漪可能是用来听的,比如,鸟鸣。一声鸟鸣,犹如一粒雨点,像雨点掉在水面上,鸟鸣丢在空气中,在空气"漾"起了一波又一波。鸟鸣的涟漪,当然是可以捕捉到的,只要调动你敏锐的听觉。而且你还会发觉,鸟鸣的涟漪特别清澈,是不染纤尘的那一种。

涟漪是可以制造的,比如朝空旷的水面扔上一粒石子,顷刻间就泛起了一层层涟漪。如果是她在河埠头洗衣,那涟漪就可以持续一阵子了。不过若是洗衣的动静太大,就不叫"涟漪",而叫"浪花"了。浪花里可以飞出"欢乐",而涟漪中，沉淀着的叫“唯美”。还有那些从自然中来的声音，也是涟漪的一处源头，却是不可人为制造的。比如，吧嗒一声，花开了。这是时间制造的涟漪，时间制造的涟漪，一样无处不在，但必须用心去触及，用心去领悟。

我相信，所有的涟漪，都在我们的身边安静地美着，这无关短暂或者永恒。并且，上一层涟漪与下一层涟漪，不会是简单的复制，虽然它们看上去差不多，但每一层涟漪都有着自己的故事。风起，涟漪生，风止，涟漪尽。日常生活中的这些美好，虽如此细小，但值得你去感受和拥有。

竹露滴清响

一只蜻蜓往小荷上亭亭一立，夏天的故事就开始了。不知为什么，这么多年了，我一直以为，这肯定是一只红蜻蜓，仿佛只有红蜻蜓，才更具有儿时的韵味。直到如今，每每看到红蜻蜓，我都会以为，它们是从我的童年里飞来的。

老屋檐下那把嘎吱作响的竹椅子，也是摆在童年记忆中的。很多时候，竹椅子上坐着的是我的奶奶。奶奶在做针线活，那时候的衣裤总是补了又补，补丁摞补丁。农家的日子，也就是这么缝缝补补过来的。炎热的夏天，奶奶会拿起她的那把同样打上了补丁的老蒲扇，时不时地摇上一阵子。我则喜欢坐在门槛上，门槛是石条做的，坐上去分外清凉。我喜欢放着扇子不用，两手各持一片纸板扇风。一开始扇得很起劲，不一会儿，手就酸得厉害了。那时家穷，大夏天的，扇子不够用，和我家一样，不少人家会用纸板来替代。

中午，大地像只蒸笼。蒲扇和纸板，都只能引来微凉。

大树底下，浓荫一大团，像一大团清凉。但这得有风，如果树叶儿纹丝不动，浓荫里也并不会凉快多少。若起风了，树叶儿摇动，我们就搬个凳子，坐到树下去。夏日很长，树影跟着日头移动，人跟着树影移动。有时候，稍稍打个盹，树影就移一边去了，人就暴露在了阳光里，热醒了。当然，最凉快的要数在弄堂里，特别是在弄堂的背阴处，最凉不过弄堂风了。日头炎炎的中午，常常会有三三两两的大人，聚在弄堂里，纳凉聊天。当人家的窗帘被风吹得叮当响时，风就大了，倚在窗口也可以享受凉爽了。

倚在窗口，看楼台倒影入池塘。池塘虽不大，但足够盛下一大片的蓝天。夏日长长，时间过得特别缓慢，白云慢慢地在池底腾挪着，很久还没有移到池塘之外。不过，在炎夏，长的是白天，夜晚就苦短了。那时，我家里还没有电扇，就别说空调了。打赤膊，受不住蚊叮虫咬；穿上衣服，很快又被汗水湿透了。上半夜，热，翻来覆去睡不着；下半夜，微凉，好不容易睡着了，仿佛刚刚闭上眼，天就亮了，又有一天繁重的农活等着了。

最盼着的是傍晚落上一场雷阵雨，而落雷阵雨的日子，在夏日，也是常见的。看到乌云翻滚起来，人们赶紧收了工，从田头赶回家中，常常是前脚刚进屋，后脚就被噼里啪啦的雨点打湿了。一场酣畅淋漓的大雨，把连日的暑气一扫而空，顿时让人感觉神清气爽。记忆中每到这时，我的父亲就会很高兴地叹上一口气，晚上可以睡个好觉了。这样的日子，父亲便会早早地吃完晚饭，早早地入睡，也许这样，就可以把连日的睡眠不足都补上了。

有时，晚上还会接着下雨，躺在床上，听雨声滴答滴答，落在心上，一滴一滴全是凉意。窗外隐隐的，是雨水流淌的声响，是草木吮吸雨水的声响。能够听得真切的，则是风吹或者雨打窗户的噗噗声。我感觉竹席凉凉的，汗水在一滴一滴地被收回身体。醒来，翻个身，又睡着了。一晚睡得好，第二天早起，精神抖擞。发现连日来被晒蔫之后，变得有些枯黄的草木和庄稼，因着雨水的滋润，又恢复了绿油油的生机。这么着，仿佛蝉儿啼着的也不是一朵一朵干燥的火，而是湿漉漉的水珠了。

“风吹古木晴天雨，月照平沙夏夜霜。”那是另一种夏日的“雨”和“霜”。古木自然是上了年岁的，枝叶间漏下的阳光，被风吹动着，斑斑点点，像下着一场雨。而夏夜的月光，虽不及秋夜的浓，但照在平沙上，确实也可以积得如霜了。只是我回忆中的夏夜，通常是漆黑的，布满了颗粒饱满的星星。一颗颗星星，仿佛是刚从银河中出浴的。

旧时池塘多种荷，这荷香，是可以入梦的。此时，翠竹上的一粒露珠，也像是星光中的一粒，掉下来，啪地跌入了深深的夏天。夏天深在哪里，深在它的枝繁叶茂中。“竹露滴清响”，是我最憧憬的夏日境界。

虫儿们的夏天

倘若为夏天设计一个封面，一只蝉儿是封面上必不可少的。只是夏天的枝头太茂密，蝉儿隐在其中，只闻其声，不见其影，蝉声是从枝头溢出来的。至于蝉声怎么画，我实在想不出，便只好作罢。

一直觉得，蝉儿吵着闹着，夏天就“熟”了。旧时生活在乡间，常听农人说，蝉儿叫的是“热啊，热啊”；后来在学校里午睡，我听得蝉儿，叫的是“烦啊，烦啊”；此刻，我坐在空调房中，蝉儿只是很单调地叫着，但听上去没有任何含义。其实蝉鸣还是蝉鸣，只是我听蝉时的心境不同罢了。

在林子里，常能见到一些蝉衣挂在树枝上，这些蝉衣，我想着采来是可以入药的。不过，这也是早些年的事了，我现在住在城里，在公园里的树林中，蝉鸣远没有乡下的喧闹，蝉衣也很难找到了。我猜测可能是有人在捕蝉吧？晚上散步时，我见过有人打着手电，在公园里捕蝉，且不论蝉是益虫还是害虫,请捕蝉人手下留情,若是没有了蝉,夏天该有多寂寞。

因着园林工人们的辛勤养护,城里的林子里,虫子很少,连蚊子都很少见到。我常莫名地担心,城里的鸟儿,都能吃些什么?我在城里邂逅的这些鸟儿,大概它们中的大多数仍然住在乡下,只是偶尔进城逛逛,看看风景。那些貌似移居城市的鸟儿,估计也多半生活在城郊接合部。

周日去城郊接合部爬山,夏日的林子里,空气中味道酽酽的,草木都散发着特别好闻的香味。我忽然发现,儿时见过的许多虫子,一些落在青苔上,一些在枝叶上蠕动着,依然是旧时的模样。跟很多年前一样,我依然叫不上这些虫子的名字,只记得被这一种虫子触一下,皮肤就会肿起一个小红包;被那一种虫子咬上一口,会痒上好多天。

走在山间泥路上,看到有蜈蚣在爬动,有蝴蝶在翩翩飞舞。头上和脸上,经常会触到一些小翅膀,不知是蚊子,还是其他小虫子。不经意间,就撞上了一张蜘蛛网,害得蜘蛛又得重新忙活一阵。虫子多,鸟有得吃,叫得很欢,鸟不怕热。老树似乎怕热,汗淋淋的,我不忍细看,细看树上全是伤疤。背个小药箱的啄木鸟在哪儿?快来为老树体检一下吧。

我从山上下来,身上有了不少小红点,既不知什么时候被咬的,也说不上是什么虫子咬的。这些夏日的虫子,也许饥饿已久了吧？逮着谁，都不打算放过。

山下有一清池，荷叶盈盈，三两红蜻蜓，在起起落落。“小荷才露尖尖角，早有蜻蜓立上头”，心里这样想着，可眼前的，哪是小荷，分明是盛大的荷了，荷再铺开来，池子就装不下了。蜻蜓再一次飞起，也栖息在了夏天的封面上。

还有一只虫子，该落在夏天的封底，这只虫子叫萤火虫，我不见它，已经有些年份了。夜深时，竟分外想念，我最怕的是有那么一天，我只能在儿时的回忆中找到萤火虫了。

南瓜爬满棚

在我儿时，我家老屋门前，有一个池塘。父亲每年都会在池塘边，用毛竹和铁丝搭个南瓜棚，种上南瓜。

记忆中每个夏天，都会有一个郁郁葱葱的南瓜棚，在我眼前晃动着。金黄的南瓜花，总是开了一片又一片。总以为南瓜花，是趁我熟睡的时候，悄悄开的。今天还是个羞答答的花骨朵，到第二天清晨，南瓜花一下子就怒放了，湿漉漉的，招引着蜜蜂，有时是蝴蝶，那些小翅膀，常被花香沾湿。

最无聊的要数中午了，夏日的中午特别漫长，太阳扔着一把又一把的火。我看到南瓜花耷拉着，南瓜叶耷拉着，和我一样，一副无精打采的样子。偶尔有风吹起的时候，我看到南瓜叶一荡漾，即便这风吹不到身上，心上也会凉上好一阵。

南瓜棚的好处，大多体现在夏日的晚上。吃完晚饭，搬个凳子,往南瓜棚下一坐,一下子就凉爽了许多,南瓜棚下,是纳凉的好地方。蒲扇扇动的风,热乎乎的,只有从池塘一边吹来的风,吹到南瓜棚下的风,才幽幽地凉着,人们把这种自然风叫作“天风”。别处无风的时候,南瓜藤叶间,似乎也会漏出一两丝天风,带来凉意阵阵。

当然,南瓜棚间漏出更多的,是月光,洒在地上,斑斑点点的。有时,月光会把南瓜棚的一角,投影在墙上,一摇一摆地。我惊喜地发现,有小南瓜,在藤与叶之间藏着,一闪一闪地。夜在黑中想包裹住的秘密,常常被光在不经意间暴露了出来。我迫不及待地等到天亮去看,也辨不清昨晚看到的小南瓜是哪一个,只见枯萎了的花朵下,隐着好多小南瓜。

有时,看到同一根藤上,小南瓜结得太多了,父亲会毫不犹豫地掐掉几个,父亲说,结得太多,营养不够,南瓜要黄掉的,所谓黄掉,指的是南瓜长着长着就不长了,这样的南瓜,不好吃,只能用来喂猪。通常,青南瓜长到碗大的时候,便可摘来吃了。每天晚上炒一个,或者蒸咸菜吃,味道都不错。

春生,夏长,夏日的南瓜藤叶长得很茂盛。很多的南瓜,被藤叶盖住了,我常常去拨动,找到一个,心中一阵惊喜。但这一切,必须得瞒着父亲,父亲是不让动南瓜藤叶的,他说我毛手毛脚的,容易把小南瓜碰落了。南瓜藤常有爬着爬着，掉池里去的，也许是大胆的鱼儿，跃上来吃南瓜叶的时候，扯下去的。父亲和我，傍晚在池塘洗澡的时候，都会把藤捞起来，放回到棚上。最让人心疼的是，有时台风或者暴雨过后，南瓜棚遭了劫，藤叶被卷起，花和南瓜被打落，很多南瓜就漂在了池面上，被游鱼啄着。

那些年的南瓜棚，大抵可以说是我家夏天最重要的“菜篮子”了，要做菜了，摘一个南瓜，一会儿就端上了餐桌，又鲜又嫩。那些模样长得俊一点的，常被留下来，准备养老南瓜。等到南瓜越长越大，或者南瓜叶渐渐少下去的时候，满棚的南瓜，就像一群调皮的孩子，横七竖八地爬着，看上去特别可爱。

再过些日子，等南瓜贮存了足够的阳光，便泛出金黄的色泽，变成老南瓜了。大约是因为南瓜棚临着池塘，池塘的水质好，种出来的南瓜，青南瓜多汁，老南瓜甜蜜，味道都很好。吃上一阵子老南瓜，还可以攒下一大堆南瓜子，南瓜好，南瓜子也颗粒饱满。当南瓜子入锅翻炒的时候，常常还未炒熟，一缕缕清香就从厨房间飘溢了出来，我闻到了，忍不住咽几下口水。

藏在耳朵里的夏天

和春日一样，在夏日清晨，我依然是被鸟鸣唤醒的，我不说"吵醒"，那是因为我喜欢这样的鸟鸣。常常在被唤醒之后，我依然会卧听一会儿，然后起床。拉开窗帘，虽找不到鸟儿的影踪，但鸟鸣依然婉转。

从春入夏，大自然衔接得天衣无缝。我不知道鸟儿是否在演奏新的乐章了。听上去跟春日区别不是太大，但春天的鸟儿，是在追逐爱情的，所以会欢快一些。而夏日，似乎更会带一些"朝气蓬勃"。清晨的地气蒸腾着，总会带给人一种"天天向上"的感觉。在夏日发出的声响中，总是可以汲取一些力量的，所以我也特别喜欢到大自然中去，去触景和生情。

随处可听的，是溪流之声。入了夏的溪水，仍然是清凉的，或者说越发清凉了。走到身上出汗时，就不妨坐下来，听溪水潺潺，听溪水一如既往地潺潺。这个时节，遍地都是浓荫，溪流就显得特别“幽”，包括水声也特别“幽”。这溪流，被藏起来的一截像尾小青蛇，而暴露在外的一截，又像极了小白蛇。我弯下腰掬起一捧溪水，那清凉，是大地的一种体温。去看瀑布，听瀑布哗哗地响，偶尔变换个角度，再听，瀑布声便有了层次，这是一种听觉体验。当清风吹来，那些细瀑所化作的云雾，落在脸上和身上，带来的则是一种触觉体验：这爽爽的凉，先是入了身，再一下子，就入心了。

雨声，也是水声的一种。除了夏初的雨，还留着春天的尾声，会表现得缠缠绵绵之外，夏日里，多的是阵雨，就像调皮的孩子，往往来得突然，走得也突然。雨噼噼啪啪地下上一阵，有时候，还没等你回过神来，它就跑得无影无踪了。只有雷雨是比较注重仪式的，它会用酷热来预告消息，在快到来时，又会铺展云被，卷起大风，雷声会带着闪电，一阵一阵地报幕。这些年，我渐渐地喜欢上了雷声，也许是人到中年，心愈来愈安静了吧。一场雷雨，好听之处就在于那一种酣畅淋漓，痛痛快快地落上一阵，之后风停雨息，云开雾散。

最富有夏日特征的蝉鸣，也是好听的。因为在乡下长大，我已经听习惯蝉鸣了，哪怕这蝉鸣，织得像一张密不透风的网，也不会打扰我手头正在做的活，不会影响我的午睡。这是大自然的声音，而大自然的声音，都是亲切的。再说，我其实也不过是大自然中的一分子。忽然忆得初夏时节的蛙鸣了，一池塘一池塘地喧闹着，那些池上浮萍，宛如密密麻麻的呢喃。池旁,在春天叫得很欢的黄鹂,此时已经躲在叶底,偶尔啼上一声,特别空灵,像是在我的心头,丢了一枚石子,泛起层层涟漪。

夏日的花园,当然比春天更热气腾腾,那是一种色彩丰富的语言。但花园通常是玲珑剔透的,即使花园很大,也不会藏什么。别说那烂漫的童年了,连蝴蝶也藏不住,但可以把春天藏起来。这个时候,如果你问我春天哪儿去了,我会告诉你,春天是在这夏天的辽阔中走丢的。

清凉不过一个西瓜

夏天的清凉，在我看来，是从西瓜中打开的。小时候我做过一个梦，至今记得：我梦见自己就住在一座西瓜做的房子里，口渴了就咬一口，我一边吃，西瓜一边长，永远都吃不完。当母亲把我喊醒的时候，我的心情倒有点失落。

那时虽然生活在农村，但家里不种西瓜。要吃西瓜必须去集市买，偶尔也会有亲友送来。但在夏日，西瓜总是能够吃上一些的。父亲会把西瓜，切成许多小块，一家人分着吃，当然我和妹妹可以多吃几块。如果是小西瓜，就对剖开，只给我们吃，我和妹妹各半个。吃西瓜，我就低着头啃，啃得满嘴满脸都是。妹妹通常会拿一把小勺子，一勺一勺地舀着吃，还用勺子把瓜皮刮得薄薄的。不过，她吃得也没比我干净多少，吃完西瓜，她会把瓜皮往头上一扣，当作帽子。

炎炎夏日，午后我们就把西瓜浸在井水中，等晚饭后，捞出来切开,边乘凉边吃。井水冬暖夏凉,西瓜往井水中一泡,就透心凉了。我家门前有个池塘,晚上纳凉时,风会吹来丝丝凉意。这个时候,若能吃上几片西瓜,绝对是我童年时光里最美好的回忆了。用山中泉水或者溪水浸泡西瓜,则是很多年以后的事了。在夏天,我们相约去山中,提着一个大西瓜。走累了,找一阴凉处,坐下来,聊天,看景,把西瓜浸在水中。估摸着浸得差不多了,就开始吃西瓜,感觉特别甜,吃下去的是阵阵清凉。

记得在早年的农忙时节,若有西瓜,我们也会带到田间去吃,虽然西瓜一会儿就被“烤”得热乎乎了。但吃的时候,汁水滴答滴答,汗水滴答滴答,特别解渴。记得还有一次是直接在田头摘了西瓜吃的,感觉西瓜特别新鲜。那一次是我跟着父亲去看他的朋友。父亲的朋友家种着西瓜,我们去西瓜地上找到他,他随手就摘了一个,用拳头砸开,掰成几片,让我们放开肚子吃。父亲吃得不多,我则吃了个痛快,肚子胀了老半天。回来时,我们还带回了鼓鼓囊囊一大袋西瓜。

“深蓝的天空中挂着一轮金黄的圆月,下面是海边的沙地,都种着一望无际的碧绿的西瓜。”大约在读了鲁迅先生的《少年闰土》之后,每每吃西瓜,我便有了联想,老觉得我手中的西瓜,就是那一轮金黄的圆月,丰满而凉意顿生。想到那片瓜田时,我就感觉西瓜中藏着一种空灵的意境。

这些年夏天,想吃西瓜时,我会跑到瓜田去摘。我学着瓜农,装模作样地敲一敲,听听西瓜熟了没有,然后摘下。其实西瓜熟与不熟,我是辨不出来的,全凭手气。每次,望着满地的大西瓜,骨碌碌地爬着,我都会这样想,旧时夏天的清凉,不过是一个西瓜。我的夏天熟与不熟,熟到几分,就取决于西瓜的成熟程度。

夏天的鸟儿

春光总是很短暂,一眨眼,便入夏了。

离开乡间已多年,我竟然记不得,小燕子是怎么长大的了。似乎到了夏天,曾经叽叽喳喳等着喂食的小燕子,就自己出去觅食了。而老燕子,在夏天的日子里,养儿育女的担子就轻一些了,“南飞”的行程还早,便也有了难得的休闲时间。

旧时乡下的电线上,常常栖息着一大群燕子,像一群密密麻麻的标点,当然这是在早晚清凉的时候。烈日当空时,燕子往往躲在屋檐下,或者林荫中。“燕子低飞要下雨”,燕子最忙的时候,大抵是在每次雷阵雨来临之前,它们成群结队的,在田野上,或者在池面上,低低地盘旋。当然燕子们不是为了给我们预报天气,而是在忙着为自己捉虫子吃,雷阵雨前,空气闷湿,虫子的翅膀沾了水汽,飞不高。

鸟儿是否都是以虫子为食的,我不知道。我只记得有一年夏天，我在临安天目山景区的林子里，无意间看到一只鸟儿，用尖尖的嘴啄一截树干，一会儿，啄出了一条虫子，伸出舌头轻轻一舔，便吃下去了。我想这应该就是啄木鸟吧？它的模样，跟我在小时候的童话书上见过的啄木鸟是相仿的，只不过童话书里的啄木鸟，还背着一个小药箱，到处给生了虫子的树木看病。童话书里说，啄木鸟是“森林医生”，是森林和我们人类的好朋友。我想说，几乎所有的鸟儿，都是我们人类的好朋友。

人到中年，我的生活和工作渐渐趋于稳定了，遇上节假日外出时，脚步也慢一些了。有时我会留意一下，林子里都有些什么鸟儿在飞。有一次，一场雷雨之后，空气格外清新，我在公园里，听得鸟鸣婉转悠扬，忍不住抬头寻找，寻找鸟儿在枝叶间的身影。大约是被我的脚步声惊了一下，两只鸟儿扑腾了几下翅膀，一下子就暴露了自己。“是两只黄鹂。”认得的人说。哦，原来，这就是黄鹂，怪不得唱得这么好听。我知道，很久以前，这两只黄鹂，还在一首唐诗中鸣过“翠柳”。

但上了青天的那一行白鹭呢？如今在广袤的垦区，在青绿的稻田上，在明晃晃的对虾养殖池塘边，我还常常见到它们。它们总是一群一群地飞舞，觅食，陪伴着田间劳作的农人。白鹭飞起来的样子看上去很有风度，翩翩飞舞的白鹭，经常被诗人书写在诗句里，或者被画家描绘在风景画中。

比起白鹭的喧闹来,夏天里很多的鸟儿是沉默的,或许是天气太炎热的缘故吧?知了一整天地吵着,也不管知不知道,全是“知了”,鸟儿就不去凑那份热闹了,即使叫得再响,估计也响不过知了的。夏天的鸟儿,多藏在阴凉处,享受一生中的美好时光。春天的鸟儿,总在飞来飞去,总在引吭高歌,那是因为要呼朋引伴,要追逐爱情;秋天的鸟儿,总在奔波忙碌,总在埋头做事,那是因为要准备南飞的征程,留下来的,则要为即将到来的冬季储备好粮食。所以只有夏天的鸟儿是最清闲的,你到水边去,你到林子里去,可以看到鸟儿在悠闲地踱步,或者,在缓缓地梳理自己的羽毛。偶尔唱几声,也不急不忙,神采飞扬。

但夏天的鸟儿也有艰辛的时候,有一次,来台风了,我在钱塘江边上,看到一只大鸟,也只有大鸟,才敢在这个时候搏击台风暴雨。就算翅膀被无情的风雨抽打着,大鸟也毫无惧色。我想起那一声“让暴风雨来得更猛烈些吧”的呼喊,不禁心生敬畏。只是我叫不出那大鸟的名字,同行的人也说不上来。不觉心里很内疚,尽管对大鸟这样的“英雄”很是仰慕,但让它默默无名了。

星空下的童年

山中小住一日，差不多一整个下午，我都在露台上坐着。抬头看云，低头看书。山不动，云也不动，只有光与影在悄悄地变幻着。我的影子一点一点在变长，长着长着，在不知不觉之间消失了——夜幕已悄悄拉上。我头顶的云朵，被暮色浸染之后，倏忽不见了。

山中的一天，其实也是二十四小时，只是感觉上或许慢了许多。我看着暮色从山脚下围了上来，也有可能是从山顶上淌下来的。我吃了点零食，仿佛只一转身，夜色就浓了。但这夜色，不是浓得化不开的那种，晚风一吹，就黑一块白一块，丢得到处都是。我所喜欢的安静，并非无声，而是充盈着夜的各种天籁。空气清新，透明而纯净。我心下欢喜，兴许在这山中，我可以望到小时候的星空了，那种繁星满天的星空。

仰望苍穹，晴朗的天空看上去会深远许多，所以我叫它"苍穹"，以为"苍穹"有特别深邃的意境。闪烁在山中的星星，显得颗粒饱满，当然距离远一些的，会暗淡一些。现在的星空看上去似乎仍然没有我孩提时看到的那般璀璨，但也许是随着年岁的渐长，我的眼神不好了。周围参参差差的虫鸣，像涟漪，一阵一阵地漾着，起一阵落一阵，有的干脆利落，有的拖泥带水。我的身子被虫鸣裹着，有一种毛茸茸的触感。入神时，我发现这些虫鸣也是在天上响着的，那些星星，像是一只一只昆虫，耕耘着天上的这片“黑土地”，那星光就是看得见的“窃窃私语”。

要是能下一场流星雨，就会有一些星星掉到露台上了，当然也会有一些星星掉到溪流中去。被郁郁葱葱的草木所覆盖的溪流，白天都难得一见其全貌，更何况是夜色中了。但也有被灯光照亮的地方，不远处有个孩子在惊呼，水中有小鱼。手电筒的光一闪一闪的，孩子的好奇惊扰了鱼儿的睡梦，好在不一会儿，脚步声远去了，又只剩下溪流，在潺潺地唱着，同一首歌反反复复地唱着。

晚归或者趁着夜凉散步的人们，走的是山间的石阶或者已被浇筑好的柏油路，杂草丛生处很少有人走动，或许是担心蛇虫出没。沿路设置了不少告示牌，提醒行人小心有蛇。我是不怕蛇的，记得小时候村子里的路，通常都很窄，两旁草木茂盛，走在路上，遇到一两条蛇并不是稀罕事。不过那时不怕蛇，是因为我相信只要你不伤害蛇，蛇也是不会伤害你的。那时倒是怕“鬼”，那时村民们在露天乘凉时，常会讲些“鬼神”的故事，我们小孩子想听又怕听，听完了都不敢走夜路，加上那时夜一深，大多人家灯就熄了，又很少有路灯，路特别黑。年纪大了之后，“鬼神”不怕了，倒是怕起蛇来了，怕走夜路时，无意间惊动或者踩了蛇，会不会让蛇误以为我要伤害它呢？或许正因为想得多了，大人走夜路常常比小孩子要小心得多。

听见一声蛙鸣，很真切，又仿佛很模糊。记得孩提时，我住在山中，经常能这样听到蛙鸣，有一声没一声，不像是稻田中那样蛙鸣成片的。山中的蛙鸣是零星的，常常在不经意之间响上一声。比如此刻，正当我以为这蛙鸣是恍惚之间的幻听，不料又来了一声，给了我一个肯定的答案。蛙鸣总是清凉的，一声蛙鸣响起，一大滴清凉就落到了空旷中。

坐在露台上，蚊虫很少咬我，大抵是熟悉了我身上的气息。听人说过，一旦你身上有了草木和泥土的气息，生活在山间的万物也就认可了你，你就是它们中的一员了。它们只会欺“生”，很少欺“熟”的。这么说，我是可以融于山间万物的。这些年，我一有空，就一头扎入山水，与山水亲密无间，而且我一直在山水之间，寻找着今晚这样的星空，这星空似乎来自我的童年。

今晚，星空是我童年的星空，可我的童年在哪儿呢？我相信岁月一直替我保管着童年，某一天，它会用一个惊喜的方式还给我。

简洁的大地

写冬天，就从一棵树入笔。等深秋的风，把枝枝叶叶剪干净了，一棵树在冬天的轮廓就出来了。而我喜欢冬天的原因，就在于冬天的简洁。春天喜欢添枝加叶，夏天喜欢把大地上的一切，都写成“繁体字”，进入秋天，虽说已经开始删繁就简了，但要落个干净，终究还需要一个过程。只有到了冬天，水落石出，很多事物恢复了本来面目，大地也变得简洁了。

我喜欢在某一个冬天的早晨，在原野上独自行走，看空旷的大地，看大地因为空旷而苍茫着。在别的季节，隐匿在郁郁葱葱中的河流，此刻，就像一条明晃晃的白色丝带，无遮无拦地呈现在我的眼前，也不飘动，缺少了“参照物”，大地上的许多事物，看上去安静多了。缺少了阻挡物的冬天，风可以长驱直入了。风一阵阵地吹着，吹拂在脸上，感觉风挺大的，连衣襟也在飘动。而且，之前，稍有一些风，枝叶就会晃动起来，现在，很大的风，也不大看得出来了。但你若走到近处，会发现，流水也是起着一些波澜的，当然，结了冰的水面除外。

确实，冬天因为简洁而安静着。晨曦洒了一地，仿佛悄无声息，纯净而透明。天空中偶尔会掠过几双翅膀，披着一小片霞光。但原野上早起的鸟儿，似乎没有往日的多了，鸟鸣稀稀落落的。稀稀落落的鸟鸣，因为空旷而变得响亮，或者说因为安静而变得响亮了。还有我的脚步，踩着枯黄的草丛，踩着还来不及化作泥土的落叶，沙沙沙地响着。这些声音，正是因着冬天的安静，才听得格外清晰。

清晨的田垄上，积着一层或厚或薄的霜，像是昨天晚上来不及散尽的月色，在我看来，冬夜的月，比秋夜的月，要更皎洁一些，也更像乡愁。由此，在田垄上行走的时候，我总感觉，在冬天，是很容易走回童年的。不是那种菜花蝴蝶里的童年，不是那种蝉叫声声的童年，也不是那种瓜果飘香的童年，而是那种冰天雪地的童年。而冰天雪地的童年，在多年后的我的心上，也如此烂漫，充满诗意。

记得早年江南的原野上，晚稻收割以后，会码着稻草垛。三三两两的稻草垛，填补着广袤的视野。有些偷懒的麻雀，会把家安在稻草垛中，它们不知道，这稻草垛是农家的柴火，农家要取来烧火的。日复一日，时间其实也不长，稻草垛越来越少，麻雀的家就没了。与田野上相比，麻雀更多地栖息在人家的房前屋后。冬天时，我们村里多的也就是麻雀了。别的鸟儿，南飞的南飞了，没南飞的，也不知藏身到哪儿去了。整天没事可干的麻雀，就时不时地跃上落光了叶子的枝头，扮作果子的模样，但一眼就让人识破了——哪里有果子会飞的。

日出，大地缓缓回暖。人家屋顶的炊烟，用寥寥的笔画，把冬天的大地，涂抹得更简洁、更明快了。

冬日宜听

“原野上落了一地的霜”，在写到冬日时，我的脑海中突然就冒出了这么一句。霜是一种声音，一种白皑皑的声音。记得旧时，生活在乡间，冬天晨起，发现庄稼上，或者枯草上，都挂满了霜，像一种有声的月光。

冬天的原野上，少了虫鸣，我怀疑这浓霜，正是这些虫鸣变化而来的，窸窸窣窣地响动着，但我又会怀疑，这是风声。越是安静的时候，风吹草动，就越显得大声。我忽然又想起了“人迹板桥霜”，早行的人儿，此刻已走远了吧。不过，这个早行的身影，应该还是留在旧时的画卷里。脚步声声中，或者还伴着马蹄声声，这声声，与板桥上的霜有关吗？当然有关，这霜，让声响，有了冷的韵味，或者这霜，本身就是一种冷的声响。

冷月无声。冷月就这么冷冷地挂着，不过这“无声”，或许也是一种声响。当你冷不丁地抬头看见月儿时，它也许会叮咚一下，在天空中，溅起一小片的涟漪。天空广阔，月儿发出的自然是一种孤独的声响。而此刻，月儿早已经隐去了。鸡也已经啼过数遍，炊烟是在鸡鸣声中淡淡升起的，继而又浓了一些。

如果说霜的声音是幽冷的，那么炊烟的声音，就是暖色调的，在乡间，烟火总是有声的，并且烟火的声音始终是最动听的。在冬天的乡间，鸟儿依然保持着早起的习惯。在落光了叶子的枝头，鸟儿们以果子的模样栖息着。那声声啼鸣，尽管比秋天的时候，显得更为空旷了，但仍然是清脆的，这让乡野充满了灵动，也能让你得到一天的好心情。

不知疲倦的，是潺潺的溪水。有时，溪水也许会少了一些活泼，因为它的脚步时不时地会被低气温冻住。冰，会不会也是一种声音？当然是的，冰常常不是坚冰一块，它会挤满缝隙，而在这些缝隙中，充溢着流水的呼吸。我喜欢听冰在阳光里碎裂的声音，这一种声音总是那么欢快。

冬日阳光的声音，往往会让我觉得，声音也是有味道的，比如阳光的声音，就是香喷喷的。我能想到最美好的那一声，就是坐在屋檐下，晒着暖暖的太阳，读书或者不着边际地遐想。读书与遐想，皆是用心，心所发出的声音，自然在心上。

冬日里，最具风情的，应是雪声。早年，我经常喜欢说，雪落无声。现在想来，雪落怎么可能无声呢？只是那种声响稍稍轻一些罢了。雪在白天落，白天的喧闹之声，很容易就把雪声覆盖了。而雪在夜晚落，我躲在被窝中，听不清，只有枯枝被压折时，才会嘎吱一下。

我入睡的时候，也不知道有没有人，还在冬夜里，像从前的文人一样，用一盏红泥小火炉，温着一壶酒。小火苗跳荡着的小声音，很宁静，也很曼妙。温酒的声音，稍稍带着一些浊，但又很绵柔。这让我感觉到，岁月的滋味总是那么醇厚，尤其是在冬日的深处。

在冬日的深处，还有一种我想把它称为"天籁"的声响，这便是梅花初绽那一刻的声响。花开有声，梅花初绽的一声，像极了心跳声，简直太空灵了。此时，还会有踏雪寻梅人吗？仿佛有咯吱咯吱的脚步在响起，又仿佛只是我的一种幻觉。这让我想到，有些冬之声，我可能是在时间之外听见的。

冬天的树

说不清什么原因,我很喜欢看冬天的树。落光了叶子的枝头,简洁明了。倘若要画一棵冬天的树,大约只需寥寥数笔就够了。但这是我们看得见的部分,确切地说,是一棵树在泥土之上的部分。泥土之下,一棵树,盘着根,错着节。泥土较薄的地方,会裸露出一棵树的根部。那曲曲弯弯的根,不屈不挠地向四周伸展着,有的部分甚至就扎在岩石的缝隙里。

我早年生活在乡间,冬日赋闲,经常去村口看老树林。春夏秋的时节,被枝叶遮着,一棵老树,其实是看不真切的。只有到了冬天,一棵老树的沧桑,才会全部暴露在我们的眼睛里。这些老树中,有的根部伤痕累累,有的躯干到处都是结了痂的伤疤,有的还有着巨大的空洞。这空洞,也许是被虫子蛀空的,但我总以为蛀空一棵树的,应该是时间,因为一棵树和一个人一样,都是经不起时间打磨的。

不敢说，一棵老树中藏着人世间的所有秘密，但村口的一棵老树，至少藏着一个村庄的秘密。只是一棵树，从来不开口说话。村庄里，有人远行的时候，老树站在村口目送着。一棵树的确是有眼睛的，邻家孩子画的一棵树，就有一双眼睛长在树的枝干上，但也许，只有一个不谙世事的孩子，才可以看见树的眼睛。等远行的人回到村庄的时候，老树会踮起脚，欢迎游子的归来。村庄的人们总在进进出出，只有树几乎没有挪动过半分，年复一年，只是长高长粗壮了。一棵树一生的遗憾就在这里：它从来不能走动。因此，我是不太希望自己成为一棵树的。

倘若一棵树能走动，它又会走向哪儿呢？是跟着青石板走向村庄的深处，还是跟着某一位打工的村民一起进城？只是一棵树如果能够这样随意走动的话，又有谁来守望村口呢？那些生活在村口的鸟儿，又到何处去歇息呢？在冬日的暖阳里，一群鸟儿，确切地说是麻雀，落在枝头，不时地张开翅膀，有意无意地冒充着花朵，以便弥补冬天空旷的视野。时不时地，也有几朵白云，企图到枝头栖居一下，只是白云太轻，稍稍有点风，就把白云吹走了。

冬天的一棵树，也是有表情的。不能因为看不出来，我们就否认一棵树丰富的表情。落雨的时候，我常常看到一棵树因为不能撑起一把绿伞，而在内心感到愧疚。有蚂蚁将王国安在一棵树的洞里，树从来没有驱赶过蚁群，即使在浑身长满枝叶的时候。一棵树总是对身边的一切充满友爱，连对附着在它身上的苔藓，缠绕着它身子的藤蔓，也不例外。

那些年，我见过村庄的老人走着走着就成了村口的一棵老树。因为我数村口的老树时，会发现又多了一棵。你可以说我数错了，也可以说我出现了幻觉。但你应该相信，那一年一年，渐渐从村庄中消失的名字，都被树写入了村庄的记忆，或者干脆藏在了树的年轮里。当然，树也会老去，但一棵树，离“老态龙钟”的距离，比一个人，要遥远得多。村口的树，有银杏，有香樟，还有一棵老柳树。那棵老柳树，佝偻着身子，有半截已不在，据说是在某一年被火烧掉了。但老柳树还活着，来年，当春雨像鼓点一样敲响的时候，它的枯枝，又将发出新芽了。

在冬天，我喜欢想一些事情，与树相关或者无关的事情。但我始终认为，一棵在冬天的老树，是值得反复阅读的，读着读着，你便读懂了沧桑，从而对一切生命都充满敬畏。

沙地的雪

雪落在沙地之上,我想就是沙地雪了。这些年,沙地变化得太快,处处都是高楼和宽广的道路了。雪落在现在的沙地,是什么样子,我有点说不上来。我记忆中的沙地雪,还在旧时,是苍茫的。

那个时候,总感觉沙地的雪,下得比别处要大一些,也许是因为那时的沙地一马平川,无遮无拦,气温较低,雪更容易积厚吧?印象最深的是在钱塘江边看雪。青灰色的天空中,掉落着大片大片的雪花,风一吹,就纷纷扬扬了。只是这纷纷扬扬的大雪,一旦掉入钱塘江,也就成白茫茫的一部分了。

总觉得那时沙地的雪天,用“白茫茫”来形容可能是最贴切的。雪天,仿佛一切都安静了下来。但在那些年,冬春时节,雪天的围涂工地依然有着热火朝天的景象。也许是为了赶工期,记得在雪天,工地上一般并不停工。留在我脑海中的是这样的场景，一辆辆抛石的工程车，依次排着长队，施工人员则在一旁，紧张地忙碌着。远望时，这些身影，在大雪中隐隐约约地穿梭。近看时，才会发现，施工人员的发梢间，以及眼睫毛上，都落满了雪花，一些雪花化了，一些雪花又挂了上去。

工地上很少有积雪，工地上的雪积不住。但雪若是落在一边的枯草上，则一会儿就白花花了。雪天围涂工地的那种冷，没有体会过的人可能说不上来。这么说吧，那冷是刺入骨子里的，能让骨头发疼。但如果人一直在动，也不会觉着多么冷，最怕的是停下来，一停下来，人简直就要冻僵了。但我所见的围涂工地，已是机械化围涂了，通常工地上施工人员并不多。在大雪天，那千军万马，肩挑手扛的围涂场面，已经是父辈的记忆了。但当年顶着寒风和大雪，打着赤脚围垦的那份艰辛，我想我还是可以想象的。

除了围涂工地，雪天的沙地，其实是安静的。雪一朵一朵地飘着，落到水面，流水仿佛凝滞了；落在草木上，不多久，草木便披上了毛茸茸的衣裳；落在人家屋顶上，一片黑一片白……那大片大片的田地，很快地就被大雪覆盖了。但大雪的这种覆盖，仍然有着“千疮百孔”。那白皑皑中透出的油绿，是麦苗；那矮墩墩，露出一个头的，可能是萝卜。菜地上，总有人在忙碌着，他们要赶在冰冻之前，抢收好蔬菜。只要不结冰，蔬菜还是比较容易从雪中挖出来的。这经了雪的蔬菜，会更甜一些，特别好吃。

在沙地的雪天，若是不出门，可以在家里一边烤火，一边和人聊天，也是其乐融融。那时我正年少，也喜欢喝点酒。记得某一个雪天，我们几个朋友，相聚在围垦的一个承包户家里，烤火，温酒，看雪。那天的雪，真的有点大，我记得我们刚踏进院子，脚印就被大雪盖住了。但当我们把门关上之后，雪就在窗外飘着了。嗞嗞地，扑打着窗户的，是风吧？冷的仿佛也只是风，雪却好像是温暖的，也许这是因为雪看上去像大朵大朵的棉花吧？

柴火熊熊，刚炖熟的一锅羊肉端上了桌子，我们举起酒杯，觉得屋子里暖和了。喝酒，隔着窗户看雪，仿佛这野外的雪，也是带着酒精度的。

城里看雪

纷纷扬扬，雪从天空中飘下来的时候，大抵是不分城市和乡村的。但乡村更容易容纳雪花，同样的雪，下在乡村，一会儿地面上就白了。也因此，我在城里看雪的时候，思绪总会时不时地回到童年的村庄。

其实，不用说雪，入冬以后，清晨起来若去原野上看看，那一层一层的霜，白花花的，厚得也有点类似积雪。而在城里，我似乎已经很久没有见到霜了。早上上班的时候，需要经过城河，若是不赶时间，我会在河岸边的草丛中寻找霜的影子，隐约可见霜，但我又常怀疑那可能并不是霜。不过晚归时，发现城河边的月光，咣当咣当着，挺像是一片一片的霜，这就是所谓的“冷月如霜”吧？

住在城里，觉得也就在城河，雪下起来还带着一些乡村的气息。雪小的时候，一朵一朵，掉入河中都不见了。倘若大上一些，河水流着流着就滞缓下来了。一些来不及化去的雪朵积在冰块上，渐渐地，河面上就漂浮着一层浊雪了。一会儿，岸上也泛白了。但如果要看到“银装素裹”的模样，还需下一晚上的大雪，第二天早起来看。

只是在城里，即便下了大雪，第二天你走上街头的时候，雪已经剩得不多了。马路上和人行道上的积雪，多半已被市政工作人员和环卫工人连夜清除了。只有高楼顶上，以及停在室外的车子的顶上，还会积着厚一些的雪。站在高处望，偶尔也会望到一片苍茫的景象。但城里的屋顶上，没有炊烟升起，也就缺少了那种温馨的烟火味道，留存在我心上的鸡鸣犬吠，自然更遥远了。

城里的雪，是经受不住人来人往、车来车往的，不长时间，就融化了，融化在了城里的喧嚣里。太阳一出，走在城里，到处都是滴滴答答的融雪声。只有城河边的雪，因为没人清扫，化得要慢一些。但每次，总有比我更早起床前往城河的人，已经留下了一行行清晰的脚印。照着人家的脚印走，不容易打滑，可以省力许多。但通常人们喜欢走出自己的脚印来，于是，很快脚印叠着脚印，一大片的雪被走得支离破碎了。

吧嗒，吧嗒，不时地，有雪块落下来。打在身上，雪很松，不疼。有时雪块刚好钻进脖子里，带来一阵凉意。树枝是毛茸茸的，一截黑，一截白。老桥卧在黑白中，有时，卧在她的眸子里。这个时候，雪天的城河，就是一幅水墨的画卷了。我记得旧时的城河上，是有着小船的，此时若有小船欸乃一声，则城河可能会空灵许多。但现在，小船已经泊在了时光之外。城河终究是城里的河了，瘦瘦的，拘拘束束的，即便下了很多的雪，也长不胖了。只有雪天的草木，依旧保持着胖乎乎的身材。

城里看雪，最宜是在晚上，在多彩的灯光下看雪，这是乡间所没有的。在乡间，一到雪夜，通常人家就早早地休息了，一会儿连灯火都没了。夜静得只剩下了雪的声音，而雪往往也是悄无声息的。但城里不同，雪天的晚上，依然是喧闹的，街市照常，下班的人流照常，灯光照常亮着。冬日昼短夜长，天黑下来的时候，人们才刚下班。雪天，下班晚归，我喜欢穿一双雨鞋步行。咯吱咯吱地一路走，一路看雪，那份感觉，特别美妙。

刚穿上雨鞋的时候，会感觉湿冷，但走上一会儿，就热乎乎了。因了雪，路上的风景跟平日有了很大的不同。从黑黑的天空中洒下的雪，被灯光一映，变成彩色的了。一大把一大把的彩色雪，絮絮叨叨地落着，仿佛夜的天空，在说些什么，但能够听到的只是脚步的声音，以及沿街店铺一如往日的嘈杂之声。与雨天不同，雪天我一般并不撑伞，走上一段，抖一抖，雪就纷纷抖下了，衣服不会被弄湿。雪还在下着的时候，积雪踩上去很松软，踩着踩着，积雪就踩没了。只有结了冰以后，雪地才会变得又湿又滑。但通常雪在下时，并不会结冰，所以我尽管放心大胆地往前走。

我边走边呵气，呵出的气变成一团水雾，被灯光一沾染，就有了缤纷的意味。一片雪花恰好落到一团水雾里，一闪，就落入了黑暗中。这漫天雪花飘着，舞着，像童话一般。恍惚间，我觉得如果这样一直走下去，也许，我就可以走入乡间的童年了。

城里的积雪如此难得，总让人分外地珍惜。因为我知道，到了明天，这些积雪可能就不见了。城里人多，地气暖，雪是很容易化的。不像乡下，下一场雪，能积上好多天。

一路走着，我发现已经有一些环卫工人，顶着雪，在清扫人行道上的积雪了。城市，终究不是雪住的地方。若要看大雪，还得去乡下。但在城里，偶尔也会有积雪是好些日子以后才融化完的，那是背阴处的雪，天冷，结了冰，结实得像铁块。城里下雪的时候，也可以打雪仗，堆雪人，只是城里缺少足够的场地，供人们尽兴。那雪人，常常也是还没堆好，就消失了。

雪在城里终究只是过客。跟着一场雪，走着走着，就出了城，在不经意间，走回了童年的乡村。

看雾

早晨起来，推开门，劈头盖脸就是一场大雾。大地一片苍茫，远近的景物都被大雾笼罩着，若隐若现。走进大雾中，发梢一会儿就湿了，衣服上也湿答答的，几乎可以拧出水来。

当然，这样的大雾，多见于春秋时节，在冬天，应该并不常见。冬天，虽然也有大雾，但很多时候，雾都是比较淡的。旧时住在乡间，那里到处都是池塘。清晨，池塘上面往往漾着薄薄的雾气。晨曦洒在水面上，一闪一闪，亮晶晶的。冬天的雾，之所以好看，那是因为它填补了水面的空旷。这个时候的水面，往往只剩下了那些还来不及清理的残荷，像一些草体字，随意地写在水光潋滟中。岸边或许还会剩着一些没有被收割的芦苇，被雾气一笼，仿佛又恢复了往日的婀娜多姿。

雾的美，就在于朦胧。冬天没有花，所以雾中无花可看。水中可看雾，但水中的雾影，需要很专心才能够看清晰。那些落光了叶子的枝头，因为雾的升腾，而显得丰满起来。雾，有时是一大片一大片的，有时则是丝丝缕缕的，浓雾、淡雾、轻雾，弥漫、缭绕、飘散着。一棵冬天的树，由此变得风情万种。比如说冬天的柳树，借助于雾，也可以营造出春天一般柳烟的效果。

冬日里，我喜欢去古镇、古村落看看，白墙黛瓦，小桥流水，等雾一漫起，就是一幅标准的水墨画了。檐下有几盏红灯笼在雾中，如果是晚上，就像瞌睡人的眼睛，如果在白天，那也带着一些墨色的韵味。流动或者游走在古镇、古村落里的雾，叫烟雾，因为这些雾，常常与炊烟袅娜在一起。其实那个时候，是分不清哪个是烟，哪个是雾的，话说回来，你又何必去分清烟与雾呢？

喜欢一个词，叫“迷雾”。在雾中行走，最好去冬天的旷野之上。能见度必须低，否则无法“迷”了。反正闲着，最好绕上一大圈，又绕回原地。远山自然是隐隐约约的，也只有这样，远山才会腾挪，住在山上的仙人，才可以腾云驾雾。有时，旷野上的雾气慢慢散尽了，只有山间还剩着雾，仿佛仙人正住在仙人洞中，吞云吐雾。大抵仙人的家园，总是云里雾里的。有谁识得仙家的真面目呢？抑或仙家只是一个传说。

“海市蜃楼”，我以为是海上的云雾营造出来的。我不住在海边,很少看到冬日里海上云雾的模样。但想来,因着海的浩渺,海上的云雾应当也是浩渺的。其实从雾中看,每一座岛屿,都是“海市蜃楼”。只不过当雾散去,岛屿依然在。而“海市蜃楼”消失的时候,海面上就只剩下一片空荡荡了。

冬日夜晚雾中的村庄,也有些海市蜃楼的风韵。雾一起,灯火氤氲,“氤氲”一词最好,有灯、有火、有雾、有话语、有温度,一起酝酿着一整晚的梦境。因为冬天的大地简洁,梦境也变得简洁了。只不过,只要雾一起,这样的“海市蜃楼”,每天都是在的。没雾的时候,其实也可以对着玻璃窗哈一下气,制造出一小片雾气,附着在窗户上,青春的她或者他,会用手指写上心里某个人的名字,过上一会儿,这个名字就消失了。这是一个人心中的秘密,谁也不知道。

冬天,我喜欢在浓雾中行走,主要是因为,在浓雾中,我可以用自己喜欢的姿势,任意地行走,谁也看不清,谁也不会在乎我。年少时,可以假装扯一匹雾,送给她做一条乳白色的纱巾,但可能这个“她”只在想象里。趁雾散去之前,暂时从一大堆的琐事中抽身一会儿,去看看雾,心旷了,神也就怡了。

冰里住着个童话

翻阅自己这些年写的文字，极少有提到冰的。仔细想想，这些年住在城里，连见到冰的机会都很少。不像早年居住在乡间，一入冬，就经常可以见到冰了。

那个时候，我家门口就是一口池塘。冬天的清晨，开门第一件事，就是看看池塘结冰了没有，冰层厚不厚。结冰了，出门时就要添件衣服。但其实这是一种“错觉”，结冰的天气，虽然温度低，但通常无风，或者只有微风，只要太阳一出，马上就暖和了。乡间有句话叫“穷在债里，冷在风里”，只要风不大，天气是冷不到哪里去的。相反，风大一些的晚上，即便很冷，池塘也不会结冰。虽然我常希望着哪天风吹着吹着，水就变成了冰，一层层涟漪就被固定在冰面上了。我可以管它叫“涟漪冰”，只可惜一次也没有见过。

冰清玉洁，水冻成冰，像晶莹的玉，玲珑剔透。阳光洒在冰面上，明晃晃的，一层一层地泛着光芒，有时还挺刺眼的。池塘上的冰，通常只是在岸边，东结一块，西结一块，不连成片的冰肯定不厚，晃荡几下，就散得稀里哗啦了。满池都被冰冻的日子，在冬天也不会太多。满池结冰时，早起的人们去河埠洗衣，就得找根木棍，或者找个石块，先把冰敲开。有贪玩的孩子，也会试着用脚去踩冰，不小心湿了鞋子是常有的事。记得有一次，有个孩子掉冰窟窿里了，还好发现得早，不然就没命了。

旧时在乡间，孩子们还常把冰当作玩具。把冰当作子弹，玩“打仗”游戏，这是不被大人允许的，因为冰块坚硬锋利，很危险。我们常常将暖热的火炉盖，覆到冰上，取上一块圆圆的冰，当作“车轮”。小伙伴们一人一个，找一处大一些的场地，比赛谁滚得快。记得小学开始学几何图形时，我还组织过小伙伴进行冰块计算竞赛。我们从池塘里抬来一大块冰，当场摔碎，各人自己找图形，用直尺、三角尺、圆规等工具，各自计算冰块的周长与面积，在规定时间内，看谁算得又快又准。这件事被老师知道后，我得到了表扬，老师还说要在全班推广。

也有我们认为好看的“花冰”，我们把那些夹杂着杂物的冰块，叫作“花冰”，比如，冰中夹着一小片菜叶，或者一根稻草，又或者是一片羽毛，更多的是枯荷叶。池塘是种荷的，荷叶枯了以后，虽被清理过，但总是不够干净。很多个上午，孩子们会争论着谁捡到的“花冰”更漂亮。而我，会在池塘边上，一遍遍地寻找有没有一块冰，把一条鱼冻在了里面。因为我看到过有一块冰，把一只虫子冻在了里面。恍惚间，我看着看着，冰融化了，一条鱼又游回了水里。只是整个童年，我都没有见过冻着一条鱼的冰，除了在梦里。在梦里，我用冰搭了一间房子，有很多的鱼，都在房子中游动，当我喊出一声“冰”，鱼就都悬在那儿了。

游动着的鱼，不会跑到冰里去，流动着的水，也不容易结冰。池塘水安静，经常结冰，小河水结冰的时间就要少得多。记忆中最好看的是雪天的冰。一场纷纷扬扬的大雪，落到水中，来不及融化的雪，落成了松散的浮冰。在池塘，这些浮冰，就依附在残荷上，裹着残荷，或者被残荷裹着。在小河里，浮冰就像是浮着头的鱼。

印象最深的是雪后的一个夜晚，晚归的我在收获后的原野上，看到了一朵朵已成冰的小雪花，在月光下一闪一闪，美丽极了。很多年以后，想起来，还恍如一个童话。这也让我一直觉得，那时的冰里，是住着一个童话的，而我曾经在那个童话里走过。

第四辑

地气氤氲

每一种声响都有来处

一

在城里住久了，特别怀念乡间的月色。我印象中最好看的月色是在初冬，特别是在大地已经起了薄霜的日子，月色浓浓的，仿佛乳汁一般。夜色深下去一些，乡间就少了灯火，任由月色水一样地流淌着。我发现，月色愈皎洁，草木的影子愈深，仿佛黑夜把黑都赠送给了影子。

这个时候，月光和霜，其实是不必区分的。你会尝试着在窗台上擦拭月光，当然，这是徒劳的。月光，就在窗外一朵一朵地飘着，也给你一个厚厚的影子。我是不大敢出门的，怕月色把我裹了，扔到梦里去。但乡下的房子，总是有着各样的"漏洞"，月光就透过某个缝隙，来探望我了。我老觉得，月光是有声的，像雨，大的时候，淅淅沥沥的，小的时候，就是"随风潜入夜"的那种了。

说到风，乡间的房子，也许可以挡雨，但风无论如何是防不了的。在城里，要起很大的风，才有感觉。城里的门，太重，风敲不动。但在乡间，一丝丝风，就能听到声响了。天热的时候，再大的风，遇到你也得绕着走的。但入了寒冬，就不一样了。所有的风，都直往你脖子里钻，仿佛跟你特别亲。

记得有一次在乡下过夜，我半夜醒来，听见门嘎吱嘎吱的，还以为是门没有锁好，起来了好几次，发现门锁得好好的，也不知风是在哪儿叩门的。月光有影，你看得见，但风没有，一边吹着，一边藏了影踪。藏了影踪的，还有蛐蛐，在乡下的夜里，蛐蛐几乎每晚都为我演奏小夜曲。蛐蛐是最擅长捉迷藏的虫子，很多很多年，我一直没有见过它们的影子。左耳听着，貌似在墙角；右耳一听，发现可能在床底；俯下身去再听一会儿，那声音竟逃到窗外去了。虫鸣的声音，就是这样，听着很真切，却总是让人难以琢磨。

当然蛐蛐的演奏是免费的，不但免费，你不听还不行。乡间人已经习惯了这些声音，如果哪天没有，反而心里空落落的。在乡间，我们总是伴着各种声响入睡，比如风声、雨声、虫鸣声，还有某个人的鼾声，以及渐渐清晰或渐渐模糊的晚归人的脚步声。

二

房前或屋后有个池塘，水乡人家大多是这样的布局。暮春和初夏，以及稍深下去一些的光阴里，一池塘全是蛙声。这些没有形态的蛙声，有时比池水上漂浮着的浮萍还要多，还要密。常常，我会走到池塘边去，恶作剧似的故意重重地踩上几脚，想把蛙声踩下去，一开始这招还挺管用的，我的步子响了，蛙声就低下去了。但多用上几次，这招就失灵了。青蛙继续聒噪着，不再理会我了。

与蛐蛐不同，循声是可以找到青蛙的。青蛙藏身在草丛中，当你有意或者无意靠近草丛时，它们还以为被你发现了，会一跃而起，扑通跳入池子里，溅起一大朵水花，把浮萍往边上推了好远，也会把刚在浮萍中探头的同伴吓一大跳，让它们来不及转身就躲入了水底。只不过还没等涟漪散尽，它们又浮上来了。风没平，浪也没静，它们又开始唱了。

记得有一年梅雨时节，我坐在一座古寺中，听寺外的蛙声一大波一大波地往寺内涌进来，几乎把诵经声都覆盖了。这些不懂禅的青蛙，也不抽出时间来听听诵经声，就喜欢自己一个劲地叫个不停。不过，对这些，老法师早已习惯了，说一年又一年，每年都是这样的。其实蛙鸣声中又何尝没有禅意呢？落在寺外的梅雨，与落在寺内的梅雨，都叫梅雨。心若静了，听诵经声和听蛙鸣声，也都是一样的。或者，听蛙鸣声也许比诵经声还要好上一些，蛙鸣声是天籁。

也有不善听天籁的。城里的朋友，偶尔在乡下小住，每晚都会被蛙鸣声吵得睡不着觉。老说夜里下了阵雨，早上起来，又不见地上湿，其实是“夜来蛙声如阵雨”。我是喜欢枕着蛙鸣声入睡的，一个“枕”字，让我有了一种飘在蛙鸣声之上的幻觉，仿佛一整个身子被蛙鸣声托着，浮起来了。

三

其实，梅雨也是一种好听的声音，哪怕它一下就会下许久。这些年，我已经养成了一种风来听风，雨来听雨的习惯。如果没有这绵绵的雨，老江南的那把油纸伞，就没有地方去撑了。当然，现在撑油纸伞的人也不多了，即使是在那些依旧又窄又长的雨巷中。

婷婷的女子还是一样的，那丁香般的愁怨，仿佛也没改变过多少，只不过撑的是各色的花伞了。所以现在似乎要用细细密密的雨帘，才可以把古镇印染成一幅水墨画。就这样，还会冷不丁地，掉下一大片艳丽的色泽。这些色泽跟红灯笼不一样，红灯笼虽然醒目，但很容易褪色成为黑白的一种。

落雨的时候，如果没事，我就不出门，老想着最好在屋檐下，当然最好是那种老屋的屋檐。在屋檐下，置一株芭蕉，让时急时缓的雨点打在芭蕉叶上，我就坐在旁边听，一直听到整个身心全是空旷，听到忘了滴答滴答的时间。夜深时，也就假装还有灯花要剪，却又不剪。看见池子里的水，涨了，偏偏不说是水涨了，说涨的是光阴。

涨的确实是光阴。揭开一层光阴，我就可能回到了老家。在老家，我家的老屋后面是一个竹园，竹园不大，但仿佛把一整个翠绿的春天都藏下来了。夏天的雷声，挂在天空中，居住在乌云里。而春天的雷声，我总觉得，是栖息在我家竹园中的。当笋宝宝把越来越潮湿、越来越柔软的泥土悄悄顶破，雷声就透过泥土的孔隙钻了出来，忽地在竹园之上炸裂，天空中传来一个回声，就哗啦啦地下起了雨。接着，雨水淌来淌去。

每次去竹园看的时候，我总怀疑这场雨，是雷声和竹笋一起谋划的。雷声想叫醒万物，而竹笋想脱颖而出。最终的结果表明，它们两个的目的都达到了。春笋，这毛茸茸的家伙，一个劲儿地汲取雨水。刚开始它还在我的脚尖，没过几天，一下子就蹿上去，比我的个头还要高了。

春天，萌发于大地的声响，都是向上的，它们一节一节地挺拔着。只是拔节的声响在哪儿都有，不独是我家的竹园。

四

其实，在乡野，最好听的，还是泥土的呼吸之声。记得父亲问过我，泥土是怎么呼吸的。我说汩汩，父亲说，那是水声，是泉水在冒出来；我说吧嗒吧嗒，父亲说，那是庄稼在呼吸。年少时的寒暑假，我一直跟着父亲面朝黄土背朝天，印象里也没有听见过泥土的呼吸声。

也许，泥土的呼吸是无声的。抑或，它是借助于葱郁的万物来发声的。后来，我从一株小草的萌动中，似乎听到了泥土的呼吸声，那是一种嗞嗞的声响，因为这个时候，泥土在松动着，小草露出了尖尖的脑袋。较之于小草的萌动，花开的声音更轻，我竖着耳朵听过好多次，也没听清。我只看到花朵嗒地绽放了，这“嗒”字，好像也是我自己加上去的。写到这儿，我忽然明白了，泥土的呼吸就是一种萌动。而这萌动，如同这世上的很多种声音，不是用耳朵，是要用心去体悟、去聆听的。

在春日，父亲整日埋头于田野中，倾听着庄稼演奏的交响乐。那是一首多么磅礴的交响乐啊，有着八百里春风的浩浩荡荡，那声音，蓬勃，盎然，生机无限。那声音具有各种各样的姿态，蹲着、站着、走着、跑着、蹦着，跳着……在这个时候，石头也会拒绝沉默，脚印也会发芽，溪流会大声地欢笑，而头顶的天空，会用湛蓝的词语，说出一朵又一朵白云，像絮絮叨叨的乡愁。

这个时节，连很少开口的老牛，也会不时地“哞”上一声。在从前，老牛跟着主人日出而作，日落而息。现在，它差不多成农家乐的专职演员了，把农耕的风情，演绎了一遍又一遍，有的还渐渐成了传说。

五

最好的感觉，莫过于清晨在鸟鸣声中醒来。拉开窗帘，晨曦洒了一地，鸟鸣声落了一地，院子里湿漉漉的。于是我怀疑，这树，这花，这草，可能都是具备了形态和色彩的声响。

当远处和近处，有炊烟升起，总会有零零碎碎的鸡鸣犬吠间或响起，顺着淡淡的薄雾飘来。小河里，还有一条鱼，发出摇头摆尾的声响。若是到了秋天，抬头时你也许会发现，大雁把叫声留在了高远的天空里。

每一种声响，都会有它的来处，也都会有它的去处。当你明白了，你便可以从某一种声响中，找回已经弄丢的童年。或者，你也可以在将来要去什么地方的时候，找出一条可以抵达的道路。

泥土在呼吸

记得初进城时,我每天行走在柏油和水泥路上,总有些不适应的感觉。静下心来仔细想想,原来是因为很少看到裸露着的泥土了。但时间久了,我竟然也把泥土忘了。城里生长着的不是庄稼,是钢筋水泥,但渐渐地,我也习惯于钢筋水泥丛林中的生活了。

但城里也生长着草木。只要有空,我喜欢往小区和公园的草木丛中走,或者站着深呼吸几次,闻闻草木的香气。在清晨和傍晚,草木的香气是淡淡的,在中午热烈的阳光下,草木的香气就浓烈得多了。大多数时候,我只是抬头望蓝天,很少俯身看泥土,对于泥土,仿佛总是熟视无睹。但草木的香中是带着泥土味的。一地的郁郁葱葱或者层层叠叠里,泥土隐隐约约,泥土总是那么谦卑,不张扬。

在城里,要有一颗多么安静的心,才能够听到泥土的声音。那种声音很细小,类似一根针掉落发出的声响,但泥土总是有声的，只是被喧嚣的脚步声淹没了。只有在安静的乡下，泥土才可以张扬地活着，泥土被蚯蚓耕耘出很多的小口子，或者被豆大的雨点砸出一个个小坑。有时，也有水流滋滋冒着，溢出泥土，那一漾一漾的波光泛着，仿佛正有一群小鱼儿在啄动。

我喜欢水田，喜欢旧时的耕牛在广袤田地犁动着泥土的样子。那淡黄色的，或者黑黝黝的泥土，先是裸露在清风和阳光里，接着被雨水或被从池塘和小河里抽上来的水浸润。插秧，在当年是一种艰辛的劳作，时过境迁之后，终究在心里变得美好了起来。在浑浊的水中，拖泥带水地把青青绿绿的秧苗插下去，现在想起来，这样的场景，已渐渐地褪色成一种“意境”。这种“意境”里，水汪汪的全是蛙鸣。

乡野广阔，整日与泥土打交道的农家，过的不就是“拖泥带水”的日子吗？儿时在乡下，我们这些小孩子，总喜欢聚在一起玩泥巴。泥土是我们那一代人取之不尽，用之不竭的玩具。我们用泥土捏出各种形状的小动物，不管像与不像，恶作剧般地让小鸡长四条腿，让青蛙长两条腿。泥土总是很宽容，任由我们揉捏。好客的我们，还喜欢用泥土做成各色的点心，假装用来招待客人，请小伙伴吃，然后自己吃。很多年后的一天，我忽然想到，摆在我们餐桌上的，有哪一样不是从泥土中长出来的？连我们用的陶器和瓷器，都是用泥土烧的。想到这一点，我的眼眶湿润了，这种湿润，是对于泥土的感恩。是的，那些年，我常会因为这样一丁点的想法而感动自己。是的，在那些年，我的一颗“诗心”正在发育，比如，我还会在春天为看到的第一枚柳芽而狂喜不已。

依然记得儿时的我，每天到了傍晚，衣裳上、皮肤上，全都沾满了泥土。不但小手和小脚脏乎乎的，有时，满脸都是泥巴，只有两个眼睛还在忽闪忽闪。我打小就没有觉得泥土是脏的，而觉得泥土是干净的，泥土有着干净的魂魄。泥土孕育着万物，在乡间生活的日子，我时常对着泥土出神。我会觉得，在湿润的泥土中，只要有着流水的响动，就能够掏出鱼来，或者，只要在泥土中浇上水，泥土也会变作游鱼。

稍稍识字以后，我便知道在神话传说中，我们这些在大地上行走的人，是女娲用泥土捏的。我的奶奶一直固执地相信，人的灵魂出走的时候，是在泥土中穿行的。奶奶举例说，人睡在屋子里，门关得好好的，做梦的时候，灵魂要出门，只能通过泥土才能潜出门外，当灵魂在外游荡一夜，回到躯体的时候，它会把沾染上的泥土留在皮肤上，也因此人身上常粘有老泥，怎么也洗不干净。早年听奶奶说这些的时候，总觉得这是“迷信”，现在回想，奶奶的话，其实是另有深意的。也许可以说在潜意识里，人们始终怀着对泥土的敬畏。在乡间，人们一年又一年地，在日出与日落间翻动着泥土，翻动着清风、阳光、雨雪和风霜，正是这泥土带来了生生不息的炊烟。泥土中藏着秘密，其中有许多秘密，我们依然没有弄清楚，也许永远弄不清楚。

记得有位教授对我说，他在家里，能不穿鞋就不穿鞋，喜欢赤脚行走，说这样行走能“接地气”，“地气”很重要，能维护一个人身心的平衡。这个我信，这其实也不是什么“玄”的东西，人确实很需要珍惜与泥土相亲的机会。只是我现在的居室铺着地板，本身就不大“接地气”了。记得小时候，我家住的是瓦房，房间里的地面就是赤裸裸的泥土，经年累月，泥土被我们踩得凹凹凸凸，却硬硬实实。整个夏天，只要一下地，我们都打赤脚行走，几乎不穿鞋子。泥土和家中接近泥土的物件，会预告天气，每当雷阵雨前，家中的水缸会变得湿淋淋的，这泥地会变得湿漉漉的。更潮湿的是江南的梅雨时节，瓦屋顶漏雨，外面下雨，家中也下雨。地面上，水流来淌去，墙壁上生出了油绿的青苔，冷不丁地，还会在家里的墙角发现一株青草，也不知道是什么时候长出来的。

从前的家，真的是与大自然“息息相关”的家，燕子在屋檐下筑巢，生儿育女，蚊子和苍蝇是家里的常客。记得有一次，半夜里，我摸了一下肚子，感觉上面凉凉的，打开手电筒一看，原来是只青蛙不知什么时候跳到了我的肚子上。有一次，家里人打扫卫生的时候，床底下还游出了一条蛇。不过，那时候我也没觉得害怕。大人们总说，世间万物，除了蚊子和苍蝇,你不去惹它,它也不会来惹你。世间万物,都是从泥土中滋生出来的,都将消失于泥土。

这么多年来,我的内心一直沉淀着与泥土肌肤相亲的愉快印象。偶尔去乡野,我总能够回忆起童年的我赤着脚在田埂上跑动的场景,田埂窄窄的,滑滑的,很容易让人摔倒,我摔倒了爬起来,再摔倒再爬起。长大一些以后,我依然喜欢赤着脚去田间行走,肌肤被小草抚摩,或者被草尖轻触,一种痒酥酥的感觉立刻弥漫全身。雨天时,我喜欢在水中蹚着走,蹚起一串串浪花,偶尔也会惊起几条小鱼儿。人在坚硬的泥土上走过,留不下痕迹;在松软的泥上上走过,会留下脚印,有时淤泥从脚趾缝中溢出来,还以为自己也在泥土中扎下了根。

有一段时间,我对水泥和柏油充满了反感,因为我觉得水泥和柏油,压制了泥土的呼吸。我喜欢那些古镇,喜欢青石板铺就的大街小巷,石板中留着缝隙,这些缝隙,可以留给泥土呼吸的空间。但现在我对水泥和柏油已经没有那么反感了,渐渐可以接受了。也许,水泥和柏油,也是泥土的一种,仔细辨认,水泥和柏油中,也会留着细小的缝隙。还有,在城里,比如在小区的绿化带上,或者鸟语花香的公园里,泥土仍在大口地呼吸着。只是觉得,在城里匆匆忙忙为生计奔波之余,我应该多去看看泥土,多找些时间,俯下身去,和泥土说说话。

有一天，我蹲下来，在泥土中拨动着落叶。一些落叶，是刚从树上掉下来的；一些落叶，风吹过，沙沙沙地唱着；一些落叶，耷拉着，发了霉，一半已经还给泥土。我听到了泥土均匀的轻轻呼吸声，我的心一下子踏实了。树高千丈，叶落归根，根深深地抱紧着泥土。飞鸟和游鱼，最终回归的都是泥土。水泥和柏油，最终也仍将化为泥土。

趁没人注意的时候，我脱下了鞋子，我要和泥巴亲近一会儿。听到泥土的呼吸，我仿佛回到了年少时光。我相信，这一路走过来的记忆，是泥土替我保管的。泥土在低处，泥土始终在低处，但没有比泥土更让人敬仰的事物了。人走在世间，只有不时地踩一踩泥土，心才不会悬着。

与庄稼对话

每每夜深人静，我摊开纸，想写一些什么，笔尖总会窸窸窣窣地响动着。有庄稼在破纸而出，只是我已分不清，这些庄稼，是来自我的记忆，还是此刻就生长在原野之上。

萦绕着我的，是泥土淡淡的芬芳。有时候我以为这是一种幻觉，却又那么真切。我看见我的纸，已被流水浸润，接着缓缓洇开，泛滥着黄土，然后就消失了。我不知道这纸去了哪儿，我只知道，它已化作泥土。

匀称，安静，偶尔带点汩汩的声响，我知道，这是泥土在呼吸。这些年，只要听到了泥土的呼吸，我的心就踏实下来。搁在心上的那一块石头，也就落了地。

落了地，这石头就长成了铁骨铮铮的庄稼。

有一长者，面向我而坐。他像是被一阵清风吹入的，不见推门或者敲门的声响。长者的脚步，是那么轻，一副小心翼翼的样子。

长者开口了。一会儿是阳光，一会儿是雨，都带着淅淅沥沥的表情。阳光里，长者的身影，一会儿变长，一会儿又变短。雨落的时候，长者时而撩开一帘雨，时而又放下一帘雨。

雨声里，他再也顾不得说话了，或者说，他的说话声，已被雨声覆盖。长者贪婪地吮吸着雨水，一副全然不顾其他的模样。

间或有我所喜欢的雨打芭蕉声。雨打芭蕉的声音，常常被我认作时间在滴答流逝的声音。

雨停的时候，长者的身上，依然滴答着水珠，只是那节奏，分明已经缓慢下来。只有时间，依然不紧不慢地朝前走着。

被长者抖落了一地的虫鸣，此刻，逢着间隙，又爬了上来，毛茸茸的，裹了长者一身。

方才惊醒，原来那面向我而坐的长者，是一株来看望我的庄稼。

我的父亲也正是这样的一株庄稼，而父亲不知道，此时，我已置身在原野。父亲还不知道，我也会化身为一株庄稼，和他一起在田野上守望。

风来听风，雨来看雨，再也不必躲避某一道闪电了，日子可以过得如此从容。这是化身为一株庄稼的好处。狂风刮来，顺势倒伏一下，风过，又倔强地直起腰。只要抱紧了泥土，就没有什么可以摧毁庄稼的信念。

这方泥土，春雷滚过，野火烧过，霜雪浸润过。庄稼一茬种,一茬收,大地从来生生不息。

父亲和他的草帽,一年又一年,在田野上晃动着。他用匍匐的姿势,并且借助于汗珠,与庄稼对话。往往一整天,父亲都在和庄稼聊天。父亲弯腰一问,庄稼昂首一答,这是多少年才能达成的默契。慢慢地,草帽下那一脸的古铜色,就被嫁接在一些庄稼上了。

这么多年,只有草帽,一直没有化作庄稼,并且父亲每每要俯身成一株庄稼的时候,就被草帽“拯救”。但或者父亲是被烟火“拯救”的,当父亲跟着一条田垄抵达暮色深处的烟火时,父亲又回归了自己。与田头的庄稼不同,父亲是一株会行走的庄稼。

那些会行走的庄稼——那些农人,使用着各样的农具,深一脚浅一脚地劳作。但无论深与浅,大地之上都不会留下他们的脚印,他们的脚印,很快就被光阴掩埋了,或者长成了郁郁葱葱的庄稼。脚印当然也是一种庄稼,会生长,也可以被收获。

或者,穿过那苍茫的田园,还可以邂逅记忆中的老牛。老牛那浑浊的目光,正凝望着劳作的艰辛。而那目光总是浑浊的,与泥土相依为命的身子,总带着拖泥带水的浑浊;而那劳作总是艰辛的,落了一身雨雪风霜,与庄稼在天地之间,共同表演一曲悲欢离合的故事。

劳作,就是紧贴着大地,与庄稼进行一场盛大的对话。

泥土不时地保持着沉默，很多时候，与庄稼的对话，并不需要语言。田野之上，那些絮絮叨叨的白云，或许就是农人与庄稼交谈的内容。

来自泥土的庄稼，说的自然都是土话。也许，只有知大地冷暖的人，才有资格与庄稼对话。很多时候，大地上的一切，都必须低于庄稼，除了炊烟是可以高过庄稼的。

请允许我赤脚走在田垄上。唯有如此，我才可以真切感受到庄稼的呼吸、庄稼的心跳；唯有如此，我才可以让自己的体温，渗入泥土的体温，并且通过泥土和庄稼相融；唯有如此，我才可以把自己打造成一株“接了地气”的庄稼，行走在这人世之间。而在所有的日子中，那充溢着的拔节声响，都只是对庄稼的一种模拟。

这些年，我每每提笔，就会有成群结队的庄稼，从笔尖流泻而出。有时，我会以为，这是一种我所营造的梦境，但更多的，我相信，它们来自我对于泥土的拜访。

入夜之时，常有庄稼会来敲打我的门，或者直接就入了我的卧室。有时它们来自我的故土，有时也会来自我并不熟悉的远方，有时它们是父亲带来的，有时则是应我的邀请而来的，有时它们是不速之客。

我经常与庄稼，交换彼此的思考，也由此，我的骨子里，沉淀着众多庄稼的品格。我和我的庄稼，在原野的辽阔中，一年一年地行走，风吹四季，坦坦荡荡。

一把乡土

一

居住在乡间的日子，很多时候是被鸟鸣吵醒的。等鸟鸣渐渐淡去的时候，天就亮了。确切地说，这是在我老家的乡间。老家的鸟儿还是比较遵守作息规律的，比如深夜时，大抵是听不到鸟鸣的。清晨，鸟儿开始了啼鸣，只不过比我早起了一些。我之所以这样说，是因为有一次，我夜宿在山上的一家酒店，听了一夜鸟鸣。晚睡的鸟儿跟早起的鸟儿，几乎是无缝对接的。第二天早晨起来，很多人说，被鸟儿吵得一夜没睡好。我倒是个例外，我喜欢在鸟鸣中入睡，或者是半梦半醒着，思绪浮在鸟鸣里。

偶尔在乡间的老家小住，如果不急于出门，我醒来后，喜欢静静地卧在床上听鸟儿歌唱。这声音一声远一声近的，像露水般晶亮。有时我会觉得这声音或许就是露水做的，但更多时候，我会觉得草叶上的露珠都是鸟鸣变的。鸟鸣密集的时候，有点阵雨的气势，这个时候，一声声鸟鸣沉甸甸的。不过大多时候，鸟鸣很轻盈，都用不着风吹，就一下子散去了。忽然想到，小时候每天都这样听鸟鸣，或许是“熟听无闻”了。现在，因为久居城市，鸟鸣已不常听到，也就有了新鲜感。尽管从小到大，一直都听不懂鸟语。但也许，听懂了还不如听不懂更有趣味。我总认为，对于任何事物，保持一点神秘感，比没有神秘感要好。

日出之后，鸟鸣就渐渐地淡出了。也许不是淡出了，而是其他的各种声响出来，把鸟鸣覆盖了。乡间有着各样的声响，风声、雨声、虫鸣声、脚步声。我喜欢听的，还是蛙声。幼年在老家，村里多是水田。印象中，早晚的蛙声最响亮。清晨，青青绿绿的秧苗上，笼罩着淡淡的雾气，走在田垄上，蛙声湿漉漉地扑面，露珠把裤脚打湿，蛙声把心情打湿。记得父亲说，乡间的声音，都是有重量的，如果能够有一杆秤，给声音称重，蛙声重几克，鸟鸣又重几克呢？可以肯定的是，蛙声比鸟鸣要重多了。那么，脚步声呢？应该轻于蛙声、重于鸟鸣吧？

乡间人入睡得比较早，蛙声却不停歇。不常住在乡下的人，往往会被蛙声闹得失眠。我不会失眠，枕着蛙声而睡，反而会成为我的一个小小的期盼。或许蛙声也许是能够听懂的，只是除了稻香，蛙们还会聊些什么呢？这个，就由着我自己想象了。仿佛我的整个身心，就在蛙声中浮着荡着，在浮着荡着之后，我就和田野一起入睡了。乡间的月色总是很好，把蛙声全化成了乳白色，远远近近地流淌着。有时半夜里醒来，倚窗而望，发现月亮就像一面铜锣被轻轻地敲击着，那是夜晚的节奏。在这种夜晚的节奏里，密布着的则是禾苗的拔节之声。

二

这些年，在我老家，蛙声是越来越少了，很多蛙声已经随着水田的消失而消失了。我现在回忆起旧时，都有一种恍然如梦的感觉。我记得那个时候，村子里到处都是水田，到处都是池塘和小河。河流这些银带，系着池塘这些闪亮的镜子，在风中叮当作响。而秧苗，是碧绿的流水所荡漾出来的。蛛网似的田间小路，交错纵横，但并非四通八达，人们常常走着走着，就被流水挡住了去路。如果硬要走过去，则需绕着流水转上一大圈。其实流水边也没有路，常常需要自己在杂草中踩出一条小路来，不过刚刚踩过，一转身，脚印就又被杂草覆盖了。杂草生长之快，简直用肉眼都能看得出来，尤其是在春天，在连脚印都会发芽的日子里。

记得那时的池塘，不会闲置着。池塘里养着鱼，种着荷。池塘的水大都是活水，几乎所有的池塘，都有小沟小渠连着。经常会有贪玩的鱼，从池塘里游出，在小沟小渠中迷了路，被我们捉了，过一会儿便飘香在炊烟里了。江南入了梅雨天，池塘水开始上涨，漫上了沟沟坎坎，漫上了陌陌水田，处处都是波光粼粼了。这个时候，村民们纷纷出动，满田畈地找鱼，时不时地就能逮上一两条。这样的水，要积上好几天，才会落下去，好在那时种的多是水稻，不太怕水淹。梅雨天，池塘水涨，荷就只浮出个头。荷花要到炎热天，才会出落得亭亭玉立，等到那时，就只剩下雷阵雨了。小时候，我们经常到池塘边打猪草，没有打完逢上下雨时，我们就摘一片大荷叶，顶在头上，当作雨伞。长藕的时候，胆大的孩子，就会潜入水下去挖藕，挖了藕，用清水洗干净，当场吃掉，谁也不敢带回家去，怕大人知道了要挨打挨骂。

现在记起来，这些都叫作“童趣”了。流水带给我的记忆，也挺美好的。记得那时候，河流里螃蟹特别多，夏天傍晚洗澡时，冷不丁地，就会踩着一只。有时，你在水中走着走着，刚一停下，脚趾头一疼，就知道是被螃蟹钳住了。好像在那些年，螃蟹并不名贵，村里抓螃蟹的人不多，想吃了才会下河去抓几只上来。那时，黄鳝也不名贵，似乎没有多少人喜欢吃，我们掏黄鳝，也是因为有乐趣。在水中掏黄鳝，得有经验，才能辨出黄鳝洞与水蛇洞的区别，我至今还辨不出来。小时候，我掏黄鳝，好几次掏出来才发现是水蛇。最容易抓的是泥鳅，水位很低的时候，选取小沟小渠的一段，筑上泥坝，把水抽干，在淤泥中掏，泥鳅一抓一大把，裹了一身泥的泥鳅，不会太滑溜，特别容易抓。

旧时，村里人家住的房子，不少是草房，条件好一些的人家，则是瓦房。但家中差不多都是泥地。很多人家的屋后是一片小竹园，如果竹园深一些的话，我们是不敢去的，怕有竹叶青盘在竹枝上。但在夏天，竹园内的那份清凉，又特别地诱人，在大人们检查过几次，确定没有蛇后，我们就跑到竹林中去歇凉了，说是歇凉，其实是玩耍。春天，自然是竹子生长最旺盛的时节。有时，你听到了一阵阵的沙沙声，但发现叶子没动，不像是风声，仔细分辨，才弄懂那是竹子拔节的声音。春笋在破土，竹节在往上拔，很有一种天天向上的景象。有些竹子，长着长着，还潜到了人家的厨房里。这时，厨房内的地面轻轻耸起，忽地开裂，冒出春笋一根。这家的主妇便正好挖了，炒一盘菜吃。

三

似乎就在转眼之间，我说的这一切都成往事了。老家人喜欢把日子叫作“日脚”，日子是长脚的。日子的脚我们看不见，但每天都在急匆匆地行走着。现在，我已经说不清老家这么多的流水，是怎么消失的了。有些被填埋了，上面造了住宅和厂房，有些则变成了成片的田地。倘若把我的这些童年往事说给现在的孩子听，也许他们会觉得是在听故事了，这片土地上，曾经有过如此多的流水，估计现在村里的孩子，已经无法想象了。对于这些，我的心里会有遗憾吗？扪心自问，并没有，我只有一些怀念，没有遗憾。时光在往前走，一切都在变化之中，时过自然境迁。

这些年回老家，村庄里的陌生面孔是越来越多了。不用再过些年，现在就已经是“儿童相见不相识，笑问客从何处来”了。比起我来，母亲回老家更频繁一些。她常常会说及一些村庄里的事情：谁家的老宅拆了，谁家建了新房，谁家的谁前些天过世了，谁家的谁添了孩子……村里人像大地上的庄稼，成熟了一茬，收获了一茬，又种下了一茬，长出了一茬，去的去，来的来，庄稼依旧生生不息，炊烟依旧生生不息。这些年，我已经学会了心境淡然，知道这世上，就是这样的，有些人，走着走着就散了，有些日子，过着过着就忘记了。拥有时好好珍惜，失去了也尽可坦然。养鱼的池塘，也养云朵，鱼离不开水，云朵的家在天空。云朵在天空中卷卷舒舒，花朵在庭院里开开落落，人生路上，也许只要在心底，给记忆留下一片足够的空间就可以了。

昔日的流水之上，如今已变成道路、厂房、商店、住宅、菜地了，小河已被拓宽取直，沟渠和池塘也少了很多。昔日连自行车交会都得推行的打滑小路，如今已被修成柏油马路，通上公交车了。破破烂烂的农居，也早已被集中改造成整洁亮丽的新农村住宅小区了。旧时的一条小河，被填埋后，建成了一座公园，成了村民们茶余饭后的去处。就像我们旧时喜欢聚在竹林中聊天一样，现在的人们喜欢在公园里坐着聊天。回老家的时候，只要有时间，我也常会去公园内走一走，风吹过的时候，别人听到的是风声，而我，听到的则是潺潺的流水之声，因为在恍惚间，我还会把公园当作记忆中的小河。但也就是这样想想而已，即便是可以让我回到过去，我打心底里也是不愿意回去的。我知道，记忆是有一种功能的，就是把生活中的“苦辣酸”慢慢地滤去，剩下的“甜”，就占了主要的部分，也因此，回忆大多就美好了起来。并且有些记忆可能是根深蒂固的，比如，我现在住在城里，每当夜深人静时，听到几声蛙鸣，仿佛就是乡愁了。现在在老家，能听到的蛙鸣不多了。不过节假日偶尔在老家小住，感觉鸟鸣却比往年要多要浓了。是的，是“浓”，鸟鸣交叠着相融着，营造出了一种浓得化不开的氛围。通过这几年的美丽乡村建设，鸟儿有了更多的栖息之地，农家住宅已经开始被草木遮掩了。

这些年，如果在节假日，我越来越喜欢回到老家，安静地在田野上穿梭。阳光灿烂的日子里，我还时不时地会有一种打赤脚在田垄上行走的冲动，会特别享受那种肌肤与泥土相亲，脚趾头被小草挠得痒酥酥的那种感觉。趁四周无人的时候，我往往会脱下鞋袜，踩着软乎乎的泥土来回走动。有时我干脆就蹲下身,捧起一把泥土闻一闻,我喜欢泥土的芬芳与清香,这么着,内心里一种脚踏实地的充实感就油然而生了。因为这一把泥土是我的乡土,这一把乡土,野火烧过,春风吹过,风霜雨雪浸润过,还有我年少时的光阴,也曾经层层飘落过。

一杯荡漾，听万物呼吸

记得写过许多与茶有关的文字，也喝过许多茶了。最喜欢的，依然是择一个节假日，找一处清幽地，或者，干脆就在家，在书房里，静静地喝茶。

书是必须带一本的，置于案上，这样就有一种仪式感，而喝茶，很多时候得有一种仪式，比如，燃上一炷香，让那若有若无的香气，淡淡地萦绕着。仿佛就是在这样的仪式中，才会慢慢地进入茶境。不过，在我的体会中，入茶境其实是有一条捷径的，那便是，只要心安静了，世界也就安静下来了。

由此，所谓的茶境，也是一种心境了。仪式是锦上的花，不添也是行的。案上的书，可以翻阅，也可以就摆着，任清风翻阅。我喜欢的是风吹哪页读哪页的那份闲情。倘若风不翻动，我就在一旁冥思，但不苦想。

茶可疗身，更可养心。

用紫砂壶泡茶很好，细品，会有泥土的清香，而泥土在我看来，总是清香的。我记得有人说过好的紫砂壶，是充满了呼吸的，在那些肉眼不可见的缝隙中，有泥土在呼吸，但我听见的，仿佛只是茶水之声。也许有些声音，是要用心去听的。尽管很多时候，我用心听见的，依然只是一杯茶水的荡漾。

实际上，一杯渐渐归于平静的茶水，是不荡也不漾的。但我喜欢“荡漾”这个词，仿佛面对着一杯茶，你只要看久了，茶水就在荡漾着。但这种感觉，可能来自我的内心，比如清风，有时吹开的，也是内心的涟漪。入了口的茶水，是如何在体内游动的，这需要用想象去填充。

平日里，我喜欢用玻璃杯泡茶，那青青绿绿，在水中舒展着的姿态，婀娜极了。尤其是茶叶与开水相触的那一刻，我看见了“激动”这个词的模样，水一激，茶叶就动了。茶叶从水中苏醒过来时，发出了一声声“尖叫”，它努力地恢复着昔日的色泽。我忽然感觉，流水是茶叶的知音。

杯中的世界是微观的，但不阻碍你可以无限地放大。比如，我会把一片茶叶想象成在水间漂泊的一叶轻舟。我坐在这舟上吗？轻舟漾过青山，青山去哪儿了？也许是杯子之上的茶雾把青山隐了。

一花一世界，一叶一菩提。如果慢品，一枚茶叶中，也藏着一个完美的世界。叶片上那点点的绿，是隐隐约约的青山；那若隐若现的红，是朝霞或者晚霞；而一缕缕叶脉，则是流水，或者是一条条小路。顺着叶中的某一条小路，你可以抵达茶园，或者炊烟。

挨着油盐酱醋，茶是烟火之物，靠着琴棋书画，茶又成了淡雅之品。云雾缭绕之时，茶置身于仙境之中，与悠闲的白云、翩翩的仙鹤、腾云驾雾的仙家为伴；等到被跳跃的手指采下，一把一把投入小背篓时，茶又回到了人间。日高人渴时，茶是为了喝，当摆在一本书旁，茶多半为的是品。

为了品的茶，走入的是一种慢生活，或者是一种意境。在我品茶时，有时书是一种摆设，有时茶是一种摆设。在书与茶之间，有着一条秘径，它们是可以随时相往来的。茶的世界，如此简单，一几一案，一书一盏，顶多三两盏，多了，就不是茶的意境了。

品茶之地，最宜位于流水边上，那水声，不宜大声喧哗，又清又幽的比较好。碑林或古道茶城，也是极佳的品茶之地。时光入了老房子，就褪色成了旧时光。等到你的脚步慢下来，就有一杯茶，在候着了。茶终究是缓慢的事物，如同灵魂一样，我以为灵魂或者内心，都是缓慢的事物，走得快的只是身子。

不说浮生闲与不闲，总有一些时候，我们需要放松一下身与心。坐下来，写一首心旷的诗，或者听一支神怡的曲，听瓦顶上落雨，或者落阳光。你捧着一杯荡漾，再听万物呼吸，然后，渐渐地把你的呼吸，融于万物的天籁之中。

赤脚的味道

双休日,我跟着母亲去地里扯花生,因为刚下过雨,沟里还积着水,田里是湿的。我扯起藤,一大堆的花生,都裹着烂泥。怕弄脏了鞋子,我打了个赤脚。其实我老早就想打赤脚了,刚好找了个理由。

赤脚走着,被阳光晒着的泥土,暖暖的,一些泥巴从脚趾缝中钻了出来。在田沟里蹚水,则一阵又一阵的清凉感油然而生。最享受的,莫过于踩在花生藤上,脚底的那一种痒酥酥,感觉特别舒服。踩着泥巴,我仿佛又回到了童年。

我是在乡间长大的,记得小时候,我是经常打着赤脚走在田垄上的。特别是雨天,上学和放学路上,我喜欢卷起裤脚,脱下鞋子,一手提着鞋,一手撑着伞。雨水落在脚上,凉凉的,在积水中行走,双脚快乐得像小鱼在游动。不过,走路还是得小心翼翼,怕弄湿了衣裳。最无所顾忌的,是穿一身打满补丁的旧衣裳在田间劳作的时候,常常可以满不在乎地沾满泥巴。这个时候，在田头赤着脚，可以大胆地踩，有时候我会故意找深一些的积水，踩得重重的，溅起大片的水花，让泥水溅上一身。在水田中劳作，很累，但因为有水，轻轻地触动着肌肤，常常也能收获到一份亲水的快乐。休息的时候，我就在田畈上随地一躺。那种肌肤与泥土相融的感觉，至今还那么令我回味。

最喜欢的，还是打着赤脚，在小溪中行走。乡野多小溪，浅浅的。细细感受着溪中鱼儿轻啄，心都会酥掉。溪底，有时是小石子，踏上去，像是在接受一种按摩，如果是光滑的鹅卵石，走起来则需留点心，一个踩空，或者不小心踩在青苔上，很容易就摔上一跤。不过，摔上一跤，又何妨呢？跌倒了，不如再坐一会儿，看看溪畔，玩玩溪水，和水草相亲。衣裳反正已经湿了，再湿也不过一个“透”字。若是在夏天晚上洗澡前，我们小孩子更会玩得身上全是泥巴，只露出两个眼睛，然后跳到河中一洗，就成“浪里白条”了。

如今，进城居住已经很多年了，但每年我还会时不时地去乡野走走，呼吸一下新鲜空气，寻找我早年记忆中的熟悉味道。在原野中穿行时，我常会有一种想打赤脚行走的冲动。倘若旁边无人，我会脱掉鞋袜，在田间走一会儿。也有时候，我会不管不顾地，赤个脚，走上半天。我常常觉得，当双脚贴着泥土时，内心会特别踏实。

这些年，我家的老宅拆除后，有了一小片地，又可以种菜了。母亲便常常回老家，去打理那一片地，一年四季，都种得青青绿绿。倘若有时间，我会跟着母亲一起去。赤脚在田间劳作的滋味，让我感到特别满足。当脚与泥土接触在一起，我想这就叫作"接地气"，而我们行走在天地之间，也许最需要的，就是"接地气"。此中应有真意，只是我一时想不好，该怎样诠释。

冬天的藏与露

春生夏长，秋收冬藏，冬天是藏的。冬藏藏的是什么呢？是农家的收获之物，是一捆捆、一堆堆、一叠叠的秋色，都颗粒归仓了。然后，这些付出一年心血取得的收获，都被储存起来，以备来年的需要。这些，是被农人藏的。还有一些，比如落叶，被泥土藏了，腐烂成了泥土。那些在山野之中，无人收获的野果子，要么被鸟兽藏了，搬入巢或者洞，要么在熟透之时，落到了地上，又化作了泥土。果子是草木的产物，但归根结底是泥土的产物，那些已经消失的草木，都藏于泥土了。泥土是万物的根之所在。

父亲和许多农人一样，在冬天，并没有把农具藏起来，他们在收获后的田野上，又开始了新的耕种。江南的土地，闲着的时候不多。晚稻收了可以种青菜，也可以种小麦和油菜。这一抹一抹的青绿，是冬天藏不住的。冬天依然是可以收获的，只要农具不藏，冬天也藏不住发芽与生长。

只是，那说过丰年的蛙鸣，倒真的藏起来了。它们藏在泥土中，大地深处是温暖的，它们在泥土中延续着温暖的梦境。我见过的一些鸟儿，此刻，也早已去了南方，或者到别的地方过冬了。老屋檐下，只剩下家燕空荡荡的巢了，冬天早已把家燕藏到别地去了。那蛙鸣和家燕的呢喃之声呢？谁藏了，又藏到了哪儿？其实答案也是有的：有些声音，蛰伏在大自然中；也有一些声音，蛰伏在我的心上。

冬藏还有着另一层意思，即顺应天时，休养生息。冬天应注意保暖，重视睡眠，适当锻炼，进食一些养生食品，为来年要面对的辛苦，储备精力，把一天到晚紧绷着的弦松一下。不去"砍柴"的日子，就把"刀"磨好。不过，"调身"还得"理心"。"心"怎么"理"呢？在我看来，抽时间，去大自然走走，让自己沐浴在风和阳光中，是"理心"的一种好方式。

那些枝头，以前用"茂密"，将远山遮了，现在呢？远山因为失去了遮挡，清晰地呈现你的面前。你在别的时节看不清楚的许多事物，就露出了"本相"。比如，那些绿意盎然的山峦，此刻不过是瘦骨嶙峋的石头。还有，那丰满的河流，也已经把水中的石头，完全裸露了出来，先前你去看的时候，还会把那些石头的影子当作游鱼呢。从这个意义上来说，冬天，其实是不藏的。这又是我喜欢冬天的原因，因为冬天真实，去除了修饰的真实，总让人感觉特别真切，又因为真切，而让人感觉特别亲切。

时间的脚步，总是显得那么急促。小区附近的公园里，还留着流水来不及藏下的荷叶。这些枯萎的荷叶，它们等过了秋天的雨声，现在在等着冬天的雪声了。有一天，落到池子里的雪花，都被流水一朵一朵地藏了。流水只不藏枯荷，流水本来也藏不住枯荷。总有一些事物，是冬天所藏不住的。而那些被冬天所藏住的事物，冬天也只是做了暂时的保管。冬天一天天地蓄积着力量，等到惊蛰，雷声一响，冬天就把所有的藏，一并交给了万紫千红的春天。

空山秋意浓

“晴空一鹤排云上，便引诗情到碧霄。”天高云淡的日子里，写下“秋天”，便有一羽仙鹤，在我眼前，翩翩飞起，然后，渐渐远去，化作了一片白云，或者淡入了某一座青山。

偷得浮生一日爬山去，需一日，半日嫌少。总觉得，一年四季，唯有秋日，最宜登高，最宜去山中寻觅仙鹤。但也许山中并无仙鹤，也许那仙鹤，是石头雕琢的。山不必太高，但须幽深。有石级路，则走石级路，没有路，也可以从草木丛中走出一条路来。而我，最喜的是山中的那份清静。脚步声，以及踩在落叶上的沙沙声，仿佛有一种很空灵的意境。

叶子落下来，叶子落在街市是悄无声息的。但在山中，能发出很大的声响。风吹，叶子在枝头打着旋，一副恋恋不舍的样子。接着，叶子终于落下，只是一旦堆叠在落叶丛中，便与别的落叶枯黄在了一起，分不清彼此了。一声吧嗒，冷不丁地，有东西从你的头顶上掉了下来，吓了你一跳。是一枚熟透的果子吧？你既不知道它掉自哪个枝头，也不知道落到了何处，甚至都不知道它是什么果子。只仿佛在空气中，溅起一大片涟漪，但等你留意到时，只剩下闪闪烁烁的阳光了。

山中秋色，是一天天深下去的。若是去得早了，多半还翠绿着。总得等浓霜浸润几遍之后，叶子才会红的红，黄的黄，自然，绿的还固执地绿，分外绚烂。层林尽染、漫山红遍的时节，眼睛是不够用的。我总是很贪婪地想把一切都留下来，于是打开手机，一刻不停地拍照，想用照片把山中的秋天留下。但这是以前，如今，走在山中，很多时候，我已经与风景互不相扰。我只是在山中，安静地走着，安静地呼吸着。我的心跳和脚步声，等我走过后，一会儿就消散了。

暖阳下，一只不知怎么掉了队的蝴蝶，还在草丛的一小片苍黄中飞舞着。路过的时候，我静静地看了它一会儿，但不知它有没有留意到我。然后，我们各走各的路，等暮色起时，我将走出这座山，而这只蝴蝶又将去往何处呢？一切，大自然自有安排。走在山道上，我最留意的是鸟鸣。有时是不经意间听到，有时我会有意识地去寻找鸟儿。我知道，如果秋再深下去一些，这些鸟儿的身影就将掩不住了。或者，它们会假扮成果子，去占据落光了叶子的枝头。这个时节的柿子，很显眼地挂着，像一盏盏红灯笼，照亮着一片一片黝黑的山林。

山中多石头，有些石头，被取了名字，更多的石头，无名无姓。有一块石头，搁在坡上，看似马上就要滚落下来，一些人走过时，禁不住紧了紧脚步，怕被滚落的石头压到。我是慢悠悠地踱步经过那石头的，我清楚，这么多年，山中的石头，都按兵不动。不会因为这一刻，就突然滚落下来。而且在我看来，石头其实并不重。杂草在石缝中生，清泉在石头上流，石头的内心，早就空了。如果你能进入一块石头中，也许你会发现，石头中还藏着另一座山。对于世间万物，如果你学会虚构和想象，万物将变得美妙无比。

凡山皆有寺，寺往往在山腰或者山顶。有时我是听到钟声才知道有寺的，有时是在路上偶遇了进山的香客。当然，无意间靠近寺院了，也能听到琅琅的诵经声。一种梵音，在山间回响着，如果看得见，这梵音，肯定长着袅袅的模样。在山间绕着转着的时候，我常常把一阵阵瀑布声，也听成了诵经声。在山中，我其实更喜欢看白云，尤其是秋天的白云，那些无牵无挂的白云，在岭上闲闲地飘着，若无其事，又若有其事。

我跟着某一朵白云登上山顶。秋天的风景，总有苍茫的韵味。山下的风景，最好在山顶看，高处望得远。远处，除了蓝天和白云在高处，更多的事物，在低处，在山脚下，紧贴着大地。山脚下是稻田，金黄金黄地铺展着。我曾经在那片稻田间走过，当我置身于稻田的时候，我觉得它是一望无垠的。但现在，从高处俯视，那片稻田并不大，远处是流水和另外的稻田。在稻田与稻田、流水与稻田之间，是星罗棋布的人家。待到我下山的时候，大约就是日暮时分了。那个时候，我又将走回山下的炊烟里去了。

远望着，仿佛看到田间翩翩起舞的仙鹤，我想象中的仙鹤。这只仙鹤，原本栖息在青山的某一处。因着一曲鹤舞，一座青山空旷起来了；因着一声鹤啼，整个秋天就变得空旷了。在秋天的空旷处寻觅秋意，这样的秋意，是广袤而充实的。我打内心里喜欢秋天，喜欢一天天做着减法的秋天，去了芜杂，天地的轮廓就日益分明了。而天地的日益清淡与高远，让我的心胸，也变得坦坦荡荡了。

如果要我用一个字说出秋天的意境，我选择“空”字。此时的“空”，并非“没有”的意思，“空”是秋天一种辽阔的境界。此中应有真意，只是我已忘言。这么着，忽然又想到了山中或许正有一羽仙鹤，在翩翩飞出，去往了山脚下的人家。在黄昏，这羽仙鹤，被渐起的灯火，掩藏了翅膀。

山语淋湿了炊烟

山居，我是被鸟鸣吵醒的。不知道这些鸟儿，是栖息在茂密的枝头，还是就蹲在老屋的瓦片上。但我知道，在山村，鸟儿们和我一样，保持着早睡早起的生活习惯。

迫不及待地推开门，嘎吱一声，没有惊动鸟儿的抒情，当然更没有惊动穿村而过的溪流。我俯下身去，想趁着这清晨的宁静，听听溪水的声响，究竟是淙淙，还是潺潺。那从高处下来的水，像一匹月光挂着，挨近了，水声哗哗着。

山路湿漉漉的，但山路不是被溪水溅湿的，而是被昨晚和今天凌晨的雨淋湿的。在山村薄薄的夜色里，雨声，听得我心旷神怡。雨滴打在旧年的瓦片上，噼噼啪啪，格外脆，也格外响。我醒一会儿，梦一会儿。梦里，一会儿房子变作了船，一会儿我游成了鱼。此刻，在溪流中，找到一条鱼时，我忍不住笑了，我得仔细辨别一下，这鱼是不是梦中的我。

若是春天，连下三日桃花雨，就有鲤鱼上溪滩来了。

水之动处，只有波浪，只有水之静处，才有涟漪。涟漪盛开在池塘。浮萍，是雨滴化的，来不及变化的雨滴，还滚动在浮萍之上。涟漪是鱼儿啄的，一漾一漾，看久了，心里也起了痒酥酥的感觉。

池面的一角，隐着古色古香的亭子。远远望去，亭子像一对翅膀，在淡淡的云雾中展开，但一直不飞。走近了，发现亭子边上，已有小荷亭亭出水。小荷的尖尖角上，只有一滴露水，没有红蜻蜓。此刻，红蜻蜓还待在诗词中，或者，还藏在我的童年里。

走过池塘，往上，就是泥泞的山路了。弯弯曲曲的山路，像一条条沧桑的老藤，结下了一丘一丘的梯田。梯田正在蓄水，没有种上秧苗。梯田像一面面镜子，照山光，照云影，也照人影，不知能不能照见虫影？

参差的虫鸣，让晨曦变得毛茸茸的。一些虫鸣，是从梯田的“镜子”中逸出的，另一些虫鸣，则埋伏在草丛中。蛙鸣也埋伏在草丛中，我试图用脚步惊扰一下青蛙，谁知青蛙若无其事，一点也没有理会我。理会我的，是山间人家的数声犬吠，从空旷处吠起，又消失于空旷处。

理会我的，还有身边一丘梯田上的鸭子。它们嘎嘎地唱着，离我远了一些。不知什么时候，迎面撞来一只“呆头鹅”，这回，我得把狭窄的山路让给它走了。山路沾泥带水，我怕脏了鞋子，抑或我正好找了这么一个借口，干脆打了赤脚。赤脚走路，与大地零距离接触。

鸡鸣是卡着时辰传来的，炊烟在山中人家按时升起。在清晨，风吹动着的一切声音，都是山语，这山语，静静地淋湿了人家炊烟。一晃，我的身影，也隐入这一山的天籁之中。

听莺

忽然发现，春日里莺的出镜率挺高的。不知此刻，耳畔飘过的那一声，是莺啼吗？

垂柳已如烟，烟总给人一种温暖的感觉。花一绽，树也暖了，或许这些树，都是早莺争暖的。湖水碧绿，潋滟着，泛着酒意，春水果然如酒。也因此，在水面漂浮着的那些白云，都有着些许的醉态。草色还浅，没不没马蹄不知道，不过浅草早已埋了去年的落叶，包括脚印。莺啼会掉在草丛中吗？或许掉入的莺啼转眼就娇艳成花中的某一朵了。

莺在枝头，我抬头的时候，看见满枝翠绿把莺的身子遮住了。遮不住的，只有啼声了。春天的莺，应该还未谙世事，因此那啼声单纯清脆。春天千娇百媚，莺，自然也是娇莺，在谁家庭院里，恰恰啼着，多么自在，无拘无束。此刻，它在湖边的柳林深处，自在地啼着，把一整片春色，都啼得很婉转，把草间花间的流水，叫得缠缠绵绵。要多少只莺，聚在一起啼鸣，才能让柳烟，涌动成柳浪呢？

林子里林子外，莺啼不尽，合唱成春天浩大的声势。春天的大地，总是写满了磅礴。走到深林中，听莺的独唱，感觉也别有一番情趣。不经意间的一声啼，与其说是打破了空气中的宁静，还不如说让意境更幽了。是的，是“意境”，那一声一声的幽，足可以把我整个的身心都啄空。莺的嘴，在春天，是含着绿汁的，它一啼一枚绿。莺的嘴，含着的是春水，春水是绿的，莺的啼声也绿。有时春水绿着绿着，就蓝了。春水一蓝，莺的啼声也成了蓝的，蓝像一个巨大的梦幻，很薄很轻盈，是一种境界。

诗人笔下的春天里，莺和燕常常出双入对。比如莺歌燕舞，莺是歌者，燕是舞者。莺刚刚亮开嗓子，燕就开始起舞。莺叫上一声，燕尾就点下一层涟漪。春日辽阔，处处都是它们的舞台。但有时，莺和燕，也会在一起说着什么，这就叫“莺啼燕语”，在我看来，这“啼”和“语”，在春日，都叫“呢喃”。如果听得见，这“呢喃”，就是絮絮叨叨的春雨；如果看得见，这“呢喃”，就是纷纷扬扬的柳絮。很多时候，这啼这语，还来不及沉淀，就被风吹走了，被风吹走的事物，有的潜藏了起来，有的再也没有了踪影。当然，劳动也是春天的主题，比如，当莺在枝间谱曲的时候，燕在忙着啄春泥。

除了燕之外，莺还有一个伙伴，是蝶。只是两者稍有区别，莺喜欢隐，隐在叶底，或者深树，或者幽涧。我总觉得莺是隐者，我们常常只闻其声，不见其形。春日一深下去，草木都成了“繁体字”。如果愿意，处处都可以隐身。但是蝶不隐，蝶的翅膀天生太艳，飞得又浅，因此总是太显眼。哪怕是进入乱花，蝶也只是暂时地隐藏一下，没过多长时间，它又现身了。隐与不隐，大多时候，其实与“品格”无关。蝶不会唱，没有好歌喉，如果像莺一样隐起来，人间就少了好多春色。

提到莺，我总会没来由地想到野渡，有些荒芜的那种野渡，但春天的蓬勃依然是在的。照例，必须有一只渡船横着。晚来的春潮急不急，暂且不论，必须有莺啼，不必多，三两声即可。那莺只一啼，八百里或者八百里以外的春天，就绿映红了。野渡无人的渡船，安放到某一个景区，就是画舫了。坐在画舫中，手搭凉棚，迎面那一丛垂柳上，可有一声莺啼？

一声莺啼一滴春水，一声莺啼一滴明媚，一声莺啼一滴暖意。在春天泛滥着的天籁中，莺啼，也许是最空灵、最美妙的一种。

伞里江南

也许，讲好一把伞的故事，一整个江南诗篇，就会增添上许多生动的章节。

在多风多雨多丽日的江南，一把可以挡风避雨遮阳的伞，简直是人们出行的“标配”。一把亭亭的伞在视野中晃动着，是婷婷的丽人把伞撑得亭亭的。江南多丽人。

在陌上花开之时，缓缓归家的那一位，我老觉得，她撑着的是一把绣花伞。陌上的花朵，有一些就绣在她的伞上。那是一针一线绣上去的，像极了绵绵雨丝，把花朵绣在田垄上。也可能是一把绘画伞，伞上之画是绘上去的，清风仿佛会把那些花朵吹动，倘若是落雨，不知那花朵，是会被抹淡了一些，还是会更显水灵灵。

一个淋漓的江南，是由一把小伞撑开的。而记忆深处的老江南，粉墙黛瓦，水墨画的那一种画意，往往是由一把油纸伞晃出来的。雨巷，尤其还是那一些窄窄的雨巷，仿佛还保留着深深的江南境界。石板、青苔、老井，油纸伞下的那一位，有时在雨帘中模糊，有时又在雨帘中清晰一下。雨帘总是撩不开的，除非天空收住了雨。而那一位撑油纸伞的人儿，在诗中她像一束丁香，她所走过的一整条雨巷，都散发着丁香味儿，淡淡的。墙角的一束花朵，像是冷不丁绽放的，给了烟雨一抹亮色。

仿佛油纸伞撑开的，只能是烟雨江南，油纸伞里收藏着一卷又一卷的烟雨。跟着一把油纸伞，慢慢地行走，油纸伞的时光，应该是缓慢而从容的，风吹雨落，不惊不讶。碧波一晃荡，就有老桥咣当而出。油纸伞和老桥相处，是那么和谐。老桥自然多是石拱桥，卧在流水之上，像上了年岁的长者。我以为要读懂江南，特别是老江南，就必须读懂这些老拱桥。

江南岁月中的那些沧桑，就被这些老桥默默地保存着。仿佛日月在桥洞中穿梭着，一年又一年的光阴，就这样流过去了。南来北往的脚步，匆匆或者缓缓，重复着抵达或出发的故事。傍晚，有休闲的人们，蹲在老桥上或者守在桥边乘凉，或者聊天，聊国事天下事，也聊家长里短。渐渐地你会发现，老桥所沉淀着的，是沉甸甸的江南烟火。

当一把油纸伞被收拢，是否那些江南往事也被收拢了，这我说不上来。我只知道，这些年，江南的水面，已经空旷了许多。尽管一叶乌篷船，那欸乃的声响，仍是旧时的那一种。我一直觉得，乌篷船的“篷”，也是油纸伞的一种，或者是油纸伞的“替代”。有时候我会觉得，老日子都被乌篷船载走了，乌篷船也被老日子带走了。但其实，乌篷船和老日子一直都在。乌篷船是不能淡出江南视野的，否则那一份深深的乡愁，何以托寄？

听苏州评弹，如同在心头落着一场叮咚叮咚的雨。这样的雨，有时是朦胧的，有时却很清丽。伴着那唱和弹，有一把小伞，在轻轻地晃动着。沉浸于某一种意境里时，我会以为那唱评弹的，像是撑着一把伞，在水乡的旖旎画卷中走动着。迎面翠竹在柔风中摇曳，桃花在竹外羞答答。或者有燕子，在轻点流水，将涟漪裁成岸边垂柳。而此时，在叮咚叮咚中，那伞早已化作一片荷叶，碧绿地绽开着。雨滴打在荷叶上，浑圆，清亮。

雨滴打在伞上的样子，我想是极美的。油纸伞的“乌”，犹如瓦片的“乌”。在我幼年的印象中，雨滴打在油纸伞上与打在瓦片上的情景像极了，都是灰蒙蒙、亮晶晶的。只是油纸伞在移动，而瓦片则安静在雨中，并且瓦片上偶尔还会有炊烟氤氲。但或许那是老时光中的记忆了，时间一天一天地过去，油纸伞的往事，已渐渐被岁月弄丢。每每到雨天，大街小巷流动着的，已是缤纷的花伞了。这些花伞，接在一起，就淌成了缤纷的河流。日子一直在往前走，伞的世界也在日新月异。我似乎特别喜欢看那透明的雨伞，雨落在透明伞上，雨粒儿大一些时，开一些小水花，雨粒儿小一些时，则在伞面上，像个小圆点，然后轻轻滑下来，拖出一个小尾巴，像逗号。

每当撑起伞，在水乡行走时，心里常会有咿咿呀呀的昆曲响起。这古老的唱腔，就是江南这方流水的演绎。流水是婉转的，街巷是婉转的，时光仿佛也是婉转的。那演昆曲的舞台，在参差的人家中，也在水上，在船上。那水袖一舞，便有一滴滴的清凉，落在人家的伞上或者心上了。昆曲中可以下着缠缠绵绵的雨，也可以是洒着一片丽日和风。一把小阳伞，晃动着的阳光，淅淅沥沥的，并且还带着撑伞人的体香。

从某种意义上来说，江南是可以藏在一把伞里的。江南的玲珑，在一把伞的风情中；江南的剔透，在一把伞的风情中；江南的典雅，在一把伞的风情中；甚至江南的雍容，也在一把伞的风情中。江南，也许不过一把伞。一把伞的风韵，在流年中四溢，这也许就是地地道道的风韵江南了。

由此，倘若能讲好一把伞的故事，一个沧桑或者青春的水江南就呼之欲出了。这些伞的往事，会被岁月藏下一些，随着记忆变成了流淌的江南的乡愁。

清凉荷塘

“黄梅时节家家雨，青草池塘处处蛙。”旧时乡间多池塘，也多蛙。夜深人静时，听雨，听蛙，听着听着，就入了一种意境。荷塘，种荷又养鱼。我记得我的父母一直是把“池塘”喊作“荷塘”的。确实，乡间池塘大多种着荷，或者种过荷。

水乡农家，一想起来，就波光粼粼地浮现在脑海中了。门前荷塘屋后竹林，稍远处就是一汪一汪的水田。那时候的荷塘，一般都与渠沟或者小河相连，水都是活水，因此很清澈。每年冬春时节，村里都会组织村民对荷塘进行清淤，清出来的淤泥，用来肥田。像我这样在乡间长大的农家孩子，大多对荷塘有着一份情结，因为童年的许多记忆都是与荷塘相关的。

节假日，我经常会独自一个人去乡间走走，我喜欢在农家穿行，听鸡鸣犬吠，听熟悉的乡音，看流水，看袅袅的炊烟。这些年,“处处蛙”的荷塘越来越少了。但今年春天,在山乡的一个村子,我又听到了此起彼伏的蛙鸣。我循声来到了位于山脚的一方荷塘,荷种得不多,看得出塘是经过整治的,但依然保留着“原生态”的模样。村民在河埠头洗菜,聚在一起说笑。我仿佛又回到了童年,想象着我童年的红蜻蜓,如果此时飞来,应该栖息在哪一枝小荷的尖尖角上?

每次走在湿漉漉的田垄上,看着清泠泠的水流,我都会有一种想去蹚水的冲动。记得小时候,我经常提着鞋子,赤脚在田垄上走,任草叶上的水珠,把我的裤脚打湿。软绵绵的野草,在脚上一触一触的,有一种痒酥酥的感觉,特别舒服。那种痒酥酥的感觉,跟在荷塘里游泳时,身子被成群结队的小鱼儿,轻轻啄着的感觉差不多。那时塘中小鱼儿真多,记得我幼年时家中养猫,猫喜欢吃鱼,做饭前,我常会在竹篮中放上一些饭粒,压上一块石头,把竹篮沉到水里去,过一会儿,提上来,篮子中就会有好多小鱼,我捉了,入锅一蒸,就成了猫的美餐。

荷塘,对于每一个乡下孩子来说,都是儿时的乐园。在盛夏,洗澡是孩子最喜欢的事情,他们一会儿仰泳,一会儿潜水。若是大人喊孩子们回家了,孩子们就谎称在摸鱼虾,这样又可以在水中多赖上一会了。那时鱼虾很多,花上半天,摸上个小半脸盆是常有的事。想起来,荷塘边的夏天,满是童年的回味。塘边大树上,卧着蝉,通常只闻其声,不见其影。草丛里藏着萤火虫，在夏夜一闪一闪的。但在儿时，我们晚上是不大敢去荷塘的，那时的夜太黑。

如今，走在城区的公园里，每次看到荷花，我都会想起童年乡间的荷塘。闷热的夏夜，有风从荷叶上吹过来，带来一阵清凉。这一阵一阵的凉意，足以扫除心中的烦闷。“五水共治”工作的展开，会使越来越多清澈的荷塘，再次回到我们身边，让成群结队的鱼儿，游回我们的视线当中。荷花亭亭，荷叶田田，鱼儿穿梭，流来淌去的月色，清凉的荷塘，这是波光粼粼的梦境吧？

城区河道边，建着一些亲水平台，这些亲水平台下，大多有荷花摇曳着。这些也是城里的荷塘吧？这么多年来，我的心上一直有着一个荷塘情结，现在想想，这个情结，可以叫“亲水”。依水而居，因水而兴，得水而美，我们其实和鱼一样离不开水。因着一份亲水情结，我们就会爱水、护水。总觉得，比治水更重要的，是护水，是用一颗充满感恩的心去持之以恒地呵护每一滴水的清澈。

雨又落了，雨点打在荷叶上，溅起一阵又一阵的清凉。这清凉的荷塘，不也是一滴清澈的雨珠吗？

秋水长天

我在河边找了一块石头，静静地坐着。阳光洒在身上，有点发烫。我知道，这流水，应该是暖的。但心里想着现在是秋天，便感觉这水，正在渐渐地转凉。和春水不一样，春水是寒中带着暖的，秋水则暖中透着凉。

这样一想，凉意仿佛就从脚底升上了我的心头。我是喜欢凉意的，凉不等于寒，凉是一种恰到好处的温度，凉中往往还透着暖意。比如秋天的白云，就在凉中透着暖。当然，天空汪着的无垠的蓝，是一种清凉的色彩。大雁的翅膀激起的，也是一阵阵凉意。比如，在浅水中盛开的芦花，也是凉中透着暖的。芦花绵绵地暖着或者凉着，至于芦花丛中佳人的身影，是暖还是凉，得问她的心上人去。我一整天，只顾着看水边的石头了。

“水落石出”这个成语，很容易在秋天的河流中发现。许多石头，此时露出了它们嶙峋的本来面目。这也好，一年到头都在水中遮遮掩掩的，也不是个事儿。但此刻，我脚下的流水，还算是“丰盛”的。水与石激荡着，这浪花，是水和石头孜孜不倦的“对话”吧？我喜欢听水声，外出时我很喜欢选择水边的房子入住，我从来没有把水声当作噪声。我知道，秋天的河流，都在“瘦身”，崖壁上的瀑布，也在渐渐地降低嗓音。你都不知道瀑布那奔腾咆哮的气势一下子跑到哪儿去了，也许是山在缓缓变空，这流水，都落到山的虚空中了。

秋天会经常下雨，有时候，还会缠绵成春天的样子。比如古诗中那一场下在巴山的夜雨，我以前一直觉得该是下在春天的，直到发现夜雨涨的是秋池。这雨声，大抵也是淅淅沥沥的，最适宜坐在瓦屋下听。但春雨下上几天之后，河水会漫溢，还会有鲤鱼上滩来。秋雨下过之后，天一放晴，往往河水并不见涨，仿佛这雨水，一下子就被大地吸收了。而秋天的鱼群，常常也潜在水的深处。至于在秋天，是水的表面温暖，还是水底温暖，这个得去问鱼了。

黄昏，鱼儿游入了“半江瑟瑟半江红”中。这“瑟瑟”与“红”，四季常有，在秋天或许更具乡愁的韵味。置身在江边夕阳的画卷里，这波光霞影，很令人陶醉。如果再点染上几枚渔舟，几盏渔火，抑或几羽飞鸟，这波光霞影的意蕴，就更浓了。暮色中，洇出“露似珍珠”，天空中，淡入“月似弓”。似弓的月，也似镰刀。被谁提在手中，稍后就在村头巷尾，收割毛茸茸的虫鸣了，割上一片，又长出一片，此起彼伏。

大地上金黄的稻田，有的已被收割，有的还铺在地上。这些年，收割机“入侵”了农业，镰刀早已退居二线。在收获后空旷的田野上，依然会泛出一汪一汪的水潭，我儿时踩下的那些湿漉漉的脚印，不知道还能不能在岁月深处找到？我说过，我喜欢这秋水的凉意，很想打赤脚去走一走，去触动那种凉凉的感觉，那是泥土的体温。而且在低处，尽管一滴水很渺小，但也可以映照一方长天。

“落霞与孤鹜齐飞，秋水共长天一色。”落霞、孤鹜、秋水、长天，我想秋天所呈现出的辽阔意境，尽在这美妙的文字中了。长天之上的落霞，荡漾在水中，那粼粼的波光，在孤鹜的影子中跳跃着，像一声又一声梵语，轻盈而悠扬。

至于秋水，在凉意中一天天沉淀的秋水，它是怎样的一种水呢？站在水边的人，要怎样才能把它望穿？需要一直站着，直到站成石头的形态吗？

冬雨枯荷

到了该下雪的时节，下的仍然是雨。江南总是那么潮湿，冬天也不例外。我独自静坐着，听着雨声淅沥，忽然想起了附近的荷塘，便决定去看看。

荷还在，不知道是种荷的人懒得清理，还是种荷的也是个诗人，他要留得枯荷听雨。不过，在写下“枯”字之前，我犹豫了好一阵子，犹豫要不要改为“残”字。我觉得这荷叶并不“残”，该有的都还在，只是在时间里老去了。在我看来，比起那亭亭的丰满的时光，这些枯叶，反而愈加显得精神了。郁郁葱葱是一种美，简洁明净又何尝不是一种美呢？

这枯荷，在水面上游动。当然，这是我的一种幻觉，其实是水在流动。水面上的枯荷远看着像满纸的草体字，近看呢？近看枯荷丛中藏着光与影的大千世界。雨点打在荷叶上，与打在伞上相比，那滴答声是细碎的，仿佛只剩下了半声“滴答”。掉在水面上，那雨花，还来不及看清就不见了;那涟漪,若断若连,常常漾了一半就没了。水中自然是有鱼儿的,只是我不知道,此刻的鱼儿都做什么去了。鱼儿大抵不写诗,也不会找个雨天,来听枯荷吧?

掏出手机,挑个角度,把雨中枯荷拍了下来。竟然发现,那是一个全新的视角。天空中飘着的雨滴,在画面上丢失了。那荷的茎是微微泛红的,那叶黄得金灿灿,茎和叶都被雨水洗刷一新了。枯叶蜷曲着,有的像鸟巢,有的像蝉蜕,有的像斗笠,当然也有像蓑衣的。那不引人注目的一角,那片枯叶,甚至像个湿漉漉的钓翁,在垂钓清风或者涟漪。此时,那些淅淅沥沥的雨声,早已化作了柔软的光和影子。

仔细看,影子都是曲线,毛茸茸的。我猜想,分布在水面之上的,应该是琴弦,水面之下的,则是音符吧?从枯荷的倒影中,我还发现了许多三角形、正方形、菱形、平行四边形……一大串几何图形,仿佛我小时候做过的一张几何作业纸,不小心被弄丢在这里了。还有那个影子,挺像一只蜻蜓,栖息在一支尖尖小荷上。也许有关荷的少年时的记忆,就这样地被保存着。那别样红的花朵,想来也是这样被珍藏着的,如果现在能找到,估计也只是一抹影子了。

蹲下来,总感觉这些枯荷都在说话,一种絮絮叨叨的声音,应该来自很遥远的光阴。这种声响,像是水声,像是风声,像是脚步声,又什么都不像。应该是时间在说话,只是时间的话，要用“回忆”去听。我在照片中，翻阅着荷塘的春天，就在不经意间，点点的新荷，一支支从枯荷中冒了出来。不知道什么时候，枯叶就在一片碧绿中走丢了。接着，我听到了此起彼伏的蝉鸣，看到了荷花一支支地高擎着，像烧得通红的火把。然后，秋风缓缓起，荷叶慢慢地枯萎下去。入冬，就枯萎成了现在这个样子。是枯萎了吗？不是的。我眼前的荷，分明都精神抖擞着。

环顾四周，只有我一个人，在冬日的雨中听荷。我记得春的雨荷，显得很圆润，上面雨滴像晶亮的眼睛；夏的雨荷，夸张地起伏着，如碧涛滚滚；秋的雨荷，已经不再枝枝蔓蔓，而在谱写单调明快的乐章了；到了冬天，荷塘用寥寥数笔，就构思了一水面的苍茫意境，供沙沙沙的雨滴描绘那份空旷，那份空旷中，氤氲着许多的曼妙。

我将雨中枯荷的照片发到了朋友圈。片刻，有朋友发回一张图片，我原本的彩色照片被处理成了一幅水墨画，透出岁月底部的色泽。乍一看，一叶叶枯荷在水中轻轻晃动，像是有一屏幕的蝌蚪在穿梭。我无端地觉得，荷塘深处，或许又有小荷在萌动了。

挖土豆

挖土豆是一桩令人快乐的农活，一扯起土豆藤，就有一些土豆骨碌碌地掉下来了。当然，更多的土豆，需要小心翼翼从泥土中刨出来，动静不可太大，用力过猛，很容易让土豆受伤。还有，可能会让土豆受惊，那样土豆就躲起来了。

说土豆会躲起来，原因是，当扯完土豆藤，仔仔细细刨上一遍，以为土豆都“颗粒归仓”了，谁知，等到翻土时，又会发现还有“漏网”的土豆。有时这“漏网”的土豆，个头还挺大，算得上是土豆中的“大人物”了。我说这些土豆是有灵性的，一旦听到有动静，就会趁我们不注意，逃到一个隐秘处去了。我妈说那是因为土豆的颜色跟泥土相近，被泥土裹着，虽然我们挖土豆时，一直盯着，但难免有看漏的时候。

我妈的说法，我是不赞成的，我觉得农作物皆有灵性，它们跟我们一样，会说话，也懂得如何处世。按照以往的经验，一定有一些不愿被我们收获的土豆，把自己藏得好好的。直到有一天，我们会忽然在地头发现有一颗土豆苗冒出来了。哈哈，它终于憋不住，暴露了自己的影踪。

这样的土豆苗，当然生长得不是时候，还不到该种土豆的时节，它就忍不住钻出来了，而且往往混杂在杂草中。但我在拔除杂草时，还是把土豆苗留下了，将来有没有收获是另一回事，反正菜园子里也不差这一小片泥巴。

松软的泥土，容易长更多的土豆。土豆是需要呼吸的，其实泥巴中的生灵，谁不需要呼吸呢？土豆藤变得黄苍苍的时候，土豆就可以收获了。扯掉土豆藤，你就知道泥巴里有缝隙的，或者微微凸出的地方，就潜伏着土豆的家族。有些性子急的土豆，还没等你动手，就跟着土豆藤，抖落一身泥巴，跑出来了，它们中有的滚到田沟里，有的悄悄溜到你的脚下。要是挖完了这一地的土豆去写诗，我一定会把这些土豆写成“憨厚的欣喜”。

说起来，我喜欢的就是土豆憨厚的模样。这憨厚，有着泥土一样朴实的质地。在地下，和泥土待在一起，久而久之，土豆的脾气和相貌，自然也跟泥土差不多了。我在写这些文字的时候，常常会觉得泥巴和土豆在互相转化，一会儿土豆变作了泥巴，一会儿泥巴又变作了土豆。我蹲在地头挖土豆的时间长了，会不会也变成一颗土豆呢？

妈在田头的另一边挖土豆，她一边挖一边和大大小小的土豆说话，我想阻止妈，怕她大声说话吓着了土豆。但我转念一想，从播种、培育到收获，妈和土豆相处那么多天了，彼此早已熟悉，谁也不会惊着谁了。此刻，妈在笑着挖土豆，也有好些土豆咧开了嘴。

乡，是心灵的栖居地

一

唐代某年的一天，一位少小离家的老者，回到蜀山街道知章村。相逢的儿童，自然不认识老人是谁，笑着问："客人从哪里来？"离家久了，"主"已成"客"。别说儿童，也许儿时的玩伴，都可能已经"相见不相识"了。当老人来到思家桥时，望着小河里昼夜不息的流水，不免心潮翻滚，有了很多的感叹。于是一首《回乡偶书》随口吟出："少小离家老大回，乡音无改鬓毛衰。儿童相见不相识，笑问客从何处来。"

上面贺知章老人回家的情景，当然是我的虚构。蜀山街道知章村，是在 2005 年 5 月，由华汇、史家桥、沿山村合并而成的，因为这一带是唐代大诗人贺知章的故里，所以叫"知章村"。而思家桥，又叫史家桥，在史家桥自然村南部，东西向跨史家桥河，为单孔石梁桥。我觉得，把史家桥唤作

"思家桥",是有一种含义在的。贺知章是当年的游子,"思家"是每一位游子的心声。而在故乡这方水土上,也会留下许多游子的"印记"。贺家园是贺知章故居遗址,贺知章的宅地南临文笔峰,据说这文笔峰,就是后人为纪念贺知章而命名的。在萧山这方水土上,有许多与贺知章相关的传说。值得一提的是罗婆桥与罗婆寺。罗婆桥,位于文源广场西侧,南北向跨罗婆河,原桥建于明代。罗婆寺,紧临着罗婆桥,据记载明代以后有罗婆寺,这一名称沿用至今。民间是这样相传的:贺知章年少时,曾随母亲在现在的罗婆桥一带谋生。因为母亲积劳成疾,不能行走。贺知章每天"前箩担母,后箩担书",在乡闾寺庙间行乞,后来又被道僧收为徒儿,乡人因此称贺知章为"贺担僧",称他的母亲为"箩婆",意思是坐在箩筐里的婆婆。民间相传,这"箩婆"就是罗婆桥和罗婆寺名称的来由。也因此,历代也有把"罗婆"写成"箩婆"的。

"江山留胜迹",萧山是江南水乡,水网密布,波光粼粼。这方水土,因为养育出了贺知章这样的一代大家,而有了灵气,贺知章的诗作,也为萧山留下了沉甸甸的乡愁。

二

"少小离家老大回,乡音无改鬓毛衰。"记得早年在读这首诗的时候,总感觉诗很"浅",似乎在很多年里,我一直在思考着这首诗的魅力究竟何在。直到有一天，我忽然发现，阅读时，有一缕乡音一直在触及我内心的柔软处。也许，在捧起识字课本的时候，我就可以把《回乡偶书》吟诵得朗朗上口了。但要理解其中的深意，是需要一种阅历的。而这一种阅历，是需要用年岁作为铺垫的。这种潜藏在内心深处的乡音，往往需要在“离别家乡岁月多，近来人事半消磨”之后，才可以深深地悟得。

似乎也是在上了一定年岁之后，我们才会自觉不自觉地开始用“乡”字组词，比如乡村、乡里、乡间、乡下、乡居、乡约、乡亲、乡土、乡韵、乡风、乡俗、乡愁、乡音……这每一个带“乡”的词语，都如此地叩击着心灵。而《回乡偶书》中，最触动人心的，就是那一个“乡”字，离家多年，风吹雨打，或许流年中的一切，早已物是人非，这世间又有什么，能够经得起时间的打磨呢？

但或许也有不变的，比如春草年年绿，燕子这么多年不曾变过模样，还有门前的镜湖水，春风吹过的时候，也不改旧时波。但春风真的不改旧时波吗？如同没有人可以两次踏进同一条河流一样，今日波也早已不是旧时波了。也许不变只是一种假象，只有变才是永恒的。多年以后，乡音还不改吗？其实多少也改了一些，只不过乡音是一种“顽固”的事物，无论怎么改，始终带着其“烙印”，有些叫“根”的事物，是与生俱来的，很难完全改掉的。

而我以为，从一个“乡”字，就可以走进贺知章的某一种境界了。比如，《咏柳》中的贺知章，路过碧玉堆成的高高柳树，穿行在垂柳所飘动的千万绿丝带中，轻轻一问，这细叶是谁剪出的，二月的春风，就提着一把剪刀过来了。你不觉得，这欢快的春风中，跑动着儿时的贺知章吗？你不觉得，这垂柳，是儿时贺知章家门口的那一株吗？在我眼里，垂柳是很有家乡韵味的事物，在垂柳的款款拂动中，有着我郁郁葱葱的童年记忆。

三

“落花真好些，一醉一回颠。”相信四明狂客贺知章的醉意中，是泊着一轮家乡月亮的。或者，月亮真的是一种隐喻，从有记忆的时候起，或者说从出生开始，月亮就跟着一个人走了。这一生，你走到哪里，月亮就跟到哪里。于是，就有了“举头望明月，低头思故乡”。月终究是故乡的那一轮明，所以才有这么多人对故乡心心念念。

先前总觉得一个“落”字，未免带些伤感。这些年，却越来越感觉，这“落”字，带着“叶落归根”的意味，那是一种对于生命的超然。树高千丈，叶落归根。大地之上的事物，都是要落下的，终将回归于泥土，回归于时间。这是生命的必然，生命也因此而美好着。

像我这样从小在乡间长大的人，会时不时地在梦中，回到早年的时光，那高过我头顶的庄稼，那隐隐远山、悠悠小河，也会时不时地来轻叩我的梦境。在写作时，我的文字中，也会时不时地漏出蛙鸣、纵横的田垄，以及此起彼伏的稻浪。当早年乡居回忆中的那些苦涩，被时间滤净之后，剩下的便是温暖了。

对于一个生活在异乡的人，当读到“日暮乡关何处是？烟波江上使人愁”这样的诗句时，心里肯定会涌起一些惆怅，但随即可能又会明朗许多，因为之后所呈现的则是宁静的灯火了。晚风中，仿佛传来了母亲呼唤的声音。有时，即便想到一口老井，心里也会莫名地感动。因为我所说的这井，肯定是安在故乡的。而且，在许多场合，井可以是故乡或者乡愁的一种隐喻。那咣当咣当的井水，以及在水桶中咣当咣当的月光，足可以打湿你的思念。

“乡”是什么？一个人的“乡”，是一个人的“根”。人为什么会心心念念着回乡，哪怕是远隔千里，在纸上回乡，也是一种慰藉？是因为在这一片叫“乡”的水土上，留着你的老家。你的童年，你的父母，你的亲友，那些曾经的光阴，那些曾经的音容笑貌，虽然已走远，但想起来依然是那么清晰。儿童相见可以不相识，但“笑问客从何处来”，谁是“客”呢？这归来的“客”，最初就是生活在这片土地上的。留着最初记忆的，就是故土。叶落归根，就是回到了最初的出发地。于是，我想说，一次次地回家，就是为了能找到被遗忘或者被弄丢的“乳名”。乡,始终是心灵的栖居之地。回乡的人,家在身边,回不了乡的人,家在心里。

再读一遍《回乡偶书》,发现贺知章已把“乡”字,播种在了岁月和人心的最柔软处,播种在了烟火的生生不息之中。

地气氤氲

在我的老家，村民们喜欢把庄稼叫作"气花"，顾名思义，就是"大气开出的花朵"。在我看来，这"大气"，其实应该是"地中之气"，是从泥土中冒出来，腾挪在大地之上的地气。早年生活在乡间，我常常看到大地散发着腾腾的热气，让我时不时地想到"蒸蒸日上"这个成语。

就一年四季而言，春天的地气最足。春日里，走在田间，仔细聆听，泥土中处处有着嗞嗞的声响。这种声响，有时模糊，有时清晰。若是变大一些，便成了汩汩之声，接着，这汩汩之声，在看得见时，就成了流水。然后，流水又化作了叮咚，淌成了溪流。因此，在田间，溪流是一种欢快舒畅的地气。至于山间瀑布，那是具有声势的地气；至于湖泊，那是宁静的地气；至于江河，那是奔腾着的磅礴的地气。那淅淅沥沥的春雨，也是地气的化身。如果你仔细分辨，雨是有根的，雨的根，清澈透亮，就扎在泥土的缝隙里，而缝隙正是地气进出的途径。

就一日之时来说，大抵要数日出时分的地气最足。清晨，大地上总是笼着一层淡淡的雾气。我清楚，这雾气，并非来自空中，而是来自泥土，或者水面，只不过雾气不论浓淡，总会被风吹散，抑或，雾气就在你的不经意之间，又悄悄地回到了泥土，回到了一个花瓣和一片叶子中。在大地之上行走，我大口呼吸着的是新鲜空气，我相信，庄稼呼吸着的是地气。这地气，一旦入了庄稼的内心，就成了庄稼的体温。因此只要你轻轻抚摩，就能感受到每一株庄稼都是有着体温的，而且这体温应该接近于我们的体温。庄稼也有着心跳，这种心跳，说白了就是地气的运动。一株庄稼，就是依靠地气养活的，所以老家的农人把庄稼叫作“气花”，其中蕴含了一种关于“地气”的朴素哲学。

直到现在，每次走进乡野，我还有着一种赶紧脱掉鞋子，直接踩一踩泥巴的冲动，也许这就叫作“接地气”。如果是置身在农人中间，我就会毫不犹豫地打赤脚了。晨曦初露时的田垄，凉凉的，踩在上面，有一种爽爽的感觉，要是有毛茸茸的草芽，在脚趾缝中钻来钻去，很容易就唤起我儿时在池塘中洗澡时，成群的小鱼轻啄皮肤的那种痒酥酥的记忆。到了中午，踏在田垄上，感觉热乎乎的。泥土里，蕴藏着阳光，或者是阳光的热。若在夏日，这叫“烫”，但也不会很烫，遍布着孔隙的泥土，总是一边吸热，一边散热。我很享受肌肤与泥土相亲的那一刹那。有时，那一刹那的暖，会顺着我的血液升腾，让我的皮肤上沁出些许的汗珠。而被泥土所吸收的阳光，在此时，早已转化为一种地气了。

每次赤脚在田野上行走，我都会想起那个小小的身影，那是走在田垄上的儿时的我。我喜欢在雨后找有积水的地方行走，让水花四溅，溅湿裤脚。明知长满青苔的地方又湿又滑，我偏要踏上去，随时跌倒随时爬起，满不在乎。若雨还在下，我也不撑伞，淋个“拖泥带水”，还会感觉特别带劲。我从来不认为泥土是脏的，直到现在，衣裳上沾了泥点，我都不大在乎。我想，与自然的那份亲近，与泥土的那份亲近，也许是我与生俱来的。这些年，我常会怀疑，像植物一样，我也是有根的，我站在庄稼丛中，很可能就是庄稼中的一株，我的根其实深深地扎在泥土里。说到底，我只是长在故土之上的一株庄稼，当日暮炊烟四起时，那片土地，依然会用熟悉或者略显陌生的腔调，呼唤着我的乳名，我终究是要回家的。这家，在生我养我的那片乡土上，也在那郁郁葱葱的大自然里。

黄昏时分，灯火次第亮起，大地一团氤氲。现在，我越来越觉得，灯火是一种温暖的地气。但我希望着灯火不要太亮，在乡野的宁静中，夜的黑，有时只需几盏萤火虫照亮就够了。太亮的夜，会惊扰了虫儿们的睡眠。但也许我应该担心的是鸟儿们的休息，鸟儿们还在晚霞满天时，就归了家，早睡早起。但虫儿们晚上可能是不睡的，也许它们是在大白天入眠的。万物都有自己的生物钟，有各自的作息时间。在乡间，我喜欢循着参差的虫鸣，走向夜色的深处。乡间的小夜曲，是很抒情的那一种，只是分不清，这支小夜曲，是虫儿们吹奏的，还是晚风在轻轻拨动琴弦。我父亲年轻的时候，喜欢在夜晚，拿个手电筒看一朵花怎么开，一片叶子怎么长，有时也会把我带上。老家人相信，植物是在晚上长个子的，因为他们常常看到，第二天早上，比起前一晚来，花又开了一大簇，草又长了一大片。记得父亲和我，在夜深人静时，一直守着花草，却没看清楚花在何时开，草在何时长，仿佛花草的变化，总在我们的不知不觉之间，父亲说，花草的变化，肯定是在我们忍不住打盹的那一刻。第二天早晨，我们发现花又开了许多，草又长了不少，尽管守了一晚上，我们还是没弄明白，花草是什么时候发生变化的。

记得只有竹林里的人家，才看见过植物长个子的那一刻。春笋实在是长得太快了，尤其是在一场雨后，哗啦啦地就钻了出来。如果你有耐心，守着竹林，你就可以看到那泥巴是怎么裂开的，春笋那个尖尖的脑袋是怎么顶出来的。你完全可以想象那个毛茸茸的家伙，在探出头来时，张开眼睛的好奇样子。笋农说，在春天的雨后，竹园里到处都有春笋破土之声。蓬勃的竹林中，洋溢着一种盎然向上之气，这气，就是地气。我忽然想到曾经看过一篇文字，说是有一个小学生坐在竹园中做作业，把书包挂在竹枝上，等做完作业起身，他发现竹子已远远高过他的个子，即便踮起脚尖也够不着书包了。我知道这段文字有些夸张，竹子生命力之旺盛却是事实。

这些年，只要有闲暇，我就会走到草木中去，置身于大自然的繁茂或者空旷之中。随着年岁的渐长，我越来越能够体会“鸟鸣山更幽”的曼妙了。确实，一声鸟鸣，足以把一座青山啼空。我有时会幻想，自己变成一棵小草，在一片硕大的叶子下，听着滴答的雨声，像是在聆听一粒粒的时间滴答滴答地落下。恍惚之间，我有了一种徜徉在时间之外的心境。当我渐渐地把自己当成一株植物，或者森林中的一个小生灵时，我越来越觉得，我只是万物中的一员。和万物一样，汲取着地气，吸食着天地之间的灵气，我成了万物中的一物，万物中的一物也成了我。此时，天地之间，仿佛我在，仿佛我又不在。而另一个我，就走动在山间水间，把我曾经留下的一个又一个脚印捡了起来，交给往日，除去那些已经长成草木或者已经被草木覆盖的脚印。

当迷人的秋天来临之时，天空一天比一天高远了。最轻盈的地气，是空中的白云朵，它淡淡地飘着，飘得若有若无。而只要登山，身往高处去，一整个秋日，就低下来了。硕果累累的枝头、霜染的红叶，连同鸟儿的翅膀，所有的姿势，都是向着大地的，那是地气在召唤着它们回归。空气中全是好闻的香，醇香、清香、幽香、馨香、芳香、松香……风中飘来的所有香味中，都带着一种泥土的香，其实那是一种属于地气的香。父亲说，憨厚的泥巴，为我们变幻出了世间万物，包括飞禽、走兽、游鱼、草木，也因此，世间万物的魂魄，可能都是一团地气。我在辽阔的大自然中行走着，我的身心里，也满满地都是地气。

后　记

生于萧山，长于萧山，工作又在萧山，我每天都在感受着萧山这方热土。这些年，我常常在前人的文字中，了解到萧山的往事。夜深人静时，常会有一些人与事萦绕在我心头，也许这就叫“乡愁”吧。或许，乡愁在许多人看来，是游子才会有的一种情感。但我想，那些过去的日子一旦在心里沉淀下来，那厚厚的回忆应该也是乡愁。现在，我想记下这些，这些曾经浸润过我的呼吸的往事。

我越来越觉得，一个人所写的文字，最终总会与生他养他的那一方水土相关，无论是在自觉的情况下，还是在不自觉的情况下。年深月久的生活，如同年深月久的阅读一样，慢慢地就渗透成了身体和心灵的一部分。比如，在水乡人写的文字中，总会带着水的空灵与清丽，当然，偶尔也会带些浑浊的浪花。近些年，我经常写着写着，就会用上一个叫“欸乃”的词，有时是有意为之的，更多时候其实是无意的，这是一种自然而然的流露，而这样的自然而然，也许是文字中最真实的成分。

收入在这本集子中的，多是与萧山相关的文字。之前有很多人写过萧山了，之后还会有很多人来写。由于看萧山的角度和心境不同，每个人的眼中、每个人的心中，都呈现出不同的萧山。这正是我想努力的方向，或者说我是在朝着这个目标努力的——呈现在我笔下的将是“我的萧山”。

这本散文集取名叫《地气氤氲》，是希望着我的文字能够“接地气”，能够像植物一样在大地之上生长。我努力让我的呼吸与我的心跳，能够融入我的文字，这也是我所追求的。这些年，我一直希望有读者在读到我的文字时，能够感觉到我的呼吸之声，能够找出我指向的通达某一种意境的小路。这条小路，是尽可能深一些的有浓荫遮蔽的小路，我会尽量让意境深一些，让读者感受到，原来文字里的这方水土，可以这么美。

在准备写作这些散文时，除了我所提到的“地气”，其实我想到的还有“烟火”，一年又一年的生活经历告诉我，无论怎样的繁华，一旦褪色，最后剩下的就是这朴实的烟火了。因此每次我想到或者写到憨厚的泥土、亲切的炊烟、变幻的雨、来去无踪的风，或者大地上那些氤氲的雾气和天空灿烂的霞光，我都会特别感动。不知道别人是不是也和我有同样的感受：在大地之上，只有这生生不息的烟火，才可能归于“永恒”。

这是一本以乡土题材的文章为主的散文集，内容多取材于萧山的自然、人文、历史、风俗，以及日新月异的发展状况，而在一方水土上曾发生或者正在发生的一切，也将是时代的缩影。一切都将成为过去，我希望现在能够留下这些往事，以及些许我对于未来的思考。我想表达，努力用我的文字赋予时间一些痕迹。时间永在流逝，但有一些叫作“根”的事物，是应该留住的。

文艺新实力

NEW FORCES OF LITERATURE

已出书目：

《茶洲记》

《如在》

《小小悲欢》

《县联社》

《在这疾驰的人间》

《行囊里的旧乡》

《地气氤氲》